飞鸟向往我的眼睛

蔡天新／著

图书在版编目（CIP）数据

飞鸟向往我的眼睛 / 蔡天新著 . -- 北京 : 生活 · 读书 · 新知三联书店 , 2024. 9. -- ISBN 978-7-108-07862-9

Ⅰ . I267.4

中国国家版本馆 CIP 数据核字第 202419HN37 号

责任编辑　林紫秋
装帧设计　刘　洋
责任校对　曹秋月
责任印制　卢　岳
出版发行　生活 · 讀書 · 新知 三联书店
（北京市东城区美术馆东街 22 号 100010）
网　　址　www.sdxjpc.com
经　　销　新华书店
排　　版　北京金舵手世纪图文设计有限公司
印　　刷　河北品睿印刷有限公司
版　　次　2024 年 9 月北京第 1 版
2024 年 9 月北京第 1 次印刷
开　　本　880 毫米 × 1230 毫米　1/32　印张 8.75
字　　数　180 千字　图 145 幅
印　　数　0,001 – 4,000 册
定　　价　78.00 元
（印装查询：01064002715；邮购查询：01084010542）

笛卡尔是一只鸟，培根是一只青蛙。

——弗里曼·戴森

每个人都可以自己制作地图，地图使得我们的生活成为可能。

——丹尼斯·伍德

地图比象形文字更早出现，它是我心中存在已久的一个梦。

——题记 蔡天新

目录

前　言

人的一生既漫长又过得很快，转眼之间，笔者已到了古人所说的“花甲之年”。这个成语出自9世纪的唐代诗人赵牧，他曾多次举进士不第，于是放浪人间以终。赵牧以英年早逝的“诗鬼”李贺为师，诗歌意象怪诞狂妄，名动一时。他的诗《对酒》表达了对生命的惋惜和无奈，有一句是：

手挼六十花甲子，循环落落如弄珠。

这首诗被收录在南宋诗人计有功编撰的《唐诗纪事》中。它通过描述种植黍米等劳作，以及手工制作代表60岁寿辰的花环（象征人生的循环不息）等情节，表达了诗人对人生短暂、时光匆匆的思考。

回想20年前，我也曾编录诗集。那次我有幸约到9位擅长翻译的诗友一起遴选和评注，主编出版了《现代诗100首》（蓝、红卷，生活·读书·新知三联书店，2005），受到广大爱诗者的青睐。稍后我又如法炮制，编选了《现代汉诗100首》。将近十年之后，各册又添加了10首，精装出版（2014、2017）。之后，这套书一再加印。

借着东风，在诗友们的助力下，我又编选了《冥想之诗》和《漫游之诗》（人民文学出版社，2016），每册遴选翻译20位诗人的诗作，每人5首，除了评注，还有一篇小文讲述诗人的写作风格和入选理由。而《地铁之诗》和《高铁之诗》（均为商务印书馆，2020）则收入古今中外佳作416首，我约请了数十位诗人、作家参与评注，还得到十多家大学、中学诗社同学的支持。

另一方面，回顾自己的行旅生涯，我已出版多部游记，有《英国，没有老虎的国家》《德国，来历不明的才智》《美国，天上飞机在飞》《里约的诱惑——回忆拉丁美洲》等。而为了回答“您最喜欢的国度”和“您最喜欢的城市”这两个问题，我又相继写出了《欧洲人文地图》《美洲人文地图》《26城记》，《欧洲人文地图》已有两个版本。

可是，有关中国的旅行，我却迟迟未曾动笔，仅在两部回忆录《小回忆》和《我的大学》中的部分篇章有所谈及，虽说我在学生时代便已到过21个省市自治区。2015年秋天，我去塔吉克斯坦首都杜尚别参加纪念苏联数学家维诺格拉多夫的解析数论会议，途经新疆逗留了5天，完成了对包括港澳台在内的中国每个省市自治区的探访。

至于本人的旅行机会，主要来自以下4个方面，即数学交流、文学活动、公众演讲和自助旅行。除此以外，还有一个潜在的动因，那就是从童年开始的手绘旅行地图。触动我幼小心灵的一件事发生在1972年2月，美国总统理查德·尼克松首次访华。那次访问不仅打开了封闭已久的国门，也开启了千万颗心灵深处的窗扉。

那会儿我尚不满9岁，由于所受教育的局限，有点儿想不明白，我们为何要欢迎美国的总统。于是，我密切关注尼克松的动向，在他离去之后，画下总统先生的访华旅行图。之后，我记录下那个特殊的年代每位外国领导人的访华行迹，主要依据是官方报纸上登载的新闻消息。

而在10岁前后，我画下了第一幅自己的旅行图，那是跟着村里的大人徒步去邻县杜歧村赶集，而杜歧村恰好是明代旅行家、徐霞客的前辈王士性的故乡。从那以后，我每次旅行归来最乐意做的一件事，就是依照地图上的比例尺，在空白笔记本上认认真真地画下自己的行旅图。

不过，在上大学之前，我只有9次机会离开我出生的黄岩县域，温州3次，临海3次，温岭、仙居和宁波象山（南田岛）各一次。其中台州以外的4次是在杜歧赶集之前，依照母亲和我共同回忆绘制成的。那时的交通工具除了汽车便是轮船，而温岭那次是与中学里的老师和同学们徒步野营。

至于如何手绘地图，我自有办法，你也将会读到。我的每幅手绘地图均有编号和日期，迄今已有800多次旅行，画满了8个笔记本。最初的两本大小像手机盒，后来的6本均为小16开，只是厚薄有别，实际上它们是速写本。有了这些真实的手绘地图册，回忆自己的旅行就容易了。它可以唤醒沉睡的记忆，其准确性不容置疑。

还有配图，这对一本书或一篇文章是不可或缺的。自从2003年生活·读书·新知三联书店出版我的第一本随笔集《数字与玫瑰》，尤其是2008年在深圳书城举办我的第一个摄影展以后，我对旅途中的风景和人物都比较关注。每个人都有手机，每个人都爱摄影，因此只能从角度和趣味甄别。

小时候，我没有机会学习任何才艺，唯有手绘地图属于我，它是我心中的小秘密。当下，出版社对使用官方印制的地图小心翼翼，手绘地图显得尤为珍贵。有时候我甚至想，如果不画这些旅行图，去了也会忘记，与没去过相差不多。而手绘一幅旅行图，比日复一日地写日记要简单得多，也就是10分钟，最多一刻钟的事情。

“每个人都可以自己制作地图”。当我读到丹尼斯·伍德《地图的力量》一书时十分惊喜——“一种地图用途，多种生活方式”“地图构建世界，而非复制世界”“地图使过去和未来显形”“地图使得我们的生活成为可能”！这位美国作家、艺术家和制图师曾是北卡罗来纳州立大学设计学院教授，书中这几句话道出了我的心声。幸运的是，该书中文版出版人邀我作序，因此第一时间便拜读了。

树枝从云层中长出
飞鸟向往我的眼睛

乡村和炊烟飘过屋顶
河流挽着我的胳膊出现

青年时代，我曾在一首名为《梦想活在世上》的小诗开头写下了上述两小节。此时离我第一次迈出国门飞越太平洋尚有三年多的时光，甚至离我第一次飞上蓝天去成都参加全国数论会议，也还有一年半的时光。那时候，我还是地上的一只青蛙，但因为有了手绘旅行地图，也因为有了数学和诗歌，已经有了追随飞鸟的勇气和信念。

2024年春节，杭州天目里

一

水上或陆上的童年

凡是过去，皆为序曲。

——莎士比亚《暴风雨》

1　缘起，三部露天电影

收到《小回忆》新版样书以后，我才发现，书中32章两字标题的故事里，竟然少了一章《地图》。而显而易见，“地图”是我乏善可陈的童年难得的一丝亮点，它既保留了我的好奇心，又拓展了我的想象力，甚至成为我医治孤独症的良药。可我只是在《飞行》一章的第三部分，用3个小节谈到了手绘旅行地图的开始。那是1972年2月，尚不满9岁的我对时任美国总统理查德·尼克松首次访华飞行路线的仿制。至于是否无意中埋下一个伏笔，为日后推出一册《天新手绘旅行图集》保留更多的细节和话题，就不得而知了。

之所以会产生手绘旅行地图的念头，起因或许在于尼克松访华引发了我的遐想。其时我在浙东南台州地区黄岩县王林公社王林施生产大队读小学，那儿恰好是今日甬台温高铁台州西站所在地。按照我幼时接受的教育和宣传，美帝国主义原本是中国头号敌人，京城的大人和小朋友们却要载歌载舞夹道欢迎美国的总统，令我一时想不通。当时有文件传达给大人们，要大家相信，这是中央的英明决策，但对中小学生不做任何解释。同时，我还听到村民传播一则小道消息：在尼克松的总统专机“76精神号”（波音707）飞抵杭州之前，如今已改为空军专用的笕桥机场唯一一条跑道被临时扩建，为此征用了附近两个人民公社的土地。美国佬的飞机究竟有多大？我对此想入非非。最后，或许也是最重要的，那时我刚好对地图本身产生了浓厚的兴趣。确切地说，我是对军用地图产生了兴趣。

“文革”期间的中国乡村，物质和精神生活极度匮乏，但晒谷场上偶尔会放映露天电影，只是基本上是过时的国产片或来自社会主义兄弟国家的译制片。这其中，最让我感兴趣的是战争片，不过并非如今DVD或影城里上映的大片。让我在许多个夜晚去邻村反复观看的黑白电影有《南征北战》（1952，上海电影制片厂）、《渡江侦察记》（1954，上海电影制片厂）、《奇袭》（1960，中国人民解放军八一电影制片厂）等。第一部电影带有史诗的味道，讲述解放军在敌强我弱的形势下，运用毛泽东运动战的思想，消灭敌军夺取胜利的故事。后两部电影有个共同特点，就是里头都有追击战，解放军或志愿军战士开着卡车在盘山公路上疾驰，乘坐吉普车或摩托车的国军或美国大兵在后头穷追猛赶，那类场景是绝大多数男孩子喜欢看的。

前两部电影的导演叫汤晓丹〔1〕（《南征北战》由成荫和汤晓丹联合执导，1974年成荫和王炎为北京电影制片厂重拍了同名彩色故事片），他并非军人出身却擅长导演战争片。比起《南征北战》来，《渡江侦察记》的演员留给我的印象更深，尤其是饰演正反主角的孙道临和陈述〔2〕。那时反派演员都不在主演之列，陈述扮演的国军情报处长老奸巨猾，有时色厉内荏，却给我留下特别深刻的印象。他坐在三轮摩托车上指挥追击我军的军用卡车，最后国军

〔1〕汤晓丹（1910—2012），电影导演。福建漳州人，童年侨居印度尼西亚，十岁随父回国，毕业于集美农林学校。1984年获中国电影金鸡奖最佳导演奖，2004年获金鸡奖终身成就奖。

〔2〕孙道临（1921—2007），电影演员。祖籍浙江嘉善，生于北京，毕业于燕京大学哲学系。陈述（1920—2006），电影演员。上海人，曾在商务印书馆做学徒。

电影《南征北战》剧照

被一个个击毙，处长坐骑也坠入悬崖并燃起熊熊大火。与别的小伙伴不同，我特别感兴趣的镜头还包括：指挥官召集部下研究分析军事形势，当助手拉开帷幕，一幅地图出现在军官们面前（也出现在观众面前），指挥官手握指挥棒开始布置作战任务了（如果是我军，则往往把简陋的地图直接摊开在桌子上）……

童年的我一直被此类场景所迷惑，以至于对地图入了迷。没过多久，我便自己弄来一幅地图，用小圆图钉把它钉在墙壁上。记忆到此变得模糊不清，它可能是一幅现成的旧地图，也可能只是一张铺开的旧报纸，被我在上面写上几个生产大队的名字。然后用一块黑布充当帷幕，从上头悬挂下来，再用两根绳子和铁钉稍做加工，使得两边可以拉开和合拢，然后邀上小伙伴召开军事会议。就这样，我手持一根小木棍，过了一把指挥作战的瘾。可以说，正是对电影里的军事地图和打仗的痴迷，使得我在尼克松访华结束以后，依照书本上的世界地图，用适当的比例绘出了他的访华路线图，那是我后来持之以恒的世界之旅的纸上预演，对我个人的意义不言而喻。

有趣的是，多年以后我读到汤导夫人蓝为洁女士撰写的回忆录片段，提到汤导为拍摄《渡江侦察记》所获酬劳为八百元，身为剪辑师的妻子执意用这笔钱为小儿子沐海买来一架钢琴。小汤沐海后来果然不负双亲期望，先是留学德国慕尼黑音乐学院，继而师从指挥大师赫伯特·冯·卡拉扬和小泽征尔，成为蜚声国际乐坛的指挥家。2008年夏天，我与汤沐海指挥应邀作为瑞士文化协会出资的“中瑞艺术交流项目”评委，相会于瑞士小城纳维尔，在比尔湖畔一家宜人的酒店度过了一个周末。评审会结束以后，我们（还有他的韩裔夫人和幼女）一同乘火车前往他们定居的苏黎世。那时候我还不知道，他的父亲就是我童年最喜欢的两部电影的导演。

同样令我感到意外（也可以说是梦想成真）的是，2004年春天，我去宁波参加由《诗刊》社组织的一个叫

2008年，汤沐海父女，作者摄于瑞士；年轻时的孙道临和王文娟

"春天送你一首诗"的活动，入住东钱湖畔的万金大酒店一间临水客房。入夜，一位不速之客来敲门，我迟疑地打开门，居然是孙道临先生。那时他已83岁，早没了《渡江侦察记》里英姿勃发的李连长的风采。事先我并不知道，他老人家也被邀请了。显而易见，孙老走错了门。那个夜晚诱发了我对童年的无限追忆，开门的那一瞬间仿佛是上苍的安排。3年以后，孙道临先生因心脏病突发猝逝于上海，而比他年长11岁的汤导则活到了103岁。2021年夏天，孙道临先生的夫人王文娟女士也去世了，享年95岁。她主演的越剧电影《红楼梦》是我童年时代看过的不多的爱情片，那次她也一同受邀来甬参加朗诵会，想必正在隔壁的客房里等候夫君。

2　从尼克松到田中角荣

我手绘尼克松一行访华路线图用的比例尺是1∶1亿，那是从一本小开本的世界地图册上描摹下来的（大学时代"搬家"，改用大一号的笔记本，比例尺也换成了1∶5000万）。具体做法是，先用一张空白的薄纸覆盖在大小比例合适的地图上，用蓝墨水的笔（后改用黑水笔）轻点要标记的城市。然后把这张纸移到一本空白笔记本上，摆好位置以后，在那几个点上用笔加力摁，使之透过薄纸，在笔记本上留下印记。接着把白纸挪开，在留有痕迹的点上用笔描成圆圈或黑点。最后，借助直尺或用手直接把该连的点连上，并注明停留的日期和飞行（运动）方向。比如，从杭州到上海，美国客人也是乘坐飞机。

我的第一幅手绘地图里只有四座城市，即华盛顿、上海、北京和杭州，其中中国的三座城市挨得很近。上海是纽带，与另外三个点都有连线。用现代数学分支——图论的观点来看，上海和华盛顿是奇顶点，另外两座城市是偶顶点。直到多年以后，我才知道，那次尼克松访华并非直飞上海，他们从马里兰州的安德鲁斯空军基地启程，先在夏威夷主岛欧胡岛停留两天，再穿过国际日期变更线，到太平洋美军基地关岛停留一晚（佯装慰问驻岛士兵），然后向西北方向直飞上海，那只需要四个小时。他们在上海稍作停留（乔冠华副外长等官员和一名中国领航员在上海加入行程，以示中国领空主权），随即前往北京。因此，实际飞行路线共经过7座城市（归途在阿拉斯加的安克雷奇留宿一晚），据此我又加画了一幅尼克松访华路线图。

事实上，早在前一年夏天，尼克松已派国家安全事务助理基辛格博士[1]秘密来京（经由巴基斯坦），商讨总统访华细节。而在尼克松到来之前，中国派出了以乔冠华为首的第一个代表团前往纽约联合国总部参会。那时北京没有直飞北美和西欧的航线，故而选择了法航（法兰西是当时唯一与中国建交的西方大国）。

乔冠华他们那次飞行可谓迂回曲折，仅中转站就有6处：上海、仰光、卡拉奇、雅典、开罗和巴黎。最后一次从巴黎夏尔·戴高乐机场飞往纽约约翰·菲茨杰拉德·肯

---

〔1〕 亨利·基辛格（1923—2023），美国前国务卿。出生于德国巴伐利亚州的菲尔特，15岁移居美国，哈佛大学哲学博士。1973年，他因结束越南战争的谈判与越南民主共和国和谈代表黎德寿（1911—1990）共同获得诺贝尔和平奖。

尼迪机场，人数并不算多的团员们分乘两架航班，以防敌人放置定时炸弹，耽误参加联合国大会。不难想象，周恩来对6年前“克什米尔公主号”事件记忆犹新。那次他去印度尼西亚参加万隆会议，包括新华社香港分社社长黄作梅在内的11位代表团成员（含越南、奥地利和波兰记者各一名）搭乘租来的那架印度航空公司客机，在飞越南海南端、马来半岛和加里曼丹岛之间的纳土纳群岛上空时，因台湾特工人员安放的定时炸弹爆炸而遇难身亡，周恩来则幸运地经昆明、仰光，乘坐缅甸方面提供的专机安抵雅加达。

毛泽东之所以在这个时候邀请尼克松访华（如同前文所述，筹备工作很早就开始了，包括邀请美国乒乓球队访华），自然与三年前发生的“珍宝岛事件”有关，那以后中苏关系降到了冰点。而我猜想，尼克松之所以向往中国，除了想在中美苏三角关系中占据有利位置以外，与他出生和长大的洛杉矶郊外小镇约巴林达（Yorba Linda）的地理环境有关，我在一幅洛杉矶市郊地图上偶然发现，约巴林达的主要街道、公园、社区、山丘均有以西班牙语中的中国一词命名的。或许可以说，他是在与“中国”相关的语境里长大的。

在尼克松首次访华，中美签署上海《联合公报》之后，中国的外交大门终于打开了。《联合公报》的起草地点在杭州西子湖畔的国宾馆刘庄，据说正当中美双方因台湾问题的表述陷入僵局时，站在刘庄八角亭的美国国家安全事务助理亨利·基辛格博士（从他的称谓我第一次听说了博士头衔）看着苏堤，忽然有了灵感——他从中方工作人员口中获得证实，苏堤东边、西边的湖水均属西湖，受此启发的博士提议在公报里这样表述：中美两国都认为，台湾海

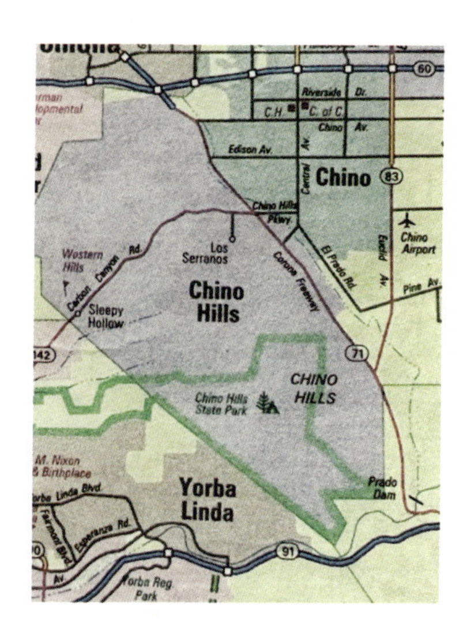

尼克松故乡小镇约巴林达地图（局部），5处出现“中国”（Chino）

峡两边的大陆和台湾均为中国领土。对此尼克松和周恩来均表示赞许，皆大欢喜。

说到基辛格，他本是德国犹太人，15岁随父母移民美国，他有13个亲戚被纳粹送进毒气室。基辛格在华盛顿念高中时，最大的愿望是做一名会计师。“二战”后期他应征入伍，随后被派往德国占领区，但他克服了报复心理，谨慎地使用权力。战后他进入哈佛大学，并于1954年获得哲学博士学位。1968年美国总统选举期间，身为哈佛大学教授的基辛格担任了纳尔逊·洛克菲勒的外交政策顾问，但后来尼克松战胜洛克菲勒，成为共和党提名总统候选人并最终赢得大选。据说竞选时基辛格曾把尼克松骂得狗血喷头，尼克松却不计前嫌，聘请基辛格担任国家安全事务助理。

2月的最后一天，尼克松回国。随后的3月、5月，英国、荷兰便与中国建交了（此前只有代办级外交关系），当年和次年与中国建交的还有希腊、日本、联邦德国、西班牙、澳大利亚、新西兰等西方国家。这其中，只有建筑师出身、参加过侵华战争的日本首相田中角荣亲自访华（回国后他在国会受到议员们连续4个半小时的质询）。当年5月，上海舞剧团便应邀访问东京，演出了芭蕾舞剧《白毛女》和《红色娘子军》。联邦德国总理施密特则派来了外长谢尔，而希腊、西班牙、澳大利亚和新西兰与中国的建交公报分别是在巴黎、纽约由双方派驻法国或联合国的大使签署的。遗憾的是，我没有画下谢尔外长的访华路线图，他回国两年后出任联邦德国总统，最后活到了97岁高龄。

说到田中角荣，他访问中国是在初秋，历时6天，归途经上海逗留了一晚。田中没有首相专机，他的座驾是日航的麦道DC-8飞机，美国麦道公司生产的，20世纪50年代它是波音707的竞争对手，而后者正是尼克松总统首次访华时的专机。麦道公司总部设在圣路易斯，1967年，麦克唐纳公司兼并了道格拉斯公司，麦道公司由此诞生，两位创始人均为麻省理工学院的毕业生。田中访华那年，DC-8便停产了，被更大的DC-10取代。1997年，麦道公司又被总部设在西雅图（2001年迁至芝加哥）的波音公司吞并。

据说田中曾向周恩来提出要求，拜访建于隋代的天台国清寺，那是他的母亲信奉的日本佛教天台宗祖庭，就在我的故乡台州，离我的出生地黄岩仅100多公里。可是那会儿，国清寺已改建为纺织厂，里面养了鸡鸭，佛像尽毁，僧人星散。周恩来告诉田中，国清寺正在整修，他答应修好后首先邀请他。此后，残缺不全的罗汉像、匾额和刻有国清寺铭文的大铜磬等被陆续找回，更有12大箱109件国宝级文物从北

天台国清寺，
作者摄

京通过专列运往天台。其中清代的青铜大鼎、明代13吨重的释迦牟尼青铜造像来自故宫，分别摆放在国清寺大雄宝殿内和门前，元代的十八罗汉像来自雍和宫，清代的一对汉白玉狮子摆放在国清寺正大门前，还有金漆木八宝等法器。

最富传奇色彩的是，在整修过程中，国清寺内1300多岁的隋梅竟然奇迹般地复活了。我首次探访国清寺是在1983年夏天，那是读研后第一个暑假结束的返校途中，也是本人的第21次旅行，亲眼见到复活后的隋梅。它是我国三棵古梅之一，系天台宗创始人智者大师的高徒灌顶所植，从树旁还可以眺望国清寺的标志——隋塔。另外两棵古梅均在湖北，其中楚梅在沙市章华寺内，相传为楚灵王所植，至今已有2500余年的树龄；晋梅在黄梅县江心古寺遗址，乃东晋名僧支遁和尚所栽，每年花开冬春两季，故又称“二度梅”。

假如那次田中来天台，他需要先飞到杭州，再乘坐八九个小时的汽车才能到达天台山。那样的话，我的第3幅外国政要访华旅行路线图无疑需要修改补充了。1974年，田中角荣因洛克希德受贿案辞去首相职务，此时离国清寺整修完成尚有一年时光。直到2017年冬天，田中的儿子田中京来到国清寺，才帮已故的奶奶和父亲圆了梦。而我也要等到2022年夏天，才有机会在重游国清寺后，首次造访智者塔院、桐柏宫和寒明岩。智者大师圆寂于新昌大佛寺，其遗体运回天台安葬。桐柏宫（观）历史更为悠久，是公元238年吴王孙权命葛玄所建，系道教南宗祖庭，于唐宋达到鼎盛，司马承祯执掌上清天台派时期，三任皇帝四次召其进京，问道问计。而寒岩石位于天台城西30公里处，

1972年，班达拉奈克夫人抵达北京

是诗僧寒山隐居之地，20世纪60年代以来，他的诗名已传遍欧美和日本。

必须提及的是，在尼克松与田中角荣来华之间，还有一位外国政府首脑访华，那是在1972年初夏，她的访华路线同样被我描在手绘地图集上，这位首脑便是世界上第一位女总理班达拉奈克夫人，来自南亚岛国斯里兰卡。就在她此次访华的1个月前，这个国家还叫锡兰。事实上，1962年年底、1963年年初，她曾作为锡兰总理访华，游览了上海和杭州。班达拉奈克家族统治这个岛国达半个多世纪，之前是她的丈夫，他主张与泰米尔人和解，在担任总理3年后被同族的僧伽罗人枪杀。之后，她的女儿库马拉通加夫人成为斯里兰卡首位民选总统，后来女总统亲眼看见丈夫在自家台阶上遭到暗杀，而自己被泰米尔猛虎组织炸瞎一只眼睛。唯有"流泪寡妇"班达拉奈克夫人治国41年，最后以84岁高龄退休。那次她乘坐苏制伊尔-18专机到北京，随后还访问了沈阳、旅大（1949年至1981年大连和旅顺的并称）和上海。

3　蓬皮杜和尼雷尔总统

除了美国总统理查德·尼克松、斯里兰卡总理班达拉奈克夫人和日本首相田中角荣，我还画过4位访华外国领导人的路线图，他们是法国总统乔治·让·蓬皮杜（1973年秋天）、坦桑尼亚总统朱利叶斯·尼雷尔（1974年初春）、英国前首相爱德华·希思（1974年暮春；中英建交时他任首相，一生26次访华，这是第一次，而这次也是他刚刚大选连任失利）和联邦德国总理赫尔姆特·施密特

（1975年秋天）。遗憾的是，在一次搬家过程中，那本记载外国政要访华路线图的笔记本原件不慎丢失了，幸好之前我在一个稍大的笔记本上复制了这7幅地图。

1973年秋天，法国总统乔治·让·蓬皮杜访华，这是第一位来中国访问的法国总统，虽说早在1964年初，戴高乐将军第二次担任总统期间，中法两国已经建交，但戴高乐一直没有来华。建交之时，法国总理正是蓬皮杜，但具体操办并促成建交的是他的前任埃德加·富尔总理，后者在该事件中起到的作用相当于美国的基辛格在中美建交中的作用，他曾多次去日内瓦与中国驻瑞士大使面谈，并在1963年秋天秘密访华，会见了毛泽东、周恩来和陈毅。蓬皮杜毕业于著名的巴黎高等师范学校文学院，曾编选出版过《马尔罗小说选编》和《法国诗选》，著名的巴黎乔治·蓬皮杜国家艺术和文化中心便是他生前倡议兴建的。

蓬皮杜访华时已身患骨髓癌，他到访北京的第五天，在同样身患绝症（膀胱癌）的周恩来陪同下乘火车去了大同，参观了云冈石窟。原来，蓬皮杜的祖父和父亲都是传教士，他小时候也曾在大同生活过。可是三年以后，当法国著名数学家安德烈·韦伊访问中国科学院时，他想去大同参观的请求并未获得院方同意。蓬皮杜一行当天离开了大同，直飞杭州，最后从上海返回巴黎。在杭州，蓬皮杜下榻在尼克松下榻过的刘庄，周恩来陪他游览西湖，并在楼外楼设宴，这也是周总理最后一次来杭州和上海。蓬皮杜返回巴黎半年以后，于1974年4月2日在任上去世。

说到数学家韦伊，他出生于巴黎的犹太家庭，父亲是医生，他和妹妹西蒙娜（著名哲学家）由有着高度文化修

蓬皮杜艺术中心，
巴黎，作者摄

养的母亲亲自教育，中学时学过拉丁语、希腊语和梵语，后来考入巴黎高等师范学校，是蓬皮杜的校友，毕业后曾到罗马、哥廷根和法兰克福等地游学。除了研究数论、代数几何、微分几何、李群和拓扑学并卓有成就（他是第二届沃尔夫数学奖得主）以外，他还把数学看作人类精神史的一部分，担心数学因处于无穷无尽的论文潮中而被淹死。

他不倦地研究数学史，并受邀在1978年赫尔辛基国际数学家大会上做数学史方面的一小时报告。

可以说，韦伊是20世纪数学家中最有文化修养的一位，他在意大利访学期间，花费大量时间去了解古典和现代的意大利艺术和音乐。服过兵役之后，他又接受了印度一所大学的邀请，在那里担任数学教授两年，周游了印度，见到了甘地，并对梵语诗歌特别感兴趣。“二战”结束后，他曾应圣保罗大学哲学系之邀，去巴西执教两年。其余时间，他在包括普林斯顿大学、芝加哥大学在内顶级的大学和研究院工作，而早年在斯特拉斯堡大学的任教经历使之成为布尔巴基学派的领袖，韦伊猜想的证明则使比利时数学家德利涅获得了菲尔兹奖。可以想见，当韦伊提出想去大同参观云冈石窟的请求被拒绝时会多么失望。

1974年初春，坦桑尼亚总统朱利叶斯·尼雷尔访华。尼雷尔是酋长的儿子，曾入读乌干达马凯雷雷大学，后留学英国爱丁堡大学，获历史与经济学硕士学位后回国任教。后来从政，成为坦噶尼喀民族主义代言人。1961年，坦噶尼喀独立后他担任总理，翌年坦噶尼喀共和国成立，他当选为总统。两年后，坦噶尼喀与桑给巴尔合并成为坦桑尼亚共和国，他又当选首任总统，并连任3届，直到1985年辞职。尼雷尔曾13次访华，其中5次是作为坦桑尼亚总统，被称为“中国人民的老朋友”。在中国援助下，坦赞铁路于1975年建成通车。遗憾的是，37年后我到访东非时，发现它已被弃用。

那次我是在荷兰乌特勒支大学的笛卡尔学院访学，恰逢国内的国庆长假，也给自己放了假。我购买了荷兰皇家

坦赞铁路，作者摄于坦桑尼亚

航空的往返机票，做了一回笛卡尔式的飞鸟，前往东非一游，那是我的第407次旅行。准确地说，从阿姆斯特丹飞往肯尼亚首都内罗毕，再从坦桑尼亚故都达累斯萨拉姆返回阿姆斯特丹，其他的日程和旅行线路则是开放的。我乘坐长途汽车去了乌干达首都坎帕拉和位于非洲第一大湖维多利亚湖湖畔的恩德培，在内罗毕大学做了一次讲座，并与尼雷尔的母校马凯雷雷大学英语系的主任共进晚餐。随后，我乘车到卢旺达首都基加利，参观了1994年卢旺达种族大屠杀纪念馆。下一站是世界第二深湖坦噶尼喀湖湖畔的布琼布拉，这是布隆迪共和国的首都，并到邻近的刚果小镇乌维拉一日游，回程搭乘中国驻刚果维和部队的便车。

之后，我乘卢旺达航空公司的飞机经停基加利，飞抵坦桑尼亚的乞力马扎罗，在阿鲁沙停留了3天，当地诗人在一家荷兰人开的酒吧里为我举办了一场诗歌朗诵会，一家英文报纸在显著位置予以报道。坦桑尼亚成为我游历的第100个国家，遗憾的是，由于全球气候变暖，那座非洲最高峰山巅的积雪十分稀少。在从阿鲁沙乘长途汽车前往达累斯萨拉姆的旅途中，我们多次跨越被废弃的坦赞铁路。坦赞铁路东起达累斯萨拉姆，西迄赞比亚中部的卡皮里姆波希，全长1860公里。1970年10月动工兴建，1975年10月建成并试运营，翌年7月正式移交给坦、赞两国政府。当时中国经济十分困难，但仍花费巨资帮助修筑，之前这项计划曾遭世界银行和苏联拒绝。1965年2月，尼雷尔总统首次访华时正式提出这一要求。

1974年3月那次是尼雷尔作为总统的第三次访华，他从达累斯萨拉姆飞抵广州，同日到达北京，其间他在阿沛·阿旺晋美副委员长的陪同下赴河北遵化针织厂和五小工业，随后飞往哈尔滨参观。最后，他从北京返回坦桑尼亚。1999年，尼雷尔因患白血病在伦敦圣托马斯医院逝世，他被认为是坦桑尼亚国父，其肖像至今仍印在坦桑尼亚1000先令纸币上，背面是总统官邸。

4　希思首相与施密特总理

在坦桑尼亚总统尼雷尔回国一个多月以后，我记录下英国前首相爱德华·希思访华的线路。他从伦敦飞抵北京的第二天，便由周恩来陪同飞往长沙，会见了毛泽东，之后再回北京待了一周。在纪录片《周恩来外交风云》中，当再现两人的会面时，画外音是希思的回忆，他说："……毛泽东对我说，我们只剩下最后一个问题，那就是1997年我们要收回香港了。"希思当即表示，1997年香港会有一个平稳的交接。毛接着说："我也是这样想的，不过到那时，我们（指了一下周恩来）就不在了。"还有的文字材料说，毛泽东又接着指了一下70岁的邓小平："具体事情由他们年轻人去办啦！"

英国首相通常出自精英阶层，希思却是木匠的儿子，他的母亲做过女佣。他在故乡肯特郡一所文法学校毕业后，进入牛津大学贝利奥尔学院，攻读PPE，即哲学、政治和经济学，据说入学前他两次申请奖学金未果，后来获得故乡肯特郡教育基金会的贷款。第一学年他凭借音乐天分获得奖学金，随后当选牛津大学保守党主席，坚决反对党魁张伯伦首相对纳粹德国的绥靖政策。说到贝利奥尔学院，它的毕业生和教授里分别有5位和7位诺贝尔奖得主，这两个数字虽与剑桥三一学院无法相比，却在牛津独领风骚。在人文领域，贝利奥尔也涌现了不少杰出人才，例如，经济学家亚当·斯密、历史学家汤恩比、诗人霍普金斯、小说家格雷厄姆·格林和阿尔多斯·赫胥黎。

此外，贝利奥尔学院培养了4位英国首相和4位外国政府首脑。希思是其中之一，而鲍里斯·约翰逊是他的学弟，不过后者当初念的是古典文学专业。1964年，约翰逊出生在纽约，他爸爸当时在哥伦比亚大学读书，当年他们便搬到牛津，因为他妈妈转学到了牛津大学。约翰逊后来搬过无数次家，他的第一任妻子是他在牛津大学念书时的同学。2021年，他在威斯敏斯特大教堂举行第二次婚礼，这回是

牛津大学贝利奥尔学院，作者摄

奉子成婚，据说是英国历史上第一位首相新郎，可见政治人物生活相对比较保守。2020年，约翰逊不幸成为第一个感染新冠肺炎的西方国家政府首脑，并一度住进ICU病房。

再来说说希思，“二战”期间他在陆军服役，战后曾在银行工作，34岁当选议员，先后担任劳工、掌玺、工业和贸易大臣。1965年当选保守党领袖，1970年出任首相，积极推动英国加入欧共体。虽说1950年年初，英国便承认中华人民共和国，但因朝鲜战争，两国外交关系一直停留在代办级别，在尼克松访华第二个月，中英终于正式建交，其时希思仍是首相。希思访华那年，他刚好连任失败，访华前夕，撒切尔夫人取代他成为保守党领袖。没想到的是，在随后的27年里，他又25次访华，到访过包括拉萨在内的所有名城。他与邓小平常见面，“结下了特殊的友谊”。不仅如此，他们还一直保持着通信往来，希思介绍了英国远程教育情况，受到邓小平的重视，直接推动了中国远程教育的发展。他还积极促进中国和国际公司之间的业务往来，与中国远洋运输集团总公司保持着密切联系。

在希思访华之后，接下来我的手绘地图册有一年多的空白，按理说柬埔寨前国王西哈努克亲王、朝鲜领袖金日成和阿尔巴尼亚领导人霍查应该是经常访华的，但他们的行程从没有出现在我的手绘地图册中。事实上，柬埔寨和朝鲜可能距离太近，两国领导人访华又过于频繁，而阿尔巴尼亚与中国的关系并不如我们印象中那么亲近和稳定。当尼克松访华的消息传到地拉那，霍查气得暴跳如雷，他认为那是对中阿关系的“一种背叛”，“在原则和策略上都是错误的”。

直到一年半以后的1975年10月底，又来了一位稀客，那便是联邦德国总理赫尔姆特·施密特。其实，1974年秋天，有着“铁蝴蝶”之称的菲律宾总统老马科斯的夫人伊梅尔达，就曾偕同17岁的儿子小马科斯访华，为翌年夏天陪同老马科斯总统访华并与我国建立外交关系打前站。那次她到北京之后，并未见到毛泽东，因为他当时正在武汉，她穿着中山装访问公社和工厂，还去延安参观了毛泽东居住过的窑洞。

无论她走到哪里，都有成千上万群众夹道欢迎的盛大场面。最后，毛主席派飞机把伊梅尔达母子接到长沙，并在长沙一个大院里会见了这对母子，那天是1974年9月27日。她用中文为毛泽东演唱了《我爱北京天安门》，毛泽东则行了著名的吻手礼。48年以后，小马科斯当选菲律宾总统，翌年元旦过后，他率领一个庞大的代表团访华，此乃后话。

再来说说1975年深秋联邦德国总理施密特的访华，他到北京时，周恩来已病重，由邓小平副总理全程陪同，毛泽东会见了他105分钟，两人谈到了国际政治和哲学。他是我手绘地图记载的最后一位访华的外国政要，一共造访了3座中国城市——北京、南京和乌鲁木齐。至此，为时三年零八个月的手绘外国领导人访华旅行线路图宣告结束。

施密特出生于汉堡的一个教师之家，1937年他中学毕业后拒绝参军，两年后他被迫入伍，后来上了西线作战。他的父亲是一位犹太商人的私生子，曾隐瞒真相，伪造儿子的出生证，以便得到雅利安血统的证明。因为按照纳粹的法律规定，不允许有任何犹太血统的军人晋升为将校级

德国铁路杂志封面人物——施密特，作者摄

军官，而施密特当时是中尉。1945年春天，他被英军俘虏，4个月后“二战”结束，他从俘虏营里放出，后来入读汉堡大学经济系，1949年获得硕士学位。之后留在故乡工作并积极从政，1953年当选联邦议员，1969年任财政和经济部长，1974年出任联邦德国总理。多年以后，有记者从施密特的一位朋友口中探得“伪证”之事并公之于众。迫于舆论压力，施密特于1984年将真相公开坦白，那时他已退出政坛。

2010年秋天，我正在进行第357次旅行，即从哥廷根经莱比锡去往慕尼黑，在火车上意外地看到一本铁路杂志，封面人物恰好是前（联邦德国）总理施密特。那会儿他已92岁高龄，仍精气神十足，并在德国享有崇高威望。从施密特晚年出版的回忆录来看，他文笔很好。2015年11月，他辞别人世时“躺在自己家床上，毫无痛苦”。可以说，施密特是屈指可数的在“文革”期间访华的国家领导人中最后一位离世的。而前文提及的他的搭档谢尔，即一年前来北京签署两国外交关系公报的外长，比施密特小一岁，也于下一年去世。说到当年的民主德国和联邦德国，面积较小的民主德国由苏军占领，较大的联邦德国则由英军、法军和美军占领，汉堡、法兰克福和慕尼黑分属其中。同样，柏林也被分为4个部分，分别由苏军和英、法、美军占领。

虽说我只记录了7位外国领导人的行程，他们的国度分布却比较有代表性，除了美国和英国、法国、德国3个欧洲大国，还有日本和南亚的斯里兰卡，以及非洲的坦桑尼亚。遗憾的是，这7位外国领导人的访华路线图中，没有一幅包含西安。在我的印象里，由于那时来一趟中国不容易，每位外国领导人通常会选择京城之外的一两座城市参观，而西安在我后来的记忆里是京沪之外，外国领导人访华的首选。后来，我终于找到了原因，被誉为“世界第八奇迹”的秦始皇兵马俑是1974年才发现的，第一个来参观的外国领导人是新加坡总理李光耀，那已经是1976年，我不再画老外们的访华旅行路线图了。

5　南田岛，第一幅地图

尼克松首次访华结束后不久，我除了手绘外国领导人访华路线图以外，还对世界各大港口之间的航路图感兴趣，于是在笔记本上记下它们之间的距离，数据来自正式出版的世界地图。例如，上海与横滨之间的距离为1050（1940），前一个数字为海里，括号里的数字为公里。再如，上海至符拉迪沃斯托克（海参崴）1000（1850），上海至温哥华5110（9450），上海至哈瓦那9510（17590）；广州至新加坡1530（2830），广州至珀斯3600（6660），广州至达累斯萨拉姆5530（10230），广州至马赛8030（14870），等等。那是一本内页有横线的笔记本，插图照片是中国各大城市的桥梁，记得有北京的金水桥、上海的外白渡桥、天津的海河大桥、宁波的反帝桥。

说到宁波的反帝桥，它位于姚江汇入甬江处，曾是连接江北和海曙的主要交通枢纽，现称老新江桥。从前，那里有一座由18艘木船相连的浮桥。1970年9月建成了这座钢筋混凝土三孔双曲拱桥，全长304米，其中正桥163米，桥面宽19米，可并行4辆大卡车，两侧各有人行道，桥下可通百吨货轮。栏杆上写着毛主席语录：全世界人民团结起来，打败美国侵略者及其一切走狗。引桥栏杆上镶嵌着火炬图案，象征着广大人民群众高举熊熊燃烧的反帝火焰。

值得一提的是，多年以后我才发现，宁波西郊的高桥镇有一座高桥，是南宋数学家秦九韶[1]设计的，也是“宁波十大古桥”之一。1256年，秦九韶应好友明州（宁波）知府吴潜的邀请前往宁波，除了高桥，他还帮助修复了几座城门和它山堰。之前，秦九韶也设计了杭州的西溪桥，后人以他的字“道古”命名之。2024年，我应宁波市图书馆的邀请做客“天一讲堂”，讲述秦九韶的故事，并冒雨前

---

〔1〕秦九韶（1208—1269），四川安岳人，南宋数学家、气象学家，著有《数书九章》，他发明的中国剩余定理和秦九韶算法至今仍在数学领域广为使用。

往高桥参观。今日高桥系清代建造，仍保有南宋原貌，南北桥额分别刻有四字：指日高升、文星高照。原来此桥为古代宁波西部咽喉，学子们进京考试均经过此地，想来这八个字也是为学子而题。

虽然那时我们每周上学五天半，周六下午老师们还要政治学习，但学校里的功课、作业较少，因而有许多闲散时光可用来遐想。不过，之所以对这些海港和里程感兴趣，还有两个因素，一来那时候外国政要（尤其是大国领导人）访华并不频繁，通常好几个月甚至一两年才迎来一位；二来我有一个海员舅舅，他是我母亲唯一的亲哥哥，早年就读于国民党电雷学校，后来去了台湾，那时他早已退伍，成了远洋轮船船长，工作关系在香港招商局，家安在台北。舅舅不间断地从海外寄给我母亲信件或包裹（既带给她快乐，也带给她麻烦），信封左上角的英文地址是我非常感兴趣的，那通常是某个外国著名港口城市的名字，我一般能在世界地图上找到。

虽说乡村英语老师连音标也没教会我们（同学们通常用汉字注音来记单词发音），且课本内容全是红色和革命

2000年，作者在蒙得维的亚

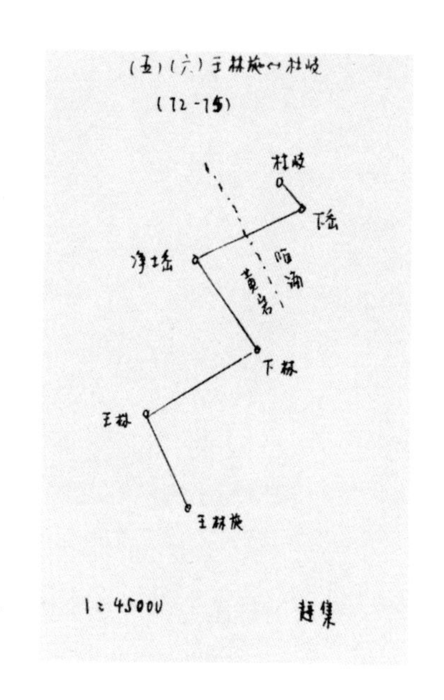

最短的旅行：从王林施村到杜歧村

的，毕竟认识了全部26个英文字母，那些海港城市又比较容易辨认，再对照一下世界地图也就猜出来了。在我上大学期间，我一一踏访了笔记本上印有桥梁的城市；而在后来的世界之旅中，我也抵达了笔记本上记载的每一座异国港城，不过并非乘坐轮船，而是搭乘汽车（横滨、长崎、温哥华、纽约、旧金山、休斯敦、墨尔本、瓦尔帕莱索、达累斯萨拉姆）、火车［大阪、孟买、符拉迪沃斯托克（海参崴）、马赛、热那亚、汉堡、哥德堡、圣保罗］或飞机（伦敦、瓦莱塔、新加坡、雅加达、悉尼、珀斯、德班、塞得港、哈瓦那、伊斯坦布尔、里约热内卢、蒙得维的亚、布宜诺斯艾利斯）等等。

终于有一天，我绘出了自己的第一幅旅行图。那是在1973年岁末或1974年腊月，比例尺为1∶45000。在此之

王士性墓，作者摄

前，我随王林施村的邻居大人步行到临海县的杜歧村去赶大集，在等待新年来临之际，心里想着要做点什么。那次旅行，我对路上超越我们的手扶拖拉机和集市上那些堆积在一起的未油漆的马桶印象尤为深刻。当然，我不是像北宋博物学家沈括或南宋数学家杨辉那样，用等差级数来计算马桶的个数，后者正是在台州和苏州担任地方官期间，利用业余时间研究数学，还发现了各阶幻方的构筑技巧。

多年以后我才知道，杜歧是明代旅行家、人文地理学家王士性[1]的故乡。王士性比徐霞客早40年出生，当时全国有15个省，两人均游历了14个，徐未到过四川，王错过了福建。只不过徐毕生在民间，更为大众所知，王高中进士（父亲和三个堂弟也是），一生为官，更多旅行是借考察实现的，但他的散文淡雅清丽，对经济、文化、旅游甚至

〔1〕王士性（1547—1598），明代旅行家、地理学家。浙江临海人，少年好学，喜游历，性耿直，万历五年进士，著有《五岳游草》《广游记》等。

生态环境和可持续发展等均有前瞻性的思考，因而更具当代性。2012年夏天，我驱车沿金台高速从白水洋镇下来，由一位村民带路，拨开荆棘，找到了王士性的墓。在此以前，对那两次赶集的回忆已触动我写了一首诗。

村姑在有篷盖的拖拉机里远去

我在乡村大路上行走
一辆拖拉机从身后驶过
我悠然回眸的瞬间
和村姑的目光遽然相遇

在迅即逝去的轰鸣声中
矩形的篷盖蓦然变大
它将路边的麦田挤缩到
我无限扩张的视域一隅

而她头上的围巾飘扬如一面旗帜
她那双硕大无朋的脚丫
从霍安·米罗的画笔下不断生长
一直到我伸手可触

1988，杭州

之后我的若干次旅行也都留下了手绘旅行路线图，再后来，我又依据母亲的回忆，画出了平生第一次旅行的路线

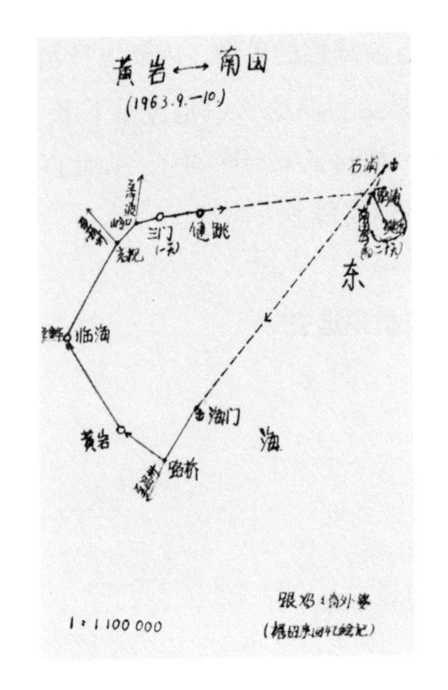

第一次旅行，从黄岩到象山南田

图：从黄岩到象山南田。那幅地图既有陆路（公路）又有水路，比例尺是1∶110万。那次旅行是在1963年夏末秋初，我出生还不到半年，母亲在黄岩县院桥中学担任教务秘书。南田岛是母亲的出生地，也是双亲长大、成婚的地方。那次母亲与江苏江都的妹妹（我的四姨）约好，一同去看外婆。母亲带着我，四姨带着比我小一个月的表弟，我们都在襁褓之中。据母亲回忆，我们一共在外婆家里待了20天左右。这是我唯一一次见外婆，也是母亲最后一次去看她老人家。

黄岩现在是台州市三个主城区之一，那会儿是人口逾百万的县治，院桥是黄岩一个镇，在县城正南约15公里处，两地分别位于今天甬台温高速公路的台州和台州南出口。象山是宁波东南的县治，唐代初建时隶属台州，后划归明州（宁波），民国以来又多次更换属地，直到1961年才复归宁波。我们去时走陆路，北上经由临海、三门两座县城，再向东到健跳港，其时临海是台州行政中心所在地，如今却成了台州的县级市。说到临海这座历史文化名城，早在公元3世纪的西晋年间便有临海郡，面积是赫赫有名的会稽郡的4倍，只不过那时郡府设在台州湾北岸的章安（今台州市主城区椒江的一个街道），管辖今天整个台州、温州，以及遂昌以外的丽水，宁波的宁海、象山。

从健跳到象山石浦每天有轮船，途中经停南田岛的主要港口鹤浦，航程约30公里，属于中国东海的边缘水域，需两个多小时。这比从三门坐汽车先到石浦再换乘渡船要方便，那一带因为多海湾，陆路的距离要超出3倍。石浦是我国著名渔港，如今有一年一度的开船节，也是艺术院校学生常去写生的地方。外婆老家在石浦对岸的南田岛，至今两地之间仍有半个小时的渡轮行程，虽已建成海桥连通，但需绕道高塘岛。到鹤浦后，还要坐三轮车或徒步才能到达十里外的樊岙。南田是宁波第一大岛，民国元年置县，樊岙是县府所在地，1949年撤县并入象山。我成年后重返南田岛，却发现樊岙只是一座山村，同时也搞清楚了樊岙、鹤浦以及父亲老家南五村（枫树脚塘）之间的地理样貌和位置。

归途我们走不同的路线，先乘渡船到石浦，再从那里乘船南下，我们绕过大陈岛和一江山岛，到达今天台州市府所在地海门（后因与江苏南通下属县治同名易名椒江，其实这里才是真正的“海门”）。后面一段海路与我后来在北方求学期间，从上海十六铺码头乘船回家所走路线基本一致。虽说海水浑浊，却是我第一次看见或面对真正的大海。值得一提的是，一江山岛是国共双方第一次海陆空联合作战交战之地，此前蒋介石、蒋经国父子都曾亲临大陈岛。一江山岛失守以后，国民党把大陈驻军和一万五千多居民全部撤到台湾（只漏了一位放牧的少年），以至于后来该岛成为知识青年最早插队落户的地方，曾吸引胡耀邦总书记登岛视察，他乘坐军舰的出发港正是石浦。如今，大陈人散居在高雄、宜兰、花莲、屏东等地，其后裔多达12万。

手绘这幅旅行图所用的方法与记载尼克松访华那幅基本一致，只不过内容稍丰富而已。我用实线表示陆路，虚线表示海路，后者也是对世界地图上各大海港之间航路的仿制。此外，还在两个港口——石浦和海门边上画了铁锚。说实话，在所有手绘的旅行路线图上，我仅对这一幅所注的时间有所疑虑，9月和10月是上课时间，母亲和四姨如何抽得出身呢，应该8月才是。图上还有一处遗漏，忘了标出东海之滨的健跳，它在三门县城以东约30公里处。健跳是军事要地，明代抗倭英雄戚继光曾在此修筑城墙抵抗倭寇。1916年，孙中山来此考察，在他的《建国方略》[1]里将其定为"实业之要港"。然而，健跳港终究无法与稍南的海门（椒江）港匹敌。

6　二乘三，温州和临海

我上大学之前，一共画过九幅自己的旅行路线图（大学时代重抄合绘成六幅）。这意味着，在我人生最初的十五

〔1〕《建国方略》，1919年6月出版，孙中山的三大著作之一，其第二部《实业计划》中提出"在中国北部、中部及南部沿海各修建一个纽约港那样的世界水平的大海港"等计划。

年里，只有九次离开黄岩县的地界或辖区。除了到宁波象山看望外婆，还去过温州和临海（我童年时代到过的仅有的两个地区政府所在地）各三次，温岭和仙居两座县城各一次，全部都在浙东沿海。这其中，有五次与母亲同行，一次与兄长未名同行，两次与村民同行（杜歧赶集）。还有一次颇为难得，我作为黄岩县体育代表团的成员，去台州北部的仙居县参加棋类运动会，算是第一次免费旅行了。说到象棋，我的启蒙老师是母亲，我们在王林施村时，她教会了我下棋的规则。如同《小回忆》中《象棋》篇里所写，我在与村民们的实战和观摩中得以提高，最后一一击败了他们。

这其中，温州是我孩童时代唯一到过的城市，也是我心目中的大城市。我母亲的小妹，也就是我的小姨家在那里。从1969年底到1972年初这两年多的时间里我曾三次去温州，最后一次离尼克松首次访华只有一个月的时间了。前两次母亲已离开院桥中学，到澄江中学（羽山）担任出纳，最后一次她已到王林施小学担任语文老师。之所以在短时间内连续去温州，是因为小姨父英年早逝，留下四个未成年的表兄妹。三次温州行都是在寒假期间，与未名同行那次他即将出发去黑龙江插队落户，温州之旅对他来说也是告别之旅。记得小姨家住中山公园附近的垟儿路，那儿有座垟儿桥，旁边有红瓦的岳飞庙，桥下有条小河连通瓯江。

这三幅路线图后来被我画在笔记本的同一页上，只因我们每次都乘长途汽车，来回线路一致，这是三图合一的唯一原因，完成这三条线路，只需把时间叠加上去。路上我们经过路桥（当年黄岩县一个镇，如今台州市一个区）、

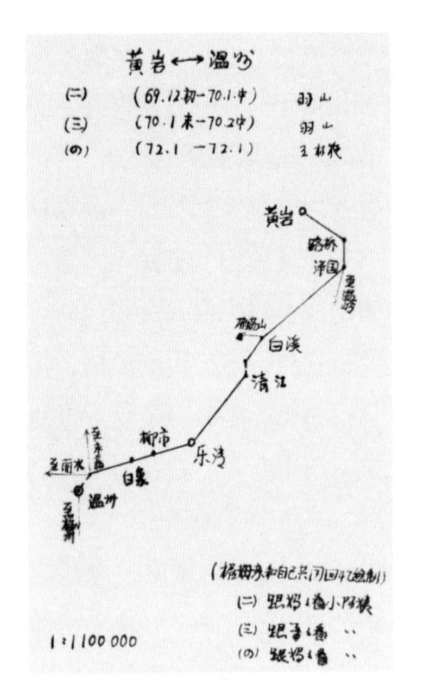

从黄岩到温州，三次旅行
记录在同一张地图上

温岭的泽国和大溪，乐清的白溪、乐成、柳市和白象等城镇。中间有两处我用红笔画出汽车轮渡，即清江和永嘉轮渡，其水色与我幼年时面对的东海如出一辙。说到汽车我想插一句，它的汉语名称由来已久，已无法考证出处了。在中国以外，包括每一种西方语言甚或日语，都是用“自动车”的概念或名称指代汽车，唯有中文依然带有蒸汽时代的痕迹。有趣的是，在日语里，“汽车”表示火车。

去温州路上最优美的风景要数北雁荡山，就在公路西侧，后来成为首批5A级风景区。与正式出版的地图册一样，我用黑色的三角形表示山脉。不过，我对雁荡山的造访要等到读大学的一个夏天。白溪镇现已改名雁荡镇，想必是当地政府想借名山提高知名度。我与大荆镇只是擦肩而过，它北边的智仁乡与我后来发现的祖居地平田乡毗邻，是数学家项武忠、项武义兄弟[1]的故乡。柳市如今已是温州第一强镇，即使在浙江省也能位列前三名，享有“中国电器之都”的美誉，也是“温州模式”的重要发源地。但那时留给我印象最深的却是白象，它是我们途中午餐的地方，那儿的水煮小白虾是我童年记忆里最美味的一道菜，至今我仍然对小白虾情有独钟。

说到温州，除了盛产数学家（高中时我已听说苏步青），也有一批有志于艺术或演艺的女性。李安的电影《色·戒》女主演汤唯便是乐清人，不过那会儿她还没出生呢。更为人所知的是，温州有大批移民海外的商人和打工者，尤以移至西南欧居多，几乎每家每户都有亲戚朋友在海外。他们依靠自己的不懈努力和互助团结的精神力量，在海外闯出一条生路。这与温州特殊的地理环境不无关系，因为它三面环山、一面临海，在没有高速公路、高铁和飞机的年代，与外界交流十分困难，刚好又有一个港口，因此干脆渡海出国。同样的地理因素也造就了独特的方言，这反过来又促进温州人的相互抱团，无论国内还是海外。

多年以后，我在世界各地，尤其在南欧和西欧国家，遇见过不少温州人。我也曾多次重访温州，到过一些大中学校、书店和图书馆。2019年夏末，应《钱江晚报》之约，我还曾偕同六位诗友，游历了温州的山山水水，从楠溪江到泰顺廊桥，也造访了江心屿上的英国领事馆旧址，写过

---

〔1〕项武忠（1935—　）、项武义（1937—　），数学家，出生于温州最北端的乐清市智仁乡，兄弟俩分别是普林斯顿大学和加州大学伯克利分校教授，哥哥还做过数学系主任，并曾应邀在国际数学家大会上做一小时报告。

温州江心屿上的英国领事馆旧址，建成于1895年，作者摄

一篇随笔《永嘉，水长而美》。我还发现，我们家族的南渡二世祖蔡劭曾是永嘉太守，他的任期就在王羲之和谢灵运之间，那是在1600多年前的东晋。可惜他不是文人，没有留下片言只语，只在《四库全书》有过记载，幸好他的父亲、南渡先祖蔡谟有许多事迹留传下来。2020年春天，黄岩西部平田乡平田村的村民在清理河塘淤泥时发现了蔡劭的墓碑，证实了族谱里的记载。

说回童年的温州之行，对我来说是有启示性的旅行。从那时起，手绘旅行路线图成为我旅行归来最乐意做的一件事，甚至成为我喜欢旅行的一个原因。我曾三次去邻县临海，除了两次徒步赶集，还有一次水路行程。自从父亲被打成“右派”，母亲从县城文化馆下放乡村已快20年了。

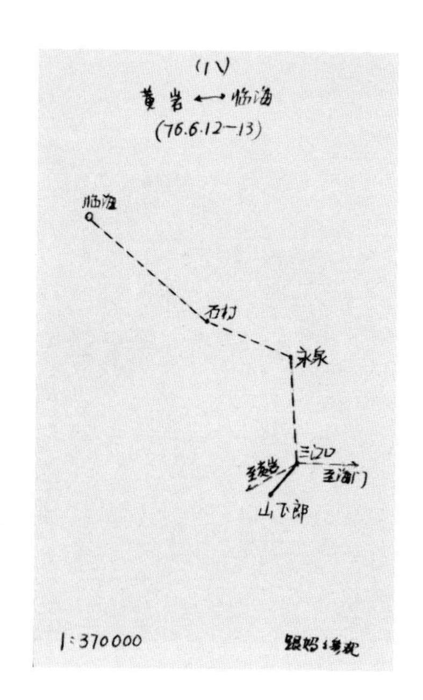

1976年，从黄岩到临海

那是在1976年6月，母亲已到江口的山下廊村，她为了我能够顺利读上高中，调任江口中学会计。我们步行到三江口（今江口街道），在那里搭乘从海门开来的客船前往临海，参观教育革命的成果展览，同行的有江中全体教师。三江口是流经黄岩的永宁江和流经临海的灵江交汇处，那以后就叫椒江了。若论流量，椒江是仅次于钱塘江和瓯江的浙江第三大河。途中停靠几座小埠头，其中永泉（应为涌泉）和石村（在今天地图上不知去向）也标注在我的手绘地图上。

临海傍依着灵江，唐代以来便是台州府治，老城区有千年的台州府城墙，如今是国家5A级风景区。它始建于东晋（一说南朝），北宋时重建。后来元代统治者下令拆毁

临海的古城墙，八达岭长城的蓝本

各地城墙，临海城墙却因防御水患的功能得以幸免。到了明代，它成为包括北京八达岭长城在内的多地重建城墙的蓝本。城墙下一千多米长的紫阳古街其时默默无闻，如今成为中国历史文化名街，因道教南宗始祖紫阳真人张伯端得名，有“浙江第一古街”之称。古街南侧有临江的巾山，林木茂密，风景幽丽，东望如麒麟，西看似伏牛。峰顶双塔称大小“文峰塔”，初建于唐朝，重建于清朝。

那次我们没去父亲当年求学的台州中学，它本是台州最高学府，建于1867年，原名广文书院。郑广文是唐代文学家、书画家郑虔的别名，他生命的最后两年在台州度过，其间与老友杜甫多次互通信函。父亲在这里念书时，与在象山南田老家的母亲鸿雁传书，从北大毕业以后，也曾回母校任教。直到45年以后，我应邀去台州中学做讲座，在校史室里看到父亲的照片和学籍档案，称他是学校地下党支部的创建者。话说那次我们去时逆灵江而上，回程顺流而下。这段河流上方如今横跨甬台温高速公路和高铁轨道，从大桥上可见始建于西晋的延恩寺。延恩寺又称涌泉寺，比起杭州灵隐寺（东晋）、天台国清寺（隋朝）和普陀普济禅寺（唐朝）来历史更为悠久，现今香火复旺。

那次是我在黄岩车站（为搭乘早班汽车去温州）以外第一次住旅店，至于店名和展览的内容早已忘记，或许与此前不久上映的电影《决裂》（1975）有关。这部片子讲的是上大学不用考试，而是根据你手掌上的老茧多寡录取的故事。最经典的镜头是，教授（葛优的父亲葛存壮扮演，他在《南征北战》中饰演国军参谋长，与陈述、《白毛女》中饰演黄世仁的陈强、《平原游击队》中饰演松井的方化和《闪闪的红星》中饰演胡汉三的刘江被视为银幕“五大坏蛋”）一本正经地对从农村招来的大学生讲“马尾巴的功能”，引发观众的耻笑。于是乎，该影片成为“反击右倾翻案风”的有力工具。

7　白日梦，温岭和仙居

1976年是一个十分特殊的年份。那年的1月和9月，与尼克松、班达拉奈克夫人、田中角荣、蓬皮杜、尼雷尔、希思等会晤过的周恩来、毛泽东先后过世（施密特抵京时周恩来病重，由邓小平接待，他只见到毛泽东）。7月，张闻天（曾任中共中央总书记，病历卡上写着张普）和朱德元帅也在5天内相继辞世；接着，离北京不远的唐山发生

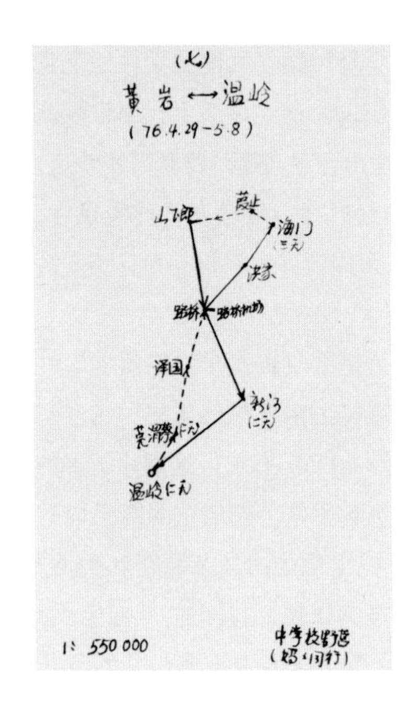

1976年，从黄岩到温岭

了7.8级大地震，24万多生灵瞬间毁灭，更多的人受伤。而在此前后的1975年和1977年，我获得两次机会，先后赴邻县温岭和仙居一游，这两次旅行对我来说有着特殊的意义。

温岭之行是我企盼已久的，学校组织高中部同学拉练，这在物质生活富裕的今天反而不可能了，校方通常以安全为由不予考虑。那次出游校方筹备已久，教语文的许允安老师是主要策划人和推动者，他毕业于台湾大学，曾在温岭的几所中学任教。那会儿是春天，我们背上防寒的小被褥等徒步出发，先向西去黄岩县城，再向南去路桥，顺便参观了路桥机场，那也是台州地区唯一的机场。原先那里是秘密的军事基地，后来因为有飞行员“驾机投敌”（飞往台湾），暴露了目标，因此才允许我们参观，每位同学甚至获准爬上一架战斗机座舱感受数秒钟。路桥机场后来改成民用机场，叫黄岩机场（今台州机场），此乃后话。

说到路桥机场，位于其东侧的洋屿村是元末明初农民起义领袖方国珍的出生地，他是第一个起兵反元的，曾攻下台州、温州和庆元，后来归降于朱元璋，善终后葬于南京东郊，朱元璋亲自设祭。与方国珍同时代的文学家、史学家陶宗仪出生在机场西南方的清阳陶村，他有多篇作品被收入明朝《永乐大典》和当代小学语文课本。多年以后，我偕家人参观了他的故里，了解到火柴的发明、缠足的历史和黄道婆的事迹等有赖于他的文字记载。改革开放以后，路桥成为中国股份制经济的发祥地之一。机场西侧的李家村是我的同龄人李书福的故乡，他创立的吉利集团生产中国自主品牌的汽车，如今不仅买下了瑞典的沃尔沃，还是德国奔驰汽车最大的股东。

从路桥向东南，很快进入温岭县（今温岭市）地界。我们首先到达的是新河镇，新河中学是一所历史悠久的乡村名校，我们借了好多间教室，把课桌并拢当床铺，住了两个晚上。有一天上午，我们与新中老师和同学做了交流，记得还曾旁听了几节课。之后，我们出发向西南，来到温岭县城。这回我们借宿温岭中学，那是一座依山而建的校园，建于1847年。印象最深的是山边有用竹子做的水管，把山上流下来的水引到一口大水缸里，同学们就用缸里的水淘米。温岭中学是数学家柯召[1]的母校，我后来第一次

---

〔1〕柯召（1910—2002），数学家。浙江温岭人，1933年毕业于清华大学，后留学英国，1937年获曼彻斯特大学博士学位，中国科学院院士，曾任四川大学校长。

乘飞机旅行便是与他的寿辰有关。在温岭逗留两天后，江中的同学和老师们顺原路返回，唯有我们母子留了下来。

温岭是父亲老家，这个概念对我来说有些模糊，这主要因为我从小没和父亲一起生活。很久以后我了解到，1921年，我爷爷响应政府号召，率领全家到象山南田拓荒种田，父亲是在襁褓中被奶奶抱着去的。我们老家在温岭城北莞渭蔡村，现隶属横峰街道，也算是温岭市区了。我记得那里有许多芦苇，是个水草繁茂的地方。往西北方向走300多米便是邻村莞渭陈，那是我奶奶的娘家。可惜我从未联系到奶奶家的亲戚，也未见过爷爷奶奶。据我的堂兄光宇回忆，奶奶晚年曾在他面前自夸，蔡家的文脉源于她。让她引以为傲的是，两个儿子（二伯和父亲）分别考取浙大和西南联大（北大）。

2011年春天，我受邀到台州图书馆等地讲座，趁机回温岭老家，为爷爷奶奶扫墓，那是在一座叫楼旗尖的山脚下。光宇和他的弟弟光宙两家人陪着我，去到爷爷奶奶坟前祭拜。我问光宇，家里是否还有爷爷奶奶的照片，他的回答是经过“文革”的悠悠岁月，地主和地主婆的照片没能保存下来。直到2023年春节，我们全家到温岭石塘（新千年第一缕阳光照射地）朋友开的民宿住了几天，回来后女儿写了一则有关故乡的推文，被温岭市档案馆的一位有心人看到，他随后加我微信，发给我民国时期的两张家人合影，我终于第一次看见了爷爷奶奶的形象。爷爷看起来蛮有气场，只是周边的人除了我父母以外，大多数认不出来。档案馆替我们保存了70多年，现在应该物归原主了。

可是那会儿，母亲不敢去扫墓，因为祖父母是地主和

2011年春天，在温岭楼旗尖爷爷奶奶墓前

地主婆。我们住在大伯父家里，他一辈子务农，早年开过一家米厂，两位堂兄均已成年。在爷爷老家逗留两天以后，我们乘内河船回到路桥，再从那里坐汽车去海门。母亲早年在海门文化馆工作，未名就生在那里，后来因为父亲到黄岩中学任教，她才去了黄岩文化馆。海门有她许多相熟的老同事，我们在那里逗留了三天，住在她的一个老朋友家。母亲带我参观了海门烈士陵园，那是为纪念解放一江山岛牺牲的战士修建的。最后，我们又坐船回到山下廊村（地图中误为“郎”），历时十天九夜。那次可谓我童年记忆最深刻的一次旅行，一半水路，一半陆路。

旅途中最难忘的一件事是，有一天，我在与同学们徒步旅行的时候产生了幻觉：我们是一队急行军的士兵，我是一名高级将领，却与普通战士们走在一块，这一点大家都不曾发觉。恍惚之间，有一辆吉普车从后头追了上来，

民国晚期的两幅家人合影

一名身材高挑的女兵跳下来，跑到我跟前立正行礼："报告师长，军长请您到军部开会。"于是同学们惊讶不已……那应该也是看了打仗的电影的结果，却记不得是哪部影片了。多年以后我才发现，被黑格尔赞为"近代哲学之父"的笛卡尔[1]也有过类似的体验，那是在1619年的一个冬日，23岁的笛卡尔随军驻扎在德国南方巴登-符腾堡州傍依多瑙河的小城乌尔姆，产生了一系列的幻觉。不过，人家随后即取得数学和哲学方面的里程碑式成果，而我的瞎想只是白日梦。更为神奇的是，260年以后，乌尔姆这座小城又诞生了伟大的物理学家阿尔伯特·爱因斯坦。

接下来要过两年零两个月，我才又一次获得陆上旅行的机会，那应该是漫长的等待。1977年6月，我即将高中毕业。有一天，我的棋友卢校长通知我，县里要我代表黄岩，参加在仙居举行的台州地区少年棋类运动会。此前的那个寒假，校长推荐我到黄岩县城参加了全县成人象棋比赛，那一次我初露头角，在循环赛中击败了亚军，差点逼和冠军。这次我兴高采烈地赶往县城，到体委报到，集训了一天以后，我们便乘车去往仙居。虽然仙居和黄岩是邻县，但相连的公路必须经过临海县城。仙居这个名字很好听，如今凭借陡峻环列的山峰、奇崛幽深的溪瀑成为人们向往的旅游目的地，雅称神仙居，但那会儿鲜为人知。如此优美的环境意味着有许多盘山公路，今天只需半个多小时的车程，那时却需要走上六七个小时。

这是我第一次出公差，假如当天往返杜歧的赶集不算，这也是我第一次没与家人一起出门。从手绘路线图来看，我又一次经过了石村，看来它在灵江南岸，很有可能是在

---

〔1〕勒内·笛卡尔（1596—1650），法国数学家、哲学家，发明坐标系，创立解析几何和二元论哲学。为了看世界，他加入荷兰军队，后客死瑞典。英国物理学家弗里曼·戴森曾把笛卡尔比喻为飞鸟，而把同胞哲学家培根比喻为青蛙。

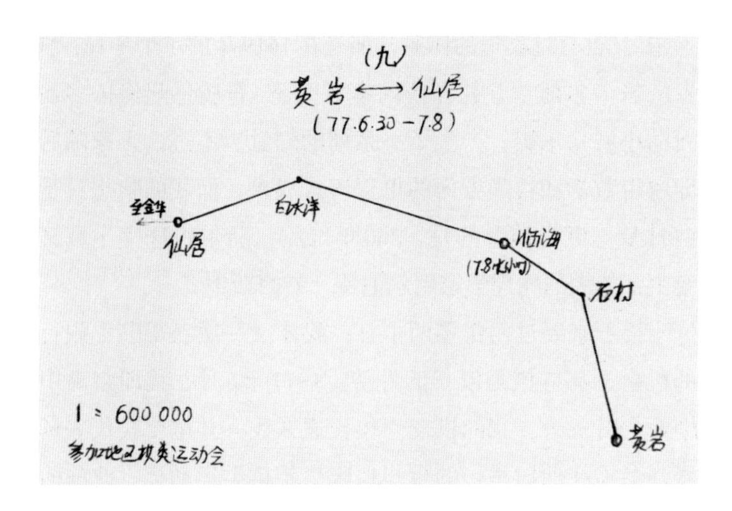

1977年，从黄岩到仙居

马头山下。从位置和距离判断，属于现在的沿江镇，杜歧当年隶属涌泉，如今也归沿江镇管辖，却难以在地图上找到，需要用GPS定位才能发现。白水洋镇与仙居县城一样位于永安溪畔，永安溪和流经天台县城的始丰溪分别源于丽水、缙云和金华、磐安交界处，是灵江两大主要支流，那浅浅的水流也是我印象最深刻的。多年以后，我应仙居图书馆邀请去作讲座，才回到那座县城，并再次见到永安溪。又过了许多年，我应台州文旅局的邀请，游览了神仙居，并受聘担任“浙东唐诗之路”体验官。

遗憾的是，那次比赛我的成绩不理想，只获得第四名，而前三名才有机会去绍兴参加浙江省棋类运动会。那本是我的梦想，因为就可以看见铁路和火车了，那也是我童年最喜欢的三部电影里没有出现的交通工具。不过我也无法不满意，因为我既没有名师指点，又缺乏理论知识，仅有的训练是与王林施村的村民实战。等我回到山下廊村，毕

神仙居风景

业典礼已经开过，我的中学时代结束了。之前父亲就曾告诉我，他已准备好一套木工工具，打算教我他在“文革”期间学会的可以用来养家糊口的活计。等到第二年春天，县体委又来找我参加地区比赛，但那时高考制度已恢复，父亲预判我即将有一个较为光明的未来。我从山下来到父亲身边，在他任教的黄岩中学准备高考。之后，我只在大学时代参加过一次业余的象棋比赛，并与导师潘承洞先生有过几番对弈。

二

少年，迟来的火车文明

分手各千里

去去何时还

——李白《古风》

8　乘上去天堂的汽车

从手绘旅行图集上看，我十四至十五岁那年没有获得出游机会。自从上一次去仙居参加象棋比赛，到下一次去济南上大学，中间相隔了一年又三个月。高中毕业后的那年秋天，我进城住到父亲的黄中宿舍，那是一间十平方米的石板地小屋，一张大床占去三分之一，我睡里头，父亲睡外边。接下来的一年里，我有时怀着好奇心在县城闲逛，有一次意外地撞见了一台黑白电视机，却从未用过黄岩中学传达室里的电话机。更多时候是在准备高考，却不怎么顺利。第一次（1977）已上线，参加了体检和政审，后一关未获通过，这与家庭成分、父母的政治遭遇和属海外关系的舅舅有关。第二次（1978）政审放宽，我终于收到了山东大学的录取通知书。

要上大学了。1978年10月3日凌晨6时许，我告别了故乡和父母，独自一人坐上去省城杭州的长途汽车，开始了人生第一次远游。在我的手绘地图册里，这属于第十次旅行，也是第一次乘坐火车。为了与汽车旅行相区别，我将用双线和黑白相间来表示铁道线。那时黄岩汽车站设在青年东路和环城东路交叉口，尚没有一趟发往省外的班车，杭州是最远的目的地，且每天只有一班，我是那天的四十位幸运乘客之一。事实上，那时黄岩总共才有四班客车发往台州以外的地方。除了杭州，其余三班车的目的地是宁波、金华和温州。那时浙江只有三座城市，金华和黄岩一样也是县治。

就像婴孩时代第一次旅行一样，我乘坐的汽车先过了

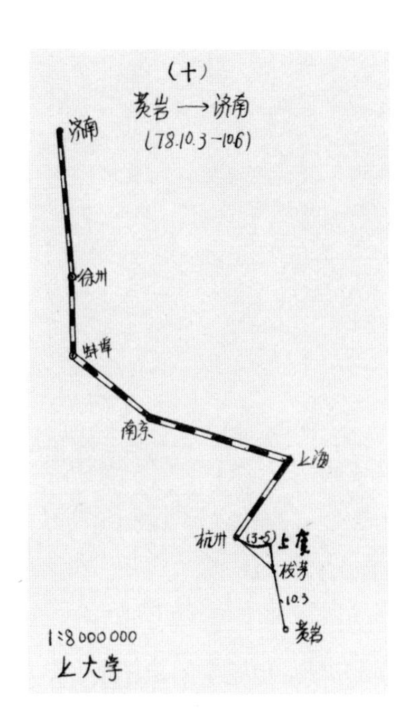

独自远行上大学

临海与黄岩两县的分界线——黄土岭，我接受了晕车症的初步考验。经过临海县城和大田镇后，前方面临更严峻的考验。临海与三门交界处耸立着高高的猫狸岭，司机在这段路上把车速放慢，引擎发出类似打嗝的声音，比平地里的手扶拖拉机走得还慢，路旁边是悬崖。值得一提的是，如今猫狸岭出现在新闻里往往与甬台温高速的同名隧道事故有关。之后，我们到达了三门西部小镇高枧，那里分出一条公路通往宁波。高枧是三门、临海、天台三县交界处，我们的汽车向北偏西方向行驶，很快进入了天台地界。

至此，除了最南面的玉环，台州其他六县我都已到过。不过，台州以外，我去过的地方（包括经过的地方）寥寥可数，不过是宁波的象山和温州的乐清、永嘉，加上温州

石塘的民居屋顶，
作者摄

市。查阅我的手绘地图册后，确定造访玉环已是21世纪的事了。那是2007年春节期间，在相隔将近30年以后，我终于在第286次旅途中抵达玉环岛，完成了台州之旅。那次我偕家人驱车经丽水去温州看望友人，归途从乐清的南岳镇码头搭乘汽车轮渡到玉环的大麦屿，之后还经过玉环县城（吃了顿午餐）和温岭石塘。

话说1978年那次过了天台县城后大约一小时，前方又出现一座更险峻的山峰，那便是会墅岭，它是天台和新昌、台州和绍兴的分界岭。记忆里每次经过我都要吐掉苦胆，深邃的山谷更让人看得心惊肉跳。多年以后，我才得知当年我们在王林施村晒谷场上看的电影《奇袭》里追击战镜头，便是在这段公路上拍摄的，导演许又新是绍兴人。岭上唯一的小镇叫儒岙，隶属新昌，紧挨着天姥山和天姥寺（天姥村则属天台），那正是李白的名诗《梦游天姥吟留别》

石梁小飞瀑，作者摄

所写的天姥。有人曾考证，唐代以前，天姥山已是文人心中的圣山，犹如帝王眼里的泰山。而位于天台城北的千年古刹国清寺，曾是貌不惊人却傲视世间的唐代诗人寒山和南宋高僧“济公活佛”的出家地。

说到电影《奇袭》，讲的是朝鲜战争，我志愿军某侦察分队在连长方勇的带领下周旋于敌后，他们化装成美军巡逻队，通过公路封锁线，随后又救出为我方做联络工作的朝鲜阿妈妮。为炸毁军事要地康平大桥，他们化装成伪军伤兵，夺得一辆吉普，骗过桥头岗哨，搞清了大桥构造和设防情况。敌人派兵追寻，紧急关头方勇把吉普车开下悬崖坠毁，摆脱了追击。最后，侦察队将炸药成功安放在桥墩处，一声巨响，增援的敌人和大桥同归于尽。说到康平桥，它的取景地并非北方或朝鲜，而是宁波奉化溪口（蒋介石的老家）剡溪上的藏山大桥，它也是宁波现存唯一一座民国时代（1934）建造的钢架桥。

手绘地图中标出的地名实在太少，下一处是拔茅，今天绝大多数浙江人没听说过这个小镇，连接台州和绍兴的上（虞）三（门）高速甚或104国道线也没经过此镇。可以这么说，小镇拔茅因为公路改道被人遗忘了。我却永远记得，因为不仅这一次，以后返乡的许多次旅行都经过拔茅并在此吃午餐。不过，那会儿我因为晕车，吃饭一点都不香，更没有去温州途中在乐清白象吃到小白虾那样甜美的记忆。直到有一次我发现，连接天台和新昌这两个邻县的公路（无论什么等级），如果按地名首字来命名，就应该叫“天新公路”。那以后，我的晕车症似乎有所减缓。

车过拔茅以后，前方一马平川，曹娥江流经的新昌和嵊县（今嵊州）是必经的县城。此江与灵江支流始丰溪一样源于金华磐安，最后注入了钱塘江河口段，其流域面积位居钱塘江、瓯江和椒江之后，列全省第四。曹娥江因投江自尽的东晋孝女曹娥得名，在不同的县治有不同的名字，嵊州段叫剡溪，新昌段（支流）叫新昌江。这条河流也是著名的“浙东唐诗之路”经过的地方，据说《全唐诗》收录的诗人中，有300多位曾来过，包括李白、杜甫、白居易三位大诗人。“湖月照我影，送我至剡溪”这两句出自《梦游天姥吟留别》，李白的另两句“此行不为鲈鱼鲙，自爱名山入剡中”则出自《秋下荆门》。

直到20世纪50年代，台州和绍兴之间依然没通公路，去杭州或更远地方的台州旅客需步行或乘坐手推车、独轮车翻越会墅岭到新昌，从那里乘船沿剡溪一路向北。由于唐诗之路的终点在天台山，晋唐以来的文人墨客须逆流而行至天台的石梁镇（石梁啤酒的水源地）再登山。返程的客船过了东晋名士谢安[1]的隐居地东山之后，离终点上虞嵩坝就不远了。再往前，便是杭甬公路了，有一家冠名“萧绍嵩公司”的私营运输公司在运营，直通钱塘江南岸的萧山。对群山环抱的台州人来说，杭州真可谓马可·波罗所说的人间天堂。值得一提的是，如今上山高速汇入杭甬高速前仍有一个出口叫嵩坝。

9　开往泉城的绿皮火车

高枧、拔茅和嵩坝属于公路沿线被现代化遗忘的小镇，同样，铁路线上也有一些地方被人忘却。从上虞到杭州路途平坦，激动人心的时刻接踵而至。先是看见公路旁的萧甬铁路，随后便跨越铁轨和传说中的扳道房。接着，一辆绿皮火车突突地从宁波方向开来并超越了我们，我孩童时代的梦想实现了。经过水乡绍兴，我看见纤夫走过的石板长桥，想起了鲁迅的散文。车到钱塘江南岸，同样出现在教科书中的钱塘江大桥（今钱江一桥）在眼前闪现，脑海里出现了那位本家英雄蔡永祥，他舍身救大桥的事迹（未知真假）尽人皆知。

---

〔1〕谢安（320—385），东晋政治家，少以淡泊著称，隐居上虞东山，与王羲之等游山玩水，后谢氏家族朝中之人尽数逝去，才东山再起。淝水之战东晋一方总指挥，率八万人击败前秦百万军队。

钱塘江大桥由毕业于美国普渡大学的江西人梅旸春[1]设计，他获得硕士学位后在费城桥梁公司工作过3年。这是中国人自行设计制造的第一座公路和铁路双层两用大桥，虽说此前黄河、淮河和松花江上均有桥梁，却是由外国专家设计的。卡内基·梅隆大学博士茅以升担任大桥工程处处长，为此他辞去了北洋大学（今天津大学）教授职位。大桥落成于1937年，不料通车89天后日军即进入杭州，为阻止日军南下，不得已炸毁了两座桥墩，直到1946年才修复通车。而比钱塘江大桥早几个月通车的萧甬铁路一直分成东西两段，直到1955年上虞曹娥江铁路桥建成才连成一线。

过了大桥以后便是虎跑路和南山路，两旁的树木高大整齐，是我以往在台州从未见过的。美丽的西子湖若隐若现，下午6点左右，汽车抵达如今已消失的武林门汽车站。未名兄嫂在出口处迎候，那天他们特意从湖州赶来，预订好旅店并为我买好去济南的火车票，可惜我们都已不记得旅店的名称和地点了。我忘记是因为年纪比较小，他们忘记是因为已经多次前往杭州。第二天，兄嫂陪我游览西湖，这一点印象就更模糊了，如果没有在湖上划船，那一定坐船游览过三潭印月，白堤、孤山和岳庙也是非去不可的地方。之所以模糊，主要是因为我后来在杭州生活得太久，记忆被不断地覆盖。

此外，我们还去过西郊的灵隐寺，这一点确凿无疑，因为有一张大雄宝殿前的合影留下来。从那幅唯一摄于

[1] 梅旸春（1900—1962），桥梁专家。江西南昌人，17岁考入清华学堂，后赴美留学，获普渡大学硕士学位。回国后主持设计了钱塘江大桥、武汉和南京长江大桥。1962年病逝于南京，未见到南京长江大桥通车。

西湖的桃花，
作者摄

1978年秋天的照片可以判断，我那时身高不会超过1.65米。那天下午，兄嫂返回湖州，他们在一所中学里担任代课老师。至于在杭州的那两个夜晚我是如何度过的，已无法追忆了，肯定不会外出，因为那会儿杭州没有夜生活，我自个儿也没有夜生活的概念，必定是早早上床睡觉了。我只记得，从汽车站到旅店是要坐公共汽车的。

第三天，即10月5日下午，我独自早早地乘公交车来到杭州站，在候车室里等候发往北京的120次列车。我认识了一位校友李小国，他当过兵也结了婚，岁数比我大十几岁。终于，火车徐徐驶离了杭州站，那是我生命中的一个重要时刻。从此以后，火车将成为我的主要交通工具。我后来得知，那会儿120次列车刚开通两个月，之前从杭

飞来峰石像，作者摄；灵隐冷泉亭，作者摄

州到北京要先到上海再换车，需两天一夜。3小时以后，火车到达上海站，天空一片漆黑。小时候我听说上海有许多高楼大厦，出产百雀羚等名牌化妆品，当然还有大光明电影院和上海电影制片厂，我喜欢的电影《南征北战》和《渡江侦察记》便是由上影厂摄制的。

接下来是苏州，与杭州一同位居“人间天堂”之列，其时尚无经济奇迹发生，仅以古典园林名闻遐迩。无锡、常州和镇江相对陌生，但我同样在学生时代一一造访。至于六朝古都南京，最著名的地方并非总统府、玄武湖或秦淮河，而是雨花台、中山陵和南京长江大桥，之前的中学教科书里都曾提及。尤其长江大桥，因为建成于1968年，成为“无产阶级文化大革命”最骄傲的胜利果实，而钱塘江大桥因为建成于民国，在当时是不值一提的。那时候的我更不会知道，这两座桥梁的设计师是同一个人。

奇怪的是，从那时起，每次乘火车路过南京长江大桥，总是在下半夜。我亲眼看见它的雄姿，是在多年以后。到了江北（很快就进入安徽境内），可以算作北方了。不过按地理学的划分，还要再等两个多小时，即跨过淮河以后。在此之前，火车还要经过北宋文学家欧阳修被贬官之地滁县，他的《醉翁亭记》出现在那时和现在的中学语文课本里，成为最为我们熟记的古文之一，开头的一段朗朗上口：

> 环滁皆山也。其西南诸峰，林壑尤美，望之蔚然而深秀者，琅琊也。山行六七里，渐闻水声潺潺而泻出于两峰之间者，酿泉也。峰回路转，有亭翼然临于泉上者，醉翁亭也……

我造访醉翁亭却是在40年以后，那是在2019年年初，我北上京城经停滁州探望友人，逗留了数个小时。同样，京沪线上的许多城市，我也曾逐一游览，有的反复造访，并伴有讲座或摄影展，不过这是在我定居杭州多年以后的事情。

接下来是蚌埠，因为一则寓言故事“鹬蚌相争，渔翁得利”为我辈所记忆。但那则典故发生在河北，故此中的蚌与俗称蚌城的蚌埠其实无关。然后是宿州，最北的萧县是旅法画家朱德群〔1〕的故乡。火车经停小站符离集，这里

〔1〕朱德群（1920—2014），江苏萧县（今属安徽）人，油画家。毕业于杭州艺术专科学校（今中国美术学院），1955年留法，法兰西艺术院院士。

滁州醉翁亭，
作者摄

以烧鸡闻名京沪铁路线，列“中国四大名鸡”之首。我曾在站台上买过两三只，口感酥松、香味醇厚。据说符离集烧鸡的历史有两千多年，1984年发掘的徐州汉楚王陵里有一泥封陶盆“符离丞印”，其内鸡骨架居然安好，可见这位楚王生前十分钟爱。

如今的符离集只设货运站，可谓高铁时代被遗忘的小站。可是，古时候的它一度十分繁华，还是唐代大诗人白居易的第二故乡，诗人幼童、少年和青年时代都在这里度过，历时22年。其时白居易的父亲在徐州任职，为避战乱，把家安在不远处的符离集。这里的山川人物赋予诗人灵感，16岁那年，他写下了名诗《赋得古原草离别》：“离离原上草，一岁一枯荣。野火烧不尽，春风吹又生。”后来，白居易以唐玄宗和杨贵妃的故事为背景写下又一首传世之作《长恨歌》，其时他已过而立之年。

10　扬州和我的新年阿姨

驶离符离集车站不久，铁路线又回到江苏。前方到站是陇海线和津浦线的交会点——徐州，火车通常会停留半个小时以上。徐州已不属于上海铁路局，而由济南铁路局管辖（2008年胶济铁路事故后改由上海局管辖），故需换车头。之后，火车便进入山东，依次停靠薛城（车神奚仲故乡，今枣庄市主城区）、滕县（鲁班、墨子、毛遂故乡）、邹城（孟子故乡）和兖州，以及泰山脚下的泰安。说到兖州，它和徐州均属《尚书》中“大禹定九州”的范畴，如今与邹城一样隶属济宁，后者亦辖管孔子故里曲阜。徐州是江苏最早的城邑，素有“帝王之乡”的美誉。山东境内的那几座城市则属于鲁国范围，我学生时代曾造访。

临近中午，火车本该到济南，可眼前依然一片乱石岗，心中好生凄凉。难道这就是我将要生活4年（后来延长至9年）的城市吗？好在播音员此时广播，火车迟到了一刻钟，我心头的疑虑才消除。车站广场有迎接我们的山大老师和同学，这样的场面一生只有一回。同样印象深刻的是济南老火车站，由德国建筑师赫尔曼·菲舍尔[1]设计，始建于1908年，1912年落成，当年这位24岁的小伙子是乘火车沿

---

〔1〕 赫尔曼·菲舍尔（1884—1962），德国建筑师。1908年乘火车沿西伯利亚铁路线来中国，除了济南火车站，他在济南还设计了住宅和办公楼。1914年移居法国，1926年移民菲律宾，卒于马尼拉。

着西伯利亚铁路线来中国的。一组有着浓郁巴洛克风格的哥特式建筑，高低起伏，错落有致。即使与从前的北京前门老火车站或上海老火车站相比，也毫不逊色。

据说津浦线上的济南火车站原来曾是亚洲最大的火车站，在世界建筑史上也占有一席之地。可是，1992年它却因一位谢姓市长评价“看到它就想起中国人民受欺压的历史，那高耸的绿顶子（穹顶）……就像希特勒士兵的钢盔”而被下令拆除。拆除前后均遭到济南市民和学者的强烈反对，德国方面要求回收那口美丽的大钟也未果，同时被拆除的还包括日本宪兵本部大楼、德国人造的电报大楼等，此乃后话。我还记得，当时山大派来迎接我们的是一辆敞篷的军用大卡车，如此我们也可以一览泉城风光。

就这样，我的大学生活开始了，同学们特别珍惜这一机会。除了上课认真听老师讲课、记笔记，晚上全聚集在小教室里自修、做作业，当然还有早操和晨读。很快冬天就来临了，北方有暖气供应，倒也舒适。相比之下，那时候南方连空调也没有，很多南方同学因此留在了北方。我们寝室有18个同学，房间由两间办公室连通改造而成，没有桌凳，我睡上铺，就在门后面。至于饮食，开始不太习惯，食堂桌位是固定的，每桌8个人，站着吃，早餐时先到者会拿脸盆去打稀饭。前两年没有吃到一顿米饭，有时馒头也没有，要吃窝窝头，硬巴巴的，与如今饭店里的五谷杂粮味道不一样。

由于第一学期开学比较晚，3个半月以后我们就放寒假了。母亲虽然想念我，却没让我回家，而是吩咐我去江苏扬州的四姨家过年。于是我去买到常州的火车票，不料却遇到麻烦。由于济南是过路站，没有一列始发的火车到常州，因此我不得不手持站票上车。那时我仍只有15岁，没有完全发育，个头也比较瘦小，每趟列车又严重超员，我一直挤不上火车。直到后半夜，我还在月台上徘徊，车站工作人员看到后带我回办公室取暖，翌日早上帮我挤上一列南下的列车，站到蚌埠我才找到座位。

之所以要先到常州，是因为我的两位表兄弟在常州化工学院（今江苏大学）读书，他们放假比我晚一天。表弟和我是第二次见面，上回是15年前，我们去南田岛看外婆。记忆里我在常州只去过红梅公园和瞿秋白故居。那时候我没有想到，常州后来会在无锡和苏州之前，成为江苏乃至长三角改革开放的前沿阵地。我们在镇江下了火车，便坐公交车到码头，搭上了一艘长江轮渡，并非去对岸的古渡瓜洲，而是到扬州江都的河口码头（今江都港），那也是连接邵伯湖的夹江汇入长江的地方。从河口再坐三轮小卡车，就可以到达四姨住的大桥镇了。换句话说，这段旅程我一共用了4种交通工具。

20世纪50年代末，四姨和姨父从南京大学历史系毕业后，先是到了武汉的一所高校任教，后因为姨父不适应那里的生活，两口子便调回他苏北老家，在大桥中学任教。多年以后，我才了解到，大桥镇有着悠远的历史，民国时期一度为县治。所谓大桥真有其事，那是300年前建于白塔河上的永济桥，可惜毁于“文革”，如今白塔河也不复存在。曾多年执教浙江大学和山东大学的物理学家、“中国雷达之父”束星北也出生在江都，他早年便就读于大桥小学。束星北后来广为人知，是因为诺贝尔奖得主李政道初回大陆说的一句话，他称束教授是自己的领路人。

也是多年以后，我才想到，如果民国年间搭乘从首都南京开往大都会上海的火车，有可能不经意间遇见名人。那时候许多名流都选择火车出行，或许就在同一列车厢内，可以看到某某大明星，或某某名作家，他们抢起座位来一点也不斯文。作家巴金曾经回忆，自己在火车上抢座位如同老鹰捉小鸡，上车时以极高的挤人技巧从车厢口杀出一条血路，然后迅速抢到一个座位并坐下。好不容易盼到几天假，鲁迅先生也顾不了许多，挤上火车抢上一个座位才是最根本的。为了从人群中穿行，他们将长马褂撩起，木箱子置于前侧充当开路的装甲车，高速凶狠地冲过去。

说到四姨，她是我童年唯一的通信对象，也是我的新年阿姨，每逢春节来临，她都会写信问我要什么礼物。除了书包，她至少还给我寄过一副乒乓球拍，包裹里还附有一筒红双喜牌乒乓球。遗憾的是，我对小球的兴趣和才能十分有限，更喜欢玩大球，尤其是有身体对抗的篮球和足球。至于隔网对打的网球，则要等到20世纪90年代，我在美国访学时才学会，后来竟然造访了伦敦、巴黎、纽约和墨尔本的四大网球公开赛的比赛场馆。也是在美国，我度过了第一个圣诞节，知道并见识了圣诞老人，可惜那时我已过了从圣诞老人那里领取礼物的年龄。

江都是京杭大运河和长江的交汇处，20世纪60年代前期修建的江都水利枢纽工程十分壮观，表哥带我去过。我们还到北面的槐泗看隋炀帝陵，其时陵墓一片荒芜，据说在清嘉庆年间（1807）发现并立碑。2013年，在扬州市区曹庄的房地产开发又发现了真正的隋炀帝墓。也就是说，我参观过的隋炀帝陵是假的。槐泗现划归扬州市邗江区，江都也成了扬州一个区。说到隋炀帝杨广，605年下令开掘京杭大运河，以奢侈暴戾闻名，却很有诗才。他还曾对高丽（朝鲜）发动3次大规模战争，均以失败告终，否则隋朝不会那么短命。虽短命，隋朝却确立了影响深远的三省六部制和科举制度。

618年，隋炀帝被部下缢杀于扬州，这也是他为何下葬于此地，而不是首都长安，或他亲自营建的东都洛阳。唐代武则天称帝时，也有所谓“扬州起兵”，当时“初唐四杰”之一骆宾王正出任台州临海县丞，却弃官漫游，与柳州司马徐敬业等在扬州相遇，起兵造反未遂，诗人下落不明。唐代扬州依然繁华，鉴真法师从这里东渡去日本，李白留下名句

扬州瘦西湖，
作者摄

“故人西辞黄鹤楼，烟花三月下扬州”，杭州（桐庐）诗人徐凝也写下“天下三分明月夜，二分无赖是扬州”。

归途我仍从河口出发，从上海开往南京的客船经停此地，那次我对南京火车站旁的玄武湖留有印象。这是长江第一次出现我的手绘地图上，用的是淡淡的铅笔。

11 上海，十六铺码头

下一个频繁出现在手绘地图上的城市是上海，至今应该不下30次。学生时代去上海主要是因为十六铺码头。转眼又过了一个学期，大学第一学年快要结束了。那年除了寒暑假，我没有离开过济南，只浏览了泉城名胜，包括趵突泉、大明湖和千佛山。济南72名泉中，趵突泉位居首位，我去时看见3注水流，每一注直径都近1米，旁边有乾隆手迹“天下第一泉”。千佛山古称历山，又因古史载舜在历山耕田，又曾名舜山或舜耕山。隋朝时佛教盛行，顺着山势雕刻了数千佛像，故称千佛山。不过那时尚未完全修复，我印象最深的是一次系里组织的登山比赛。

大明湖的历下亭楹联上写着杜甫诗句“海右此亭古，济南名士多”。此为745年，诗人参加湖畔的一次晚宴时即兴所作，其时他的父亲和兄长分别在兖州和济南任职，他来山东探亲兼旅游。李白在山东的亲人更多，他曾把家眷长期安置在济宁，游济南的次数也更多些，他写过三首《古风·昔我游齐都》，其中有“分手各千里，去去何时还”的佳句。而同在大明湖畔的铁公祠楹联“四面荷花三面柳，一城山色半城湖”，出处我却不知。

大明湖畔的秋柳诗社，作者摄

除了上述诗句和楹联，刘鹗[1]的“家家泉水，户户垂杨”也为济南增色不少。刘鹗是清末小说家，以一部《老残游记》传世，小说以郎中老残的游历为主线，对社会矛盾深度挖掘，指出有时清官的昏庸并不比贪官好多少，对官场的认识可谓独具慧眼。故事主要发生在济南，第二回叫“历山山下古帝遗踪，明湖湖边美人绝调”，历山说的就是千佛山，明湖则是指大明湖。值得一提的是，刘鹗本人是医生，除了

〔1〕 刘鹗（1857—1909），原籍江苏镇江，寄籍淮安。虽弃官从商，却以小说《老残游记》闻名，此书与《官场现形记》《20年目睹之怪现状》和《孽海花》同列“晚清四大谴责小说”。

小说，他还精通诗词、哲学、音乐、数学、水利、古董。刘鹗后来因得罪袁世凯被发配至乌鲁木齐，最后客死异乡。

夏天来临，我终于第一次踏上了返乡之路。我选择上海作为中转站，乘船回故乡，似乎是有意避开会墅岭那段恼人的盘山公路。不过说实话，大上海本身的吸引力才是决定性的。依据手绘地图的记载，那次我在上海停留了两天，我住在南京路附近离十六铺码头不远的黄浦旅店。我的床位是走廊上的加铺，每晚8毛钱，即便是今天，我依然记得那个连接大门的走廊和铺位。那会儿我还没听说过青年旅店或家庭旅店，中国的任何地方也没有这类旅店，它们在我后来的世界之旅中帮了大忙。

上海之所以成为中国最大城市，与长江入海处和黄浦江的地理优势分不开。虽说上海已有两千多年历史，但一直是个小地方，秦汉时期先后隶属会稽郡的海盐县、由拳县（今嘉兴）和吴郡的娄县（今昆山）。直到南宋灭亡以后，它还只是一个小镇。元朝忽必烈统治时期，才改上海镇为上海县，那一年也被认为是上海建城的年份。不过，之前已有华亭县、嘉定县和松江府，但都是在外围地区。清乾隆年间，海禁开放，上海港成为中国南北航运的联结点。不久有文献这样记载，“凡远近贸迁皆由吴淞口进泊黄浦”，这时的上海已是中国最大的港口城市。

20世纪七八十年代，还没有电子计算机和互联网，船票自然无法提前预订。走出上海站以后，我便搭乘65路公交汽车，晃晃悠悠地穿越大半个上海，直奔黄浦江边的十六铺码头，买到船票、找好旅店后才开始游玩。说到十六铺码头，当时我搞不明白，为何没有十五铺十七铺，而单有十六

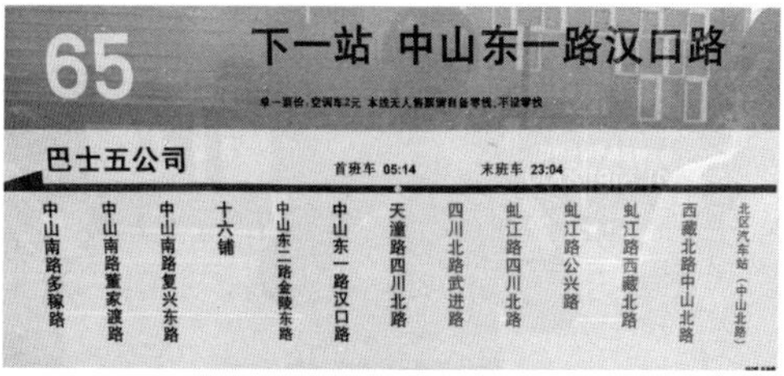

今日65路公交车
依然经停十六铺

铺。那时的我想当然地以为，“铺”在上海方言里的意思就是“浦”，是水边或码头。很久以后我才了解到，地名学上“十六铺”出现在清咸丰、同治年间，距今已有150余年。

那时，为了便于管理，上海县将所有商号分配至联保联防的“铺”（不同于如今的社区或街道）。由“铺”负责铺内治安，公事则由各个商号共同承担。结果分成了16个铺，即从头铺到十六铺。其中十六铺是所有铺中区域最大的，包含了港口一带。也就是说，只有十六铺是码头。1909年，上海县实行地方自治，各铺随之取消。但因为十六铺地处上海港最热闹的地段，客运货运集中，码头林立，来往旅客和居民口耳相传都将这里称作“十六铺”，这个地名也就留传下来了。1909年也是庚子赔款退还后派出赴美留学生的第一年，学子们正是从十六铺出发启程的。

在我儿时的印象中，上海有许多风景名胜，外滩和万国建筑博览当然是首选。外滩原本是纤夫走的沙滩，因上海人习惯用里和外表示河流的上游和下游，故有外滩之说。外滩北部和南部过去分别是英租界和法租界，1868年，英国人在外滩北端与苏州河交汇处建了上海第一个公园，以立牌“华人与狗不准入内”闻名，不由得令人愤慨。近年又听说，公园起初对所有人开放，后因国人不讲卫生，才

从苏州河岸看外白渡桥与今日浦东，作者摄

在1885年挂出牌子，“华人与带狗者不准入内”，最后才演化成上述传言。

其实，外滩的学名叫中山东一路。1号是亚细亚大楼，现太平洋保险公司总部，建于1916年，系旧外滩第一高楼；2号是东风饭店，曾是上海最豪华的俱乐部，有110英尺（约33.5米）长的远东第一吧台；10—12号原为汇丰银行所在，建于1923年，曾为上海市人民政府大楼，现归浦东发展银行；19、20号是和平饭店[1]，南楼建于1854年，是旧上海最豪华的旅馆，并率先在中国装上了电梯，1929年建的北楼系著名的芝加哥建筑学派风格。

再向北就是外白渡桥，那是苏州河汇入黄浦江的地方。

---

〔1〕和平饭店的正门在南京东路20号，是上海第一幢现代派建筑。国内外许多政要和名人曾在此下榻，孙中山的“革命尚未成功，同志仍需努力”便是在和平饭店的一次演说中说出的。

苏州河又名吴淞江，据说明代以前，黄浦江是苏州河的支流，后来颠倒了过来。现在黄浦江汇入长江的地方叫吴淞口，便是一个例证。另一处必访的地方是南京路，那是上海乃至全国的商业中心，但我那时显然无心也无力采购。不过，南京路上的中山公园、大光明电影院和国际饭店早已闻名遐迩，总是要去瞧瞧的，国际饭店有24层（含地下两层），是中国第一高楼。我还去了西郊公园，那是当时中国最大的动物园。

再回来说说十六铺码头，民国时期发往台州海门的“茂利轮”就从这里出发，旁边停着日本造的客货轮“江亚轮”，那是抗战胜利的战利品，隶属上海招商局，专营上海至宁波航线。1948年12月的一个夜晚，“江亚轮”行驶至吴淞口外时被返航的国民党军战机弃弹误中爆炸沉没，2300多人遇难，是中国百年来最大的海难。一个多月以后，又有一艘美国造的客轮“太平轮”从十六铺码头出发，前往台湾高雄，船上载的多是逃离的达官贵人，途经舟山群岛附近海域因为超载，以及未开夜航灯而被另一艘船撞沉，溺亡900多人。此船由中联轮船公司经营，老板为现今台湾名主持蔡康永的父亲。

12　泰安，岱宗夫如何？

从十六铺到海门（椒江）费时20多个小时，途中不停靠地穿越了舟山、宁波和台州的外海，由于没有航海图，我不能确切地描述线路。不过可以推想，轮船可能与象山的南田岛、黄岩的大陈岛和一江山岛擦肩而过。我最近两次去十六铺码头是在2011年和2013年夏天，前一次是在上海交大参加中日数论会议，有一天与同行们夜游黄浦江，游船的出发港正是十六铺码头。那会儿看到的码头与我少年时代的记忆大相径庭。随着陆路运输和航空业的飞速发展，水路客运渐渐退出了历史舞台。后一次是参加“外滩艺术计划”，与诗人们在装扮成大黄鸭的金陵东路轮渡上朗诵诗歌，听众是随机上船的乘客。

那年夏天我在故乡停留的时间不足1个月，往返于父亲任职的黄岩中学和母亲所在的山下廊村之间。不过这是最后一次了，等到寒假回家，母亲已调回县城，与父亲同在一个学校，此前未名兄嫂也从湖州到了黄岩。之所以要提前回学校，是因为数学系从我们年级各班选拔了十几位年纪轻、学习拔尖的同学，另请老师开小灶，可谓山东大学的少年班，我是幸运儿之一。此事对我意义重大，从此我的兴趣从控制理论转向数论。这当然与数论学家潘承洞先生有关，后来发明“倒向随机微分方程”的彭实戈教授那时尚未给我们开讲“现代控制理论”课。归途我依然走陆路，从黄岩坐汽车到杭州，未作停歇，便直接坐火车回济南了。

接下来的那个秋季学期里，我终于有一次出游的机会，那是我第13次旅行。国庆前夕，我和同班的邢安庆和姜华登东岳泰山。安庆是烟台人，而姜华是济南人，两位身高都有一米八，他们带着我这个南方小弟弟一起出发。泰安因泰山而得名，从古语“泰山安则四海皆安”中来，寓意“国泰民安”。如今的泰安是地级市，辖两区两县，另代管新泰、肥城两个县级市，这可谓山东地方特色。不过，这一代管也为泰安添加了不少名人，春秋时代的左丘明是肥城

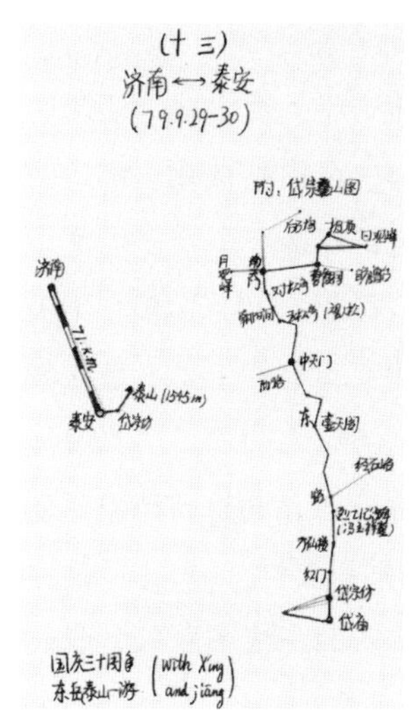

登泰山旅行图；“孔子小天下处”碑

人，他以《左传》和《国语》传世，还有新泰人柳下惠[1]，坐怀不乱的成语即源于他。

从济南到泰安火车只需1个小时，记得那次我们搭乘的是夜车，到泰安时恰好是子夜时分。那时的泰安不大，从火车站步行即可到达泰山脚下的岱庙，那是古代皇帝举行封禅大典和祭拜泰山神的地方，也是登泰山的起点。岱庙始建于汉代，唐代已殿阁辉煌，面积近10万平方米，与北京故宫、曲阜三孔、承德避暑山庄外八庙并称为中国四大古建筑群。20世纪70年代后期的中国，旅游的人还不多，也没有国庆长假。那时泰山不收门票，慕名而来的登山者仍为数众多，包括许多北京和天津来的大学生。子夜的登山者也不少，主要目的都是看泰山日出。

---

〔1〕 柳下惠（前720—前621），姓展名获，春秋时期鲁国人，是鲁孝公公子展后裔。孔子以其为“被遗落的圣人”，孟子尊其为“和圣”。

由于古人对大山和太阳的崇拜，泰山成为五岳之首。自尧舜至秦汉，直至明清，延绵几千年，泰山成为历代帝王封禅祭天的神山。随着帝王封禅，泰山被神化，佛道两家、文人名士纷至沓来，给泰山与泰安留下了众多的文章和名胜古迹。虽然李白留下了六首《游泰山》，但似乎不及杜甫的那首《望岳》："岱宗夫如何？齐鲁青未了。造化钟神秀，阴阳割昏晓。荡胸生层云，决眦入归鸟。会当凌绝顶，一览众山小。"更值得一提的是，杜甫写这首诗时，还没见到泰山，这再次说明了想象力的重要性。

回到济南以后，除了手绘去泰安的路线图以外，我还专门画了一幅登山图，注上一路经过的岱宗坊、红门、冯玉祥墓、壶天阁、中天门、五松亭（望山松）、朝阳洞、对松亭、南天门，这段路如今已有索道了。在中天门我们遇到不少西路上来的游客，可惜为赶火车，我们没尝试从西路下山。在南天门稍息不久，我们继续沿着山巅前行，之后路途较为平坦，依次有碧霞祠、极顶和日观峰。用铅笔画得比较淡的3条线分别通往经石峪、后石坞和瞻鲁台，那应该是我们没走过的。登山时间不到4个小时，我们在山顶待了约莫半个小时，便见到一轮红日从东方升起。

那次是我第一次攀登中国名山，记忆最深刻的是日观峰上的那块巨石，许多人爬上去拍照，但我们没带相机。7年以后的一个夏日，我又陪友人来到泰安，第二次登上泰山，那次是大白天，才留下几幅穿短袖的登山照。那以后，我还来过泰安，和第二次一样也在山东矿业学院借宿，却不再有登泰山的念头。而第一次，我和大部分登泰山的游客一样，没有留宿，据说这也使得泰安市政府伤脑筋，如何像黄山那样，留住游客搞好旅游经济，是他们要考虑的问题。而另一方面，在高铁时代的今天，我觉得如果愿意，包括长三角在内的全国许多城市的学子，都可以把泰山作为“毅行”的目的地。

就在我首次攀登泰山的那个寒假，我又一次回到了故乡，那次我依然从上海十六铺码头乘船，归途选择宁波作为火车的起点站，因此也没有经过会墅岭。那时故乡的铁路建设尚未提上议事日程，我无法预见火车到来时会怎样，记得加西亚·马尔克斯的《百年孤独》中有个细节，当火车第一次开进马贡多镇时，镇上的妇女惊呼：“那边来了一个可怕的东西，好像一个厨房拖着一座村庄。”

那次也是我与父亲的诀别，之前他的“右派”改正，恢复了中学校长之职。可是不久，他便被查出患有胃癌。虽然发现还算及时，但未能在手术中把癌细胞清除得足够干净，不久复查出来，他只好接受了第二次手术，但为时已晚。我回到家时，父亲正在化疗，脸色蜡黄。幸好此时母亲已调回黄中，全力照顾他。

那时黄岩中学又分了一间房子给我家，是隔壁两层楼房的二楼，木质地板有助于防止支气管炎的复发，父亲让我在他的房间里搭了一张床。显而易见，他已经意识到这可能是我们父子在一起的最后岁月了，可我因为年纪小不懂事，以为既然医生开过刀又允许他回家，应该不会有问题，母亲和兄嫂也没有给我暗示，因此离别时我并没有那种生离死别的感觉，父亲也没有送我到车站。但那天他比我早起，陪我下楼吃了早饭，由母亲和兄长送我到车站。让我深感遗憾的是，我没有询问他早年的生活情况，包括他从故乡徒步去昆明西南联大上学，以及后来在北京大学学习的经历。

6月初的一天，我在上数学分析课时，收到母亲的一封长信，她告诉我父亲已在10天前去世，葬礼也已举行过了，就在黄中大操场，墓地选在县城东郊的方山脚下。经过长时间的护理和焦虑之后，母亲已经缓过劲来，她叮嘱我好好学习，暑假到北京姑妈家里过。把母亲的信交给我的是班里的通信员姜华，就是和我一起登泰山的那位济南同学。等到上课的铃声再度响起，我回到座位时已泪流满面，老师讲的内容一点都听不进去，但我没哭出声来。从那以后，我的助学金也被调到最高一个等级，每月17.5元。

13　不到长城非好汉

大二的整个春季学期，我还是没有离开济南。直到暑假开始，我才听从母亲的安排，接受小姑的邀请北上京城。如果是现在，搭乘京沪高铁到北京只需1个半小时，可那会儿最快的火车也要七八个小时。将近500公里的铁路线上有3个大站——德州、沧州和天津，每一站都是我当时到过的最北的地方。虽然几乎是正北方向，纬度却只移动了3度左右，如果对比欧洲，那差不多是从最南端的马耳他的瓦莱塔到意大利的克罗托内，前者是这个岛国的首都，后者是古希腊智者毕达哥拉斯学园的所在地。而如果是美国，则相当于从詹姆斯镇[1]到首都华盛顿。

〔1〕詹姆斯镇，美国弗吉尼亚州小镇。1607年，英国人在此建立了北美第一个殖民地，比驶往马萨诸塞州普利茅斯的“五月花号”船早13年。

德州毗邻河北，是山东的北大门。德州扒鸡已有300年历史，曾得到康熙爷的喜爱，比获得乾隆爷青睐的符离集烧鸡出名更早。两者都是在皇帝南巡途中，因成为贡品而闻名天下。果然齐鲁名士荟萃，早在两千多年前，德州的陵县就出了两位名人，一位是老将廉颇，虽说是一员武将，却有两个成语与他有关，“廉颇老矣”和“负荆请罪”。还有一位是文官东方朔（前154—前93），因为聪明睿智，一度成为电视连续剧的宠儿。

过了德州，便是河北的沧州，两州互为近邻，更因为京沪铁路而贯通。沧州有神医扁鹊（前407—前310），“起死回生”和“讳疾忌医”两则成语便源于他，后者说的是他对齐国国君齐（蔡）桓公病情的判断。当地还以武术之乡和吴桥杂技闻名，古典小说《水浒传》中开封府八十万禁军教头林冲蒙冤发配沧州的故事，为我辈耳熟能详。到了清末，则出了上海精武会创始人霍元甲和军阀冯国璋，后者曾任中华民国代理大总统。文官方面，清朝也有大学士纪晓岚，历雍正、乾隆、嘉庆三朝，嘉庆皇帝的御赐碑文“敏而好学可为文，授之以政无不达”，他的才学与东方朔相比有过之而无不及。

接下来就到达我们伟大的首都北京了，表哥在前门火车站迎接。乘10路车再转6路可到广安门外的湾子，那是小姑姑的家。小姑姑就是那位检举爷爷在象山南田岛拥有农田的积极分子。当时她在粮食部机关工作，临海籍的姑父不幸于4年前患癌症去世。和我同龄的表姐那时还是中学生，她后来进了一家钢铁厂当钳工。表哥那时在西安上大学，攻读计算机专业。毕业后他分配到北京大学分校任教，不久自费留学美国，学成后在美国马里兰州的巴尔的摩工作，在我的第一次美国之行中，表哥充当我的网球启蒙教练，此乃后话。

在北京的一个半月里，我游览了许多风景名胜，包括天安门、故宫、天坛、颐和园，也参观了未名湖畔的北大和红楼的北大，后者是父亲当年求学的地方。我还曾去拜访父亲的老朋友、经济学家张友仁教授，他也是黄岩人，毕业于黄岩中学，从西南联大到北大都是父亲的同学。我记得在父亲的写字桌玻璃台面下，就有他们年轻时的合影。父亲去世以后，我收到不少张教授的函件，90高龄时他还会打电话给我，他还曾写过一篇回忆文章，其中提到1946年抗战胜利后，北大从昆明返京途中在湖南境内发生的趣事。

当时北大的大卡车剐蹭了一辆军车，停在路边的军车敞开的车门略有损伤。士兵要求留下一位同学，待车开到城里修好门再放还。结果家父挺身而出，主动坐上军车。那是一辆载有十余名士兵的卡车，正拉着一门大炮从西南赶赴东北打内战。父亲在车上向士兵们宣传反内战的民主思想，据说士兵们听了为之动容。车到湘潭时，大桥已被炸断，仅靠摆渡过湘江北上，军车插队上了渡船，同学们等了几天几夜也过不了河，只得弃车坐小轮船到长沙。在船上父亲又向同船的浙大同学宣传反内战思想，并赠送有关一二·一运动[1]的资料。浙大是二伯父的母校，父亲当年在投考西南联大途中，曾在贵州遵义的浙大图书馆做过管理员。

---

〔1〕一二·一运动，是指1945年12月1日，发生在昆明的“反内战，争民主”的学生运动，包括两位西南联大学生在内的四位青年学生和教师惨遭杀害，是国统区内民主运动的标志性事件。

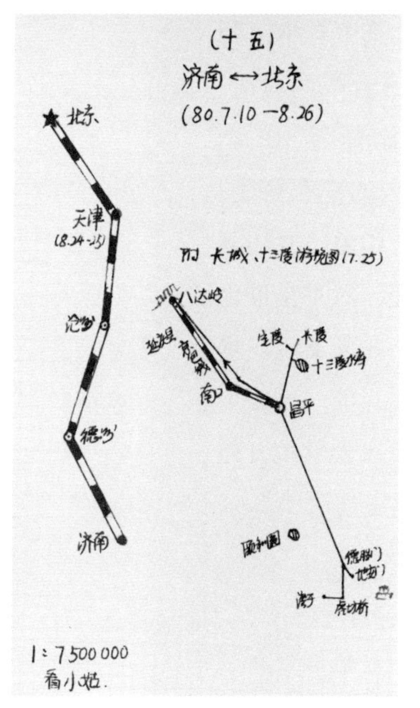

1948年夏天，父亲（右）与北大同学张友仁在北海公园；北京，长城留影；从济南到北京及长城之行附图

必须提到的是，我们去到长城的事。那是7月25日，我一早出发到德胜门，这是包括杭州在内每个故都都有的地名，从那里再搭乘长途车去昌平。那天我既去了定陵、长陵和十三陵水库，又乘火车到了八达岭长城。北京之行

是我的第15次旅行，我特意另画了长城之行作为附图。很久以后，我的一位印度诗人朋友称长城为世界上最大的坟场，他解释说因为修长城，历代死了无数民工，还有防守长城的士兵有不少死于交战。那次与我同行的还有表哥的一位同学，他从陕西渭南来北京玩，虽然我们同级，却感觉他比我成熟许多。我懵懂未开，他却能与表姐打情骂俏，表哥也会开他俩的玩笑。后来姑妈的一位女同事来家玩，说是看看两个大学生，却似乎是来找上门女婿的。

在京期间，我还去看过几场文艺演出，其中有中山公园的音乐会，演员有女中音关牧村，男女声合唱谢莉斯、王洁实。还曾到天桥剧场看芭蕾舞剧《天鹅湖》，演出的剧团却已记不起来，来自俄罗斯、日本或中国的都有可能，多层的天桥剧场演出大厅也给我留下深刻的印象。我还到首都体育馆看了国家男子篮球队的一场比赛，对手是谁也记不得了，应该是某个社会主义兄弟国家。在天安门广场前，我遇到西班牙共产党访华团的成员，说起前一天晚上与华国锋的会面，华那时是主席兼总理。我在大学里开始学的英语口语获得了初次应用。

14　海河和大海的记忆

初访京城归来，火车经停天津。在手绘地图上，“天津”旁边写着“8.24—25”，这说明我在天津住了两晚。除了游海河两岸，也品尝了狗不理包子。那时天津还没有恢复旧貌，作为北方最早的通商口岸和曾经的亚洲第二大城市，天津原来有不少外国领事馆和租界，尤以意大利风情街著称，是意大利在中国唯一的租界，甚至还有马可·波罗广场和民国时期许多大人物的旧居。可是，在多数国人心中，天津直辖市的地位不甚稳固，20世纪六七十年代一度划归河北省管辖。近年我先后应南开大学和天津大学的邀请（后来还有天津师大和南开中学），做客数学文化论坛和北洋大讲堂，再次游览了海河。南开大学的会议地点是在省身楼，天津大学还同时举办了我的摄影展。

在文艺领域，天津曾有许多亮点。民国时期，俄国作曲家拉赫玛尼诺夫和美籍立陶宛裔小提琴家海菲兹曾来津演出。天津本土也出现了李叔同，1907年，他在东京演出《茶花女》；后来曹禺以故乡为背景写作了《雷雨》。之后，天津戏剧和曲艺界人才辈出，从焦菊隐、于是之、林兆华，到侯宝林、马季、郭德纲。之所以如此，恐怕与南开大学创办人张伯苓的个人喜好和倡导有关，他亲自编导了我国第一部话剧《用非所学》。其弟弟张彭春[1]更是多才多艺，第一个到国外学习现代戏剧，曾两度作为梅兰芳的艺术指导赴美国和苏联访问。连兴趣爱好并不广泛的数学家陈省身也说过，天津值得骄傲的是，在戏剧的萌芽时代，产生了彭春先生和弘一法师。

相比之下，济南的现代人物没那么丰富多彩。作为省会城市其吸引力尚不及海滨城市青岛，后者以优美的风景和宜人的气候吸引游客和文化名人。大三那年，我依然只有两次出游，也就是寒暑假回故乡。那年春天和秋天，各

[1] 张彭春（1892—1957），天津人，美国哥伦比亚大学教育学博士。曾任清华大学教务长和中国驻联合国代表，他是话剧先驱和“新月派”的命名人，并领衔起草了联合国《世界人权宣言》。

有一件事留在我的记忆中：一是美国里根总统在华盛顿希尔顿酒店遭遇枪击；二是中国女排在东京代代木体育馆夺得首个世界冠军。不过，这次我回家经停的城市和路线有所不同，其中包括苏州和青岛。海门（台州）、宁波、上海和天津虽说也是海港，却离大海甚远，青岛就不一样了，它傍依着黄海，有着迷人的沙滩和欧式建筑，如同康有为所赞的“红瓦绿树、碧海蓝天”。20世纪30年代，设在青岛的山东大学，吸引了不少名人名家。

1981年夏天，我乘火车沿胶济铁路抵达青岛，那次我住在副班长孙志和家。他家离栈桥不远，室内铺着木质地板，四室一厅，这是我第一回住豪宅。那时候的青岛，尤其是汇泉湾与太平湾之间的八大关，被认为是中国最美的城区之一，第一和第二海水浴场也不像现在这样人口密集。我还去参观了青岛海洋学院（今中国海洋大学），是在老山大校址。说实话，我当初报考山大时，也认为校园在青岛。除了名闻遐迩的青岛啤酒，中国的第一辆自行车和第一辆汽车都出在这里，汽车是德国人带来的，而脚踏车的名字也从这里叫起来。

从青岛港出发，我乘船前往上海。这是我第一次在黄海上航行，居然没有晕，可能因为轮船吨位比较大，船速也比较快。

大四那年春节，我没有回家，而是留在山大过了一个寒假。因为第二年春天，我要参加研究生考试，那会儿我的导师潘承洞先生已是一校之长。他已明确表示要我，考试只是意思一下。但我仍不敢懈怠，果然功夫不负有心人，我的研究生入学考试总分和外语分数均列全校第一，数学

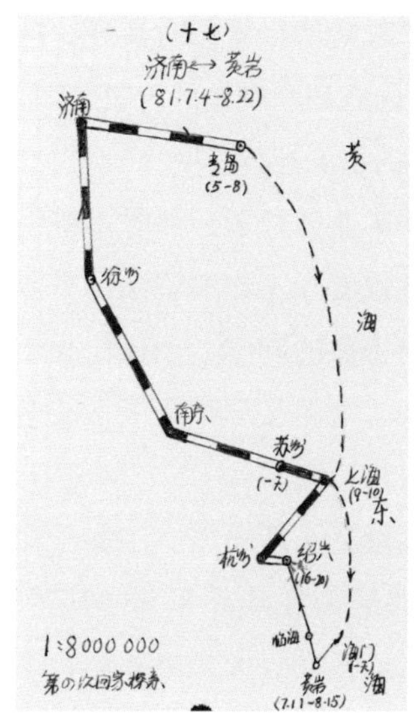

1981年，黄海和东海行迹图；青岛里院

分析全系第一，高等代数还得了满分100分。初夏，我们全班同学一同乘车去长清县（今长清区）的灵岩寺，那是一次为了告别的旅行，也是我记忆里唯一一次全班出游。长清是比万里长城更早的齐长城的起点，也是孟姜女哭长城的那个长城，但那时候我们却只知道北京的八达岭长城。

灵岩寺位于济南与泰山之间，离泰山更近一些，是世界自然和文化遗产泰山的组成部分。与杭州灵隐寺一样，灵岩寺始建于东晋，与天台国清寺、南京栖霞寺、湖北当阳玉泉寺同为“海内四大名刹”，且灵岩寺名列首位。其中八角九层的千年砖塔辟支塔高约56米，浮雕上镌刻有印度孔雀王朝阿育王皈依佛门的故事。还有建于唐代的千佛殿，尤以40尊彩色泥塑罗汉像最为游客津津乐道。这些人物表情丰富、栩栩如生，梁启超赞其为“海内第一名塑”。巧合的是，就在我们到访的那年，工人师傅在维修时发现，这些罗汉和人体一样有腹腔，腹腔内有用丝绸做的五脏六腑，从中可以看出古人对人体解剖学的精准把握。

春游回来不久，学校便开始毕业教育了，那时不继续升学的同学政府都包分配，因此没有找工作的说法。毕业了，大家都很开心，除了一位叫杨申的同学，他仅比我年长十几个月，却患上了不治之症，他的父母都是医学院老师，对儿子的疾病却束手无策。

我又一次返回故乡，这回又选择了新路线，主要是在浙东，游览了乐清的雁荡山（那里也有灵岩寺），到过三门小叔家、宁波表姐家（参观了天一阁、天童寺和阿育王寺），并乘渡船到东海中的舟山群岛，在沈家门和普陀山玩了两天。可以说那一年我去了不少佛教圣地，可是仍缺乏对宗教的理解。印象最深的是沈家门渔港，那里的海风、船只和海鲜都留在我的记忆中。

终于到了返校（准确地说是研究生报到）的日子，我告别了表姐一家，独自乘公交车去宁波站，不料却误了点，火车在我抵达时刚好离开。等我乘坐下一班车赶到杭州，发往北京的120次列车已经开走，记忆里这是我第一次火车误点，也是仅有的两次火车误点之一，另一次是在美国亚利桑那州的科罗拉多大峡谷。我只得去排队改签，快轮到我时，后面一位阿姨与我聊了起来，以至于签好票后仍未离开。当她得知我改签第二天上午的火车票，便热情地邀请我晚上住她家里，而我原本打算待在候车室里。我们乘坐151路无轨电车，一路穿越闹市区到湖墅南路的米市巷。

在电车上我才得知，这位阿姨姓张，天津人，早年就读于浙江美术学院附属中学，是卖鱼桥小学的美术老师。她家里有两个男孩、一个女孩，大儿子在读浙江大学，小儿子还在读小学，女儿与我同年，一年前她刚刚考入浙江丝绸工学院（今浙江理工大学）美术设计专业。那以后发生的事情可以想象，对我这个懵懵懂懂、大学毕业时仍搞不清班上谁跟谁恋爱过的理科生来说，第一次被一种神秘的力量所吸引。事情缓慢地进展着，以后的3年多时间，我又坐了无数趟151路电车。只是那时我有所不知，151路电车是杭州最古老的电车，开通于1960年4月26日。

三

缪斯，我的青葱岁月

红豆生南国

春来发几枝

——王维《相思》

15　长江或黄山，诗意与算术

读研以后，助学金增加了，但我不记得具体数额，不过应该不会超过每月50元。依然是同一条铁路线，同一条回乡的公路或水路。现在想起来，那时我太安分守己了，居然没想过趁着考研换一所学校和城市，也没有想过出国留学，那对拓宽专业视野和增长见识肯定大有裨益。少年班的同学们，有些通过英语托福考试出国了，而我的英文包括口语是公认最好的。我想起近代欧洲，牛顿、高斯也从一而终，只有一个母校剑桥、哥廷根，才得到一丝安慰，毕竟我工作以后换了地方。而爱因斯坦是19世纪和20世纪之交的大学生，以他为骄傲的大学至少有7所，分属德国、瑞士、捷克和美国。

读研前两年，除了回家探亲，我只有一次到西北远足，还有就是到黄河入海处的东营（第22次旅行），那儿有一座油田和一所石油大学，我的同班好友怀宝良毕业后分配在那里。于是在一个秋天，我与室友邢安庆结伴前去探望，大学时代我们三人关系最好。那时东营还没有设市，更没有高速公路或高铁，绿皮火车慢悠悠地把我们载到那里，在那里我平生第一次看见那些左右摇摆的游梁式抽油机，俗称磕头机。不料几年以后，怀得了不治之症，他是我们班第二个辞世的。而安庆不久去了加拿大留学，在我新千年的一次北美之旅中，我们终得以在多伦多一见，谈话却已不如当年那样亲密。所幸多年以后，怀的独生子继承了父亲的专业，并考上了上海交通大学的博士生，可谓青出于蓝而胜于蓝。此乃后话。

山东大学老数学楼阶梯教室，向北数十米是那棵梧桐树，作者摄

1984年对我来说是一个特别值得纪念的年份，那年元旦早晨，我写出了第一首诗《路灯下的少女》。与大部分诗人或诗作者一样，我写作最初的动力来自青春期的萌动和异性，但有着形式上的差异。别人都是从自己喜欢的女孩（男孩）那儿获得灵感，我却连人家的面都没有看清。那是元旦前夕，临近子夜时分，新年的钟声即将敲响。我在教生物学的一位老乡老师家里看过央视春节联欢晚会后，步行返回寝室，当走到校门口时，突然有位年轻女子从一棵梧桐树下蹿出，急切地投入我的怀里，随后又失望地缩回。

原来，那女子错把我当成约会对象了。当天晚上我久久没有入睡，翌日早晨醒来口中仍念念有词。于是我把这些词写在一张白纸上，碰巧室友阎庆旭是个文学青年，他看过后说了一句让我惊讶的话："这是一首诗呀。"无疑，那是我生命中的一个重要时刻。老阎也是我的大学同班同学，在怀宝良走后没几年，他因心肌梗死突然离世，那时他已拿到博士学位，在北京地质大学任教，事情发生在他的研究生毕业论文答辩会后的谢师宴，他多喝了几杯。拍大学毕业照时，怀同学和阎同学一左一右挨着我。而最早因白血病离世的杨申同学来不及与大伙合影，便住进了他双亲任教的医学院附属医院，原本他也已考取山大研究生。

读研期间，每逢假期回家，我依旧走京沪线，但每次总有点小变化。我又去看了扬州的四姨两回，都是在夏天，分别是在回家和返校路上。有一次选择了水路，即从上海乘船沿长江到江都县（现江都区）大桥镇，再从大桥坐汽车到南京。假如后面一段也走水路的话，那很像20年后的多瑙河之旅，我从布达佩斯乘船到斯洛伐克首都布拉迪斯拉发，3天之后再到维也纳。因为舅舅在台湾多年未归，四姨和母亲特别亲近，她见到我总是很开心，好像我每去看望四姨一次，等于替她们姐妹重逢一回。记得那天长江上有雾，我想起了北京诗人牛波的诗句："船与船会打招呼的。"那会儿唐晓渡和王家新编选的《中国当代实验诗选》刚由春风文艺出版社推出，牛波的诗排在最前面。

研二春天，我的论文《一类数论函数的均值估计》因改进了匈牙利数学家爱多士[1]提出并研究过的一个问题，被《科学通报》录用了。那会儿尚没有SCI一说，也没想过要投外国杂志，《科学通报》这类刊物是我们向往的。甚至陈景润宣布证明哥德巴赫猜想"1+2"的结果，也刊登

〔1〕保罗·爱多士（1913—1996），匈牙利数学家，1984年获沃尔夫奖。他的一句名言是：数学家是将咖啡变成定理的机器。

1984年夏天，
作者在曲阜

其上。一年以后，爱多士访华，他来到济南，我有幸与这位史上最多产的数学家单独讨论问题。夏天，第三次全国数论会议在合肥中国科学技术大学召开，潘师让我和两位师兄去参加。在我的提议下，我们路过曲阜玩了半天，参观了孔子故里。王炜曾在算术级数上的素数分布这一经典数论问题上做出贡献，可惜他后来放弃了学术生涯，继郑洪流之后也去了北美，改行做计算机软件开发，后来我们仨再次相聚是在西雅图微软总部。

中国科学技术大学是1958年创办于北京的一所理工精英大学，隶属中国科学院，1970年迁往合肥。科大少年班尤其引人注目，对年轻学子很有吸引力。虽说受地理位置等因素的制约，但如今的科大仍属于C9名校，相当于美国的常春藤联盟大学或德国的精英大学。那时已快放暑假，同学们忙于期末考试，校园里空荡荡的，我对中科大印象最深的是一尊孺子牛雕像，上面刻着鲁迅的名句。我已不记得平生第一次走上讲台做学术报告的情景了，只记得王炜报告时有位老师提出了尖锐的问题。至于合肥，似乎没有任何特别印

千岛湖景色，作者摄

象，28年以后，我应邀参加安徽电视台主办的新安读书月，才有机会参观安徽博物院和李鸿章故居。又过了9年，我应李嘉禹和麻希南两位教授邀请，再次来到合肥做客中科大，并造访了杨振宁先生的母校——合肥一中。

合肥会议结束后，我们结伴去黄山游玩三天。那段旅程走了14小时，记得我们是在芜湖坐轮渡过了长江，还经过“桃花潭水深千尺”的泾县。可惜我没有像初登泰山那样画一幅登山图，但无疑对迎客松和天都峰印象深刻。刚好那年春晚，香港歌手张明敏唱红了《我的中国心》，长江、长城、黄山、黄河声望日隆，至此我也算一一游览过了。之后我们各奔东西，我乘车去深渡，从那里坐船，依次经停千岛湖畔的淳安和富春江边的梅城。多年以后，师

2016年春天，与张益唐在加利福尼亚海岸

叔潘承彪的弟子张益唐[1]教授来到浙大讲学，说起他跟我们上了黄山，并去了杭州。那次我在杭州停留了差不多两周，依旧被米市巷吸引，还去了太湖和无锡，归途乘船经上海再访扬州。那次是我的第24次旅行，对长三角三省一市有了更多的了解。多年以后，杭徽高速和杭黄高铁先后通车，杭州成了离黄山最近的大城市，我也多次重访黄山。最近一次是去歙县，探访了大阜村的潘氏宗祠。

16　冬日远足：西夏之旅

1984年的寒假来得特别早，1月13日，我便迫不及待

[1] 张益唐（1955— ），美籍华裔数学家。祖籍浙江嘉兴，生于上海，1978年考入北京大学数学系，硕士毕业后留学美国，获普渡大学博士学位。因于2013年在孪生素数猜想方面取得突破性研究成果而著称于世。

地离开学校了。那是我的第23次旅行，也是学生时代最远的一次出行，行程约6500公里。除了黄岩与杭甬之间乘汽车，其余是清一色的绿皮火车。我的目的地是宁夏回族自治区首府银川，我的堂姐斌芳在那里工作，她是我大伯的女儿，1958年大学毕业后，偕同男友（姐夫）自愿去了宁夏支边。他们有一双儿女，取名少京和少宁，虽说年龄都比我大，却管我叫舅舅。堂姐和姐夫都是建筑师，由于众所周知的原因，这个专业后来变得十分吃香，他们也得以双双回到杭州，堂姐甚至退休后又被返聘了十多年。

第一站是北京，我在小姑家住了两天，然后向西穿越内蒙古，是否经过大草原我就不得而知了，因为一路全是夜晚。到达银川时我发现那边的气温比济南低了好几摄氏度，鼻子里边都快结冰了。有一天，少宁带我去公园学滑冰。那里可谓冰天雪地，我穿上冰鞋以后，怎么也迈不开腿。我还记得第一次参观清真寺的情景，那里几何形状的构图远远多于佛教寺庙，以至于多年以后，我在《数学传奇》和《数学简史》这两本书里写到阿拉伯人的数学成就时，都有放清真寺的插图。

2011年秋天，银川举办了一次国际诗歌节，我接到了组委会的邀请重游故地。有一天，诗人们游览了贺兰山东麓的西夏王陵[1]，当我看到那些圆锥形的黄土堆，感觉有些似曾相识。这些陵墓是由“文革”期间修筑机场的士兵们发现的，它们被誉为“东方金字塔”。个人感觉有些名不

---

〔1〕西夏王陵，位于银川西贺兰山下，西夏王朝（1038—1227）的皇家陵寝，有9座封土帝陵和数百座陪葬墓。

副实，毕竟只有十来米高，尚不及墨西哥和中美洲玛雅人的金字塔。西夏是11世纪初以党项羌族为主体建立的封建王朝，定都银川，历时190年，共10位皇帝，最后被蒙古人所灭 。西夏前半时期与北宋、辽平分秋色，后半时期与南宋、金三足鼎立。到了2021年，中国数学会在银川举办“数学文化”论坛，我应邀去做报告，得以故地重游，方知3556米高的贺兰山主峰敖包圪垯是宁夏最高峰。

告别银川以后，我乘夜车去往西南方向，到达另一座黄河流经的城市兰州时，恰好是早晨，我趴在硬座车厢的茶几上度过了又一个夜晚。那天天气晴朗，我参观了西部唯一的综合性重点大学——兰州大学，还吃了一碗拉面。没想到的是，兰州拉面馆后来竟然遍布全国大大小小每一座城市，堪称中国最大的饮食连锁店，甚至美国的普林斯顿大学里也有一家。后来得知，当地人其实不叫这种面拉面而叫牛肉面，各地的兰州拉面馆多为青海人开的，这些

2011年秋天，与李笠及伊朗、加拿大和印度诗人在银川诗歌节

贺兰山上的岩羊和刻字，作者摄；西夏王陵，作者摄

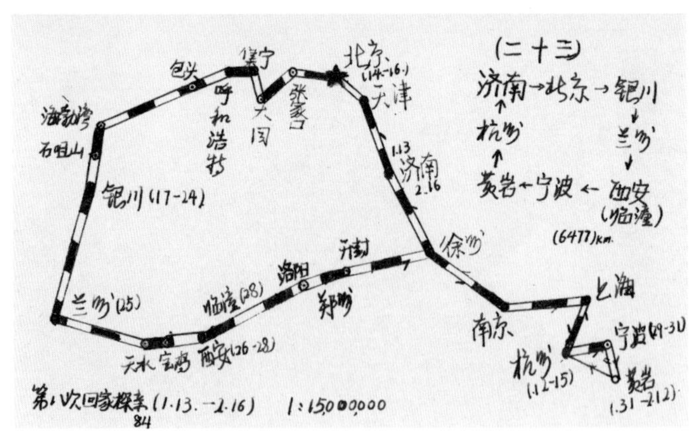

1984年，首次西北之旅

又是后话了。兰州是一座依黄河修建的狭长的城市，我一个人在河边坐了许久，记忆里的母亲河还算清澈，可是，与后来我在西宁南面的贵德见到的仍无法相比，那次我参加了青海湖诗歌节，在黄河边住了一晚，印证了一句俗语：天下黄河贵德清。

虽然敦煌和嘉峪关离兰州都还很远，我仍然想起了诸如“葡萄美酒夜光杯”（王翰）、“西出阳关无故人”（王维）这样的诗句。当又一个夜晚来临，我搭乘夜班火车，沿陇海线东行，过天水和宝鸡时，中间穿越了无数隧道。到达古城西安又是一个阳光明媚的早晨，我在老同学岳军那里住了三个晚上。那是西北电讯工程学院（今西安电子科技大学）的教师宿舍。岳军和我大学并不同班，但有两年我们是室友。毕业后他被分配到了西安，在经历了一次婚姻之后又回到老家青岛。

西安（或长安）是中华民族历史最为悠久的故都，尤其值得骄傲的是，它是汉唐的首都，也是“丝绸之路”的起点。唐时欧洲正处于黑暗的中世纪，那时候的长安也是世界上最繁华的城市，正如宋元时的临安（杭州）那样。对我个人来说，长安还有着特殊的意义，因为我的名字来源于杜甫写长安的一首诗《丽人行》，开头一句写到“三月三日天气新，长安水边多丽人”。虽然杜甫以批判诗风和现实主义见长，但偶尔也有抒情的时候，这首诗的开头属于这种情况，写的是长安八景之一的曲江流饮。但写着写着，诗的锋芒便指向春风得意的“杨氏兄妹”。

个人愚见，中国人重男轻女，尤其容不得风光无限的女人。这方面，文人墨客也不例外，甚至比普通百姓更甚。

秦始皇兵马俑

即便是唐代，前有初唐骆宾王的讨武檄文，后有盛唐杜甫的这首《丽人行》(倒是白居易的《长恨歌》更偏重李杨的爱情悲剧)，虽然风格不同，但目标指向一致，分别对准唐代最风光的两位女子——武则天和杨贵妃。除了政治人物，名伶也不乏牺牲品，比如民国年代的阮玲玉[1]，以及活到"文革"时期的上官云珠[2]。

离开西安以后，我还经停临潼，参观了兵马俑和华清池，并眺望了至今尚未开挖的秦始皇陵。古时掩埋活人比雕刻群像常见，这才是兵马俑的价值所在，既是弥足珍贵的艺术品，又挽救了无数生命。遗憾的是，阿房宫和大明宫早已毁灭，"八水绕长安"的盛况也难以再现，但钟鼓

〔1〕阮玲玉(1910—1935)，上海人，电影演员，主演《野草闲花》《神女》等，因不堪舆论压力服毒自杀。

〔2〕上官云珠(1920—1968)，江苏江阴人，电影演员，主演《一江春水向东流》《万家灯火》等，后跳楼自杀。

楼、大小雁塔、碑林、秦腔和终南山依旧。多年以后，我曾多次返回这座古城，有一回与友人坐在城墙下饮酒，追忆古时的盛景。再后来，我写了一本小书《26城记》，每个字母选一座城市。在X字母名下，我选择了西安，候选城市有3座：乌克兰的哈尔科夫、希腊克里特岛的哈尼亚和厦门。并且，西安是此书中唯一选入的中国城市。

17　北京中关村，数学之梦

黄山和西北之旅的那年初冬，在导师潘师的建议之下，我和王炜一块儿去北京中国科学院数学研究所（今数学与系统科学研究院）查阅资料。在互联网时代的今天，这样的出差机会没有了。那次是我头一回出公差去京城，住在中关村的地下招待所。记得数学所资料室的女管理员个个热情似火，很能说话，也愿意说话，对所里每一位研究人员的家庭情况了如指掌，对每一位在读研究生的婚姻和恋爱情况也非常了解。自然而然地，她们把我和王炜的个人情况也问了个一清二楚。

我有一位大学同班同学当时正在数学所读研究生，那就是后来大名鼎鼎的郭雷，他一如既往攻读控制论，导师是数学家陈建功先生的儿子陈翰馥。郭雷是山东淄博人，比我年长两岁，他高中毕业时，和我一样遇到高考恢复。不同的是，填报志愿时他想象自己坐在家里一按电钮，农田里的水泵就能自动浇水，也能自动监视农田的灌溉情况。郭雷心智早熟，本科期间便与济南百货大楼的团委书记恋爱上了，毕业后很快成婚。不过那时郭雷的妻子还在济南，他独自在京城读书，我们的友谊持续到今天。控制论（cybernetics）是由美国数学神童维纳创立的数学分支，我记得那时郭雷便已信心满满。

没想到的是，我竟然在随后的半年时间里，接连来到北京，共计逗留了一个多月。这3幅手绘旅行地图几乎没什么区别，来回都是乘坐火车，唯一的差异只有日期、同伴和目的了。第二次是1985年春天，包含五一节刚好一周，不过那会儿没有长假或小长假。那次我去北京是参加“首都高校大型社会观念变革学术研讨会”，同行的有学历史的研究生会宣传部长孟祥旭，我因为获得首届山东大学研究生优秀论文一等奖，担任了学习部长一职。孟兄后来出任钓鱼台国宾馆管理局副局长，而担任研讨会主席的中文系博士生李从军毕业后也来到北京，曾任新华社社长等要职。

那次来北京开会前，既没有领导找我们谈话，也无人要求我们说话要注意。那时可谓思想解放的年代，会议地点是在中国人民大学或北京师范大学，没有被我记录在手绘旅行图上很是遗憾。印象最深的是，有一天哈佛大学杜维明教授也来参加，会议室只有一张长桌子，杜教授刚好坐在我对面，相距不到2米。那时他正值中年，我们则初出茅庐血气方刚，大家发言很踊跃，其间我和杜教授竟然就某个观点争论了一番。我对政治并无多大兴趣，更不想借机成为校园明星。而杜教授也有言在先，40岁前诵读诗书，50岁前研究其义，60岁前反复抽绎，60岁后才著书立说。

多年以后我才了解到，杜教授抗战时期出生于昆明，后在台湾接受高等教育，再留学美国。我们见面时他是哈佛大学历史学和哲学教授，正担任东亚语言和文明系主任。

杜维明教授

同时，他也是所谓新儒学的代言人。杜教授后来出任哈佛燕京学社社长，如今遍布世界的孔子学院恐与他的建议有关。至于外界所言，他借鉴哲学人类学、文化人类学、比较文化学、比较宗教学和知识社会学等跨学科研究方法，阐明了儒家思想的现代意义和发展前景，勾画了当代新儒学理论的基本构架，则多少有点玄虚了。

初夏，我和王炜又一次去北京，这回是到数学所听美国哥伦比亚大学哥德费尔德教授讲学。他讲的数论代数和几何味道很浓，我们都听不大懂。在同余数问题里，有个著名的哥德费尔德猜想，说的是同余数与非同余数各占一半。那年他38岁，刚晋升为哥伦比亚大学正教授。他的导师伽拉赫尔是大筛法问题专家，做解析数论这一行的人都熟悉，我们在潘氏兄弟所著《哥德巴赫猜想》一书里学习过，我在讨论班里也做过这方面的专题报告。不知是否因为这个原因，王元先生邀请他来讲学，那次陈景润先生并未露面，坐在第一排的是王元的硕士生张寿武。

张寿武现在执教于普林斯顿大学，已是数论领域首屈一指的华裔数学家。据他本人回忆，哥德费尔德来京讲学是他学术生涯的转折点。那10天里，他不仅每次听课都坐前排，且不停地帮客人擦黑板。因为是东道主，王元先生让他陪客人游览京城，去故宫时他非常紧张，因为不会讲一句日常英语。在故宫买好门票后，“我发现我的运气又来了，故宫里所有的说明都有英文，不用我说一句话。我就跟在他后面，然后寻找机会讨论数学……”一年以后，在哥德费尔德的帮助下，张寿武拿到了哥伦比亚大学的全额奖学金，尽管他的托福只考了480分，而550分是最低分数线。

虽然那时我已经在一级刊物上独立发表论文，我的英文也比张寿武好，会话完全没有问题，我却没有他的那股闯劲。我那时没有想过要出国留学，也许因为导师是一校之长，也许因为山东是孔孟之乡。说实话，不管是那时还是现在，山大出国的风气都挺淡的，像郭雷这样的也只是想到来北京（他在国内读完了博士）。而张寿武，无论是他故乡安徽的名校中国科大、本科时就读的中山大学还是读

2018年秋天，与张寿武在普林斯顿，左一张黎，右一杨宇弟

研的中国科学院，情况就完全不同，科大和中关村甚至被戏称为“出国留学之跳板”。

当然，如果那时我选择出国，之后必定要为生存持续努力奋斗，加上离开了母语环境，能否坚持写作就很难说。还算幸运的是，我在博士毕业24年以后，突然提升了自己的数学眼光和想象力。也许，因为所学知识和方法的限制，我解决不了历史遗留下来的那些大问题或猜想，但我提出了一系列与经典数论问题相关的难度相当的问题和猜想，得到大数学家阿兰·贝克[1]等同行的赞许。尽管我自己非常笃信，但要获得更多同行的认可，仍需要机遇和时间的检验。没想到的是，就在哥德费尔德讲学结束前的一天，从日本传来噩耗——曾经见过两面的传奇数学家华罗庚先生在东京大学演讲时因心脏病突发去世，享年75岁。

18 漓江山水，红豆生南国

时光到了1985年夏天，我读博士以后的第一个暑假来临。那次是我的第30次旅行，行程约4900公里，仅次于头一年冬天的西北之旅。暑假开始不久，我有点急不可耐地乘火车南下，到杭州以后，我便坐151路电车来到米市巷。之前，我和她通了数十封书信，感情逐渐升温。那一年正巧她大学毕业，她在杭州有了一份还算满意的工作。我后来认识到，大学毕业前夕是恋爱的高发期，尤其是女生，渴望找到

〔1〕 阿兰·贝克（1939—2018），英国数学家。剑桥大学教授、三一学院院士、英国皇家学会会员，1970年获菲尔兹奖。

自己的归宿。而我因为还在读研且年纪尚小，没有那种急迫感。没想到，在众多不为我所知的竞争对手中，她选择了我。一个黑漆漆的晚上，我俩骑车来到孤山北麓，在一片空旷的草坪上躺下，仰望着星空诉说情话，留下了初吻。

一周以后，我们一同乘上南下的210次快车。那次我是去桂林参加广西师范大学举办的一个数学暑期班，我们分住在男生、女生宿舍。我原希望她带着调色板，那样我上数学课，她可以临摹漓江风光。没想到，恋爱中的女孩不愿做任何技术活，她只带了一本保加利亚作家瓦西列夫的《情爱论》[1]。火车离开浙江以后，在江西上饶停靠了比

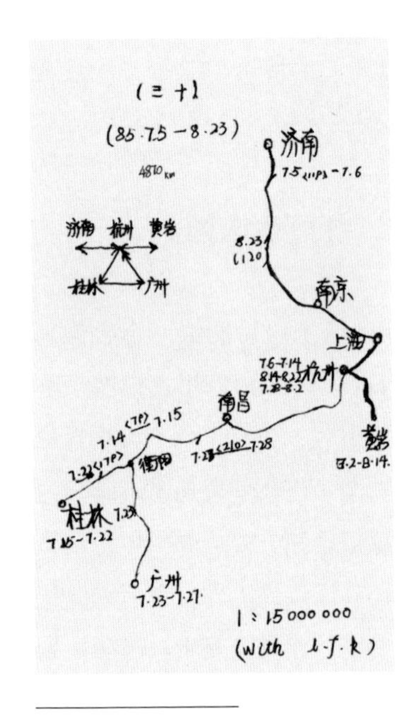

1985年，桂林、广州之行

〔1〕《情爱论》是保加利亚作家基里尔·瓦西列夫撰写的一部论爱情的著作，1974年在索非亚出版，1982年出版俄文版，中文版由三联书店于1984年首次推出。

桂林象鼻山，作者摄；瓦西列夫的《情爱论》(1984)，作者收藏

较长的时间，那时候我只知道上饶集中营，而不知道附近有两座名山，即北边的三清山和南面的龙虎山，后来二者双双入选联合国教科文组织世界自然遗产名录。

我记得在车站取饮用水的时候，她突然从背后抱住我，说喜欢我宽阔的肩膀，我当时欣喜若狂，长久记着那一刻。

后来我才知道，这是恋爱中的女孩爱说的话。那次旅行我们没带照相机，不过从留下的一幅合影来看，我穿着蓝色的牛仔裤，她套着一条白裙。记得她的母亲曾在我面前夸耀，那条裙子除了她女儿，别的女孩穿都不好看，我为此深感自豪。没想到若干年以后，另一个女孩亲口对我重复了这句话。虽然那次暑期班我从未缺课，但主讲老师中有一位来自北大，后来遇见他的校友潘师还是将我带女友同去的事情做了如实汇报。好在潘师比较宽容，并没有责怪我，只是与我开了一次玩笑了事。

暑期班结束以后，我们并没有立刻返回杭州，而是乘火车到了广州。那时候两广之间并没有铁路连通，火车须绕回湖南衡阳，再沿京广线南下。换句话说，那年夏天我第二次来到衡阳，而且还不是最后一次，因为归途还得经过这里一次。虽说那会儿车速有点慢，我们却没有觉得，我们甚至注意到：在两节车厢的连接处依窗相对而立，是那次火车旅程中最浪漫和最富诗意的时刻。2012年夏天，《数学文化》编委会在衡阳召开，我又回到那个地区。我方才了解到，衡阳至株洲段是京广线最难修的，当年张之洞建议并督修京广铁路，在其他路段（长江除外）全部铺设完成以后，又多花了18年方才完工。

那次放暑假前，我与家住广州的历史系博士生谭世宝兄约定，到了羊城借宿他家。世宝兄是香港人，毕业于中山大学，工作多年后考入山大读研，师从著名史学家王仲荦先生，我们在一起上过一年的英语课。毕业后世宝兄在香港又取得一个哲学博士学位，他在南国任教多年后，又回母校山大任历史文化学院的特聘教授。世宝兄相貌堂堂，且为人厚道实在，颇有长者风范。事实上，他也比我年长一轮多。我记得他的家是一座老式公寓，坐落在广州市中心。

那时广州对我们来说，是一座红色的革命都市，并没有后来发达的经济、报业和娱乐业，对去香港或澳门则是想都不敢想。除了漫步珠江和中山公园、越秀公园以外，我们还去了中山大学和白天鹅宾馆，乘电梯上了28层高的顶楼，这家内地第一家五星级酒店落成于1983年。回到杭州以后，我又在米市巷待了5天，才终于想起要回家。那个假期我只在黄岩逗留了12天，母亲详细询问了米市巷和旅途的情况。返回杭州以后，我又在张姨家住了一个星期，才乘火车回济南。

没想到的是，就在我出发前，干了一件傻事。下午3点左右，我开始收拾行李，把户外电线杆上自己的衣服收回，而没有把她家人已经晾干的衣服同时收下。结果我走以后，张姨在女儿面前严厉地批评开了，这件事为我们的关系投下了阴影。事实上，这只是个导火索，最主要的原因是，我与她女儿恋爱之后，把她给冷落了。本来嘛，是张姨先看中我，她是我们的撮合人。加上我从黄岩回来，母亲没有任何表示，无论话语还是礼物。老人家大概觉得我太小，远没到成家的时候。另外，多年以来，母亲一直是我最亲的亲人，现在突然出现了一个张姨，她也不习惯。

遗憾的是，那些情意绵绵的书信在一个冬天被绝望的我烧了个精光，我记得信末的署名是三个英文字母，l. f. k。从那以后，我再没有去过阳朔，没有去到阿牛和刘三姐对歌的那棵大树底下。广州和深圳倒是常去，有两次分别是参加珠江诗歌节和方所书店的开张。后面那次邀请方是一家服装公司，而她学的正是服装专业。不过，我那本由贝贝特公司制作的随笔集《难以企及的人物——数学天空的群星闪耀》，后来由广西师范大学出版社出版（2009），算是我与桂林这座城市的另一种缘分。近年来，我也曾两次应邀做客桂林纸的时代书店。

这幅夏日的浪漫旅行图和其他旅行图一样，一直为我珍惜。遗憾的是，我没有像以往那样，用双线和黑白相间来表示铁路线。不过仔细辨认的话可以看出，铁路线的最东端是上海，那儿像是一个尖尖的乳头，这也是以往的旅行图上不曾有过的，可谓一种巧合。我当时没有写出什么诗歌，倒是后来分手之后写了，记得是在放假回家路上，在火车上写了两首，题目分别叫《夜行》和《车过H城》。前一首写我与月亮的对话，情绪颇为伤感，后一首似更悲戚，且以复调的形式叙述。

19　忘却记忆的旅行

开学以后，我并没有意识到我们中间出了问题，因此一切如常。国庆节她趁去北京出差，路过济南看望我，我借了另一位室友黄卿光的住所，那也是他租来的民居，是一个小巧温馨的庭院。卿光是福建人，比我年长5岁，硕士毕业后他留校了，他的女友是济南人。后来卿光留学澳大利亚，在新南威尔士大学获得博士学位。我们曾在新千年两度在悉尼重逢，并驱车同游了堪培拉和墨尔本，那是在我们大学毕业37年之后。

有一天，我和她走在济南泉城路上，我突然发现一座房子的外观颇似北京的中国美术馆，没想到她也这么认为。在我们分手三年以后，正好也是在杭州，这幕记忆触动我写了一首诗：

美术馆

“从色彩来看，这幢房子
很像一家著名的美术馆。”我说
你点头同意，虽然
你第一次去那座城市
我们并不相识

天空湛蓝。一幢房子
勾起了我们不同的回忆
而多年以后，我们又会
回忆这个时刻；一幢房子
曾勾起我们不同的回忆

这首看似朴素的小诗是对初恋的美好纪念。她离开济南时，我们在泉城路一家照相馆拍了合影，两人相互依偎，她坐着，我站着。这幅照片里，她的神情忧郁，我的表情严肃。当时我还没有想到，这幅照片会成为我们的分手照。回到杭州以后，她的来信变得稀少，最后提出了分手，并希望我理解她的苦衷。后来我也想通了，我那时还有两年多才毕业，这对一个比我年长一个月且已经工作的女孩来说是漫长的等待。多年以后，早已恢复单身的张姨随宝贝女儿生活在一个说法语的国度。逢年过节的时候，张姨都会给我打越洋电话。她也曾回杭州看我，带着她的女儿，与我的两个女儿相聚在一起。

现在想来，导致我们分手的主要原因是我不够成熟，缺乏生活经验。无论如何，这次分手在我的内心造成了伤害，《车过H城》描写了我后来回家路上经过杭州的心情，这首诗也记载了早已经停开的从北京出发的119次快车到达杭州站的时间——19点10分。那以后，有几次短途旅行助我疗伤。我曾与中文系的几位男女同学结伴去游微山湖，也到过泰山脚下的矿业学院，在友人的安排下与一位青岛姑娘见面，还曾和室友约两位诗社女生一起去爬济南东郊的华山。

多年以后，我重返母校参加110年校庆，才从一位友人口中得知，元代浙籍画家赵孟頫[1]画过一幅《鹊华秋色图》，画的就是黄河北岸的鹊山和黄河南岸的华山。只不过那时黄河还没有改道，不流经济南，因此画中未曾出现。赵孟頫曾在济南为官3年，此图是他晚年回湖州老家以后，为一位祖籍济南却从未到过故乡的友人所绘。他画此图的观察地点，无疑应在大明湖的鹊华桥。据说此画后来被来济南的乾隆皇帝看见，遂为皇家收藏，之后便不为外人所见，如今它在台北故宫博物院。我还发现，李白也曾爬过华山，并写过三首诗《古风》，其中第一首开头写道："昔我游齐都，登华不注峰。兹山何峻秀，绿翠如芙蓉。"诗中

---

〔1〕赵孟頫（1254—1322），今浙江湖州人，元代画家、书法家，"楷书四大家"之一。宋太祖赵匡胤第十一世孙，曾任同知济南路总管府事。其夫人管道升与东晋卫铄并称"书坛两夫人"。

的华不注峰即华山。

几个星期以后，恰逢五一前夕，我约了与我们爬山的一位北京女生郊游。因为去了郊县——章丘，依照童年时代的约定，也被我记录在手绘地图册上，那是我的第32次旅行，也是学生时代距离最短的一次旅行，手绘地图的比例尺只有1∶50万。那天我们在食堂里共进晚餐，临时做出了郊游的决定，于是我们在离学校最近的黄台火车站搭乘一趟夜车，经过历城县，到达章丘县的小镇平陵城，出站后沿着铁路线漫无目的地走着，到了一处扳道房，与一位老师傅聊天。直到次日凌晨，我们才搭车返回。那个五一节我写了一首27行的口语诗，标题就叫《郊游》。

那时我尚不知有关平陵城的任何历史掌故，也未听说过“先有平陵城，后有济南府”的古语。很久以后我才知道，平陵城是汉代济南郡所，也是王莽的祖籍地，他是个短命的新朝开国皇帝。还有曹操，他的第一个重要职位是济南国国相，他一生的事业就是从老平陵城起步的。平陵城南数百米处是章丘县龙山街道，龙山是谭国故都所在，而我母亲刚好姓谭。这里有著名的城子崖遗址和龙山文化博物馆，前者是首批全国重点文物保护单位的五个新石器时代古遗址之一，另外四个是北京周口店、山西丁村、河南仰韶和陕西半坡；龙山文化又称黑陶文化，那是中国制陶史上的顶峰。

这首诗的结尾三行是这样的：

谁也不打这条道上走，等到我们
爬上最后一趟返城的列车

这些景象就会消失，永远消失

由此也可以看出，这次（些）短途旅行是为了忘却记忆的旅行，它们帮助我渐渐走出失恋的状态。而最后那次郊游也另有意义，它开启了我对即兴旅行的兴趣，甚至对我后来游历世界都有指导意义。事实上，有许多次旅行都不在我的计划之中，即使是去一个完全陌生甚或不太安全的国度和城市，我也没有预订旅店的习惯。当然，细究起来，我童年的孤独才是旅行真正的动因，而大学9年的寒暑假，也渐渐锻炼出了我旅行的才能。

与此同时，1986年12月，我在《山西工人报》发表了处女作，随后又在兰州的《飞天》、南京的《青春》、长沙的《湖南文学》、乌鲁木齐的《绿洲》、长春的《作家》和杭州的《东海》《江南》《西湖诗报》等发表诗作。这其中，

自印诗集《坐车旅行》扉页

《飞天》有个栏目叫《大学生诗苑》，编辑张书绅，发过许多诗人的处女作。组诗《坐车旅行》在《作家》发表之后，有一首《只要我们能遇见》被收入著名的红皮书《中国现代主义诗群大观1986—1988》（同济大学出版社，1988）。那以后，我开始与全国各地的诗人们建立了联系。

20 从大连到长白山天池

转眼到了1986年夏天，我获得一次去东北旅行的机会，具体地点是在吉林通化师范学院，那是我的第34次旅行。这是继西北和西南之旅后，我读研期间的又一次长途旅行，刚好涵盖了3个主要方向。那次是去参加一个数学物理研讨会，潘师再次给予财政上的资助。我利用自己的想象力，努力走成一个圆圈。我先是坐火车到烟台，从那里乘船过渤海海峡到大连。我的大学同学曲浩绪说服他的领导，邀请我在他工作的烟台市计委计算中心做一个讲座，那对我来说是平生的第一次，主题好像是“数学之美”。多年以后，我成为一个孜孜不倦的演说者，足迹遍布世界各地，而烟台无疑是起点。

那次也是我头一回去大连这座海滨城市，我的另一位大学同班姜冶任教于该市名校——大连工学院，即今天的大连理工大学。姜冶是陕西铜川人，比我小3个月，是我们班老小。大学毕业后他考入重庆大学读研，毕业后来到大连。那次他安排我住在单身教工宿舍。我感觉大连与青岛的最大差异是，大连离海面有一定的距离，这一点很像岛国日本，而青岛的街道更接近于水面。不知是否因为这

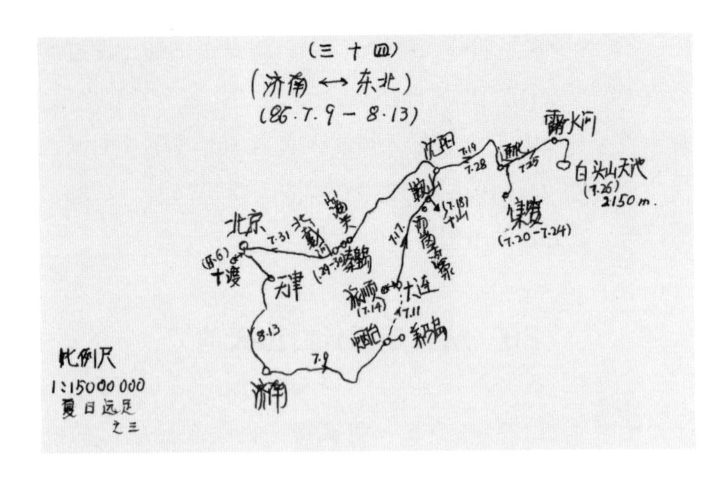

1986年，天池行

个理由，日本人更青睐大连这座城市。这不是我在旅途中唯一一次见到姜冶，多年以后，我们还在多伦多和纽约相聚，他还从加拿大开车到美国，带我过去看尼亚加拉瀑布。

下一站是沈阳，我游览了沈阳故宫。沈阳故宫是清朝初期的皇宫，建成于1636年。比起北京故宫，它有更多色彩和装饰，体现出蒙、满民族的特色，也比汉族受到更多佛教影响。2004年，沈阳故宫作为明清皇家宫殿的扩展部分与北京故宫一起列入世界文化遗产。原本，南京故宫更早且是北京故宫的蓝本，但因为战乱（尤其是太平天国），主体部分遭毁，而台北故宫博物院只是仿照北京故宫的建筑群，更无法相提并论。2016年，我的随笔集《轻轻掐了她几下》在沈阳出版，出版社邀我到歌德书院做分享会，我才有机会重访沈阳故宫，并游览了张氏帅府。我对老虎厅印象深刻，张学良曾一怒之下在此将一位奉系元老和黑龙江省省长处决。

继续乘火车，我从辽宁进入吉林，但没到长春，而是

沈阳故宫里的戏台，作者摄；长白山天池

直接去了通化，那儿的葡萄酒很有名。通化的纬度与沈阳持平，不过是在东边，火车需要到北面的梅河口折返。会议间隙有两次短途旅行，一次是去长白山天池，那是中朝界湖，是存在不足千年的活火山口湖，也是鸭绿江、图们江和松花江的发源地。我们从南坡登山，途中经过了危险的悬崖地带，那时尚未修建防护栏。湖边可以触摸到冰冷的积雪，由于湖面海拔已有2194米，所以2749米的长白山最高峰将军峰并不显高。将军峰位于朝鲜境内，应该是那时我见到过的最高峰了。

还有一次，组委会带我们去中朝边境处的集安，集安是古高句丽国王都，公元427年，高句丽国迁都平壤后，集安仍为别都。除了王都遗址，我们还参观了王陵，包括第19代王墓碑好太王碑。将军坟是第20代王陵墓，边长30多米，高13米，由1000多块石条砌成，比西夏王陵威武，同样被誉为“东方金字塔”，看来我们形容风景名胜的词语有限。由于地处偏僻，从未有古代名诗人前来游览。

集安如今已是我国对朝三大口岸之一，但那会儿尚未开通，上游有一座伪满洲国时期联合修筑的云峰大坝和人工湖，对岸是朝鲜第六大城市满浦。江面只有两百来米宽，中间一座岛屿隶属朝鲜。那次我想登上小岛，以证明自己出过国，于是在鸭绿江边换上泳衣下水，不料越靠近岛屿，水流越湍急，最后无法接近。幸亏一艘环岛行驶的快艇搭救了我，船上的乘客也都是为了过出国瘾，一次付费10元。

返程我没有走老路，而是乘火车沿着渤海湾西岸南下，途经山海关和北戴河[1]停留了一晚，那是一次丧失记忆的旅行。那天天气阴沉沉的，到达北戴河不久，便下了一场透雨。我并没有想起那些传说中的政治斗争和风口浪尖的泳姿，只是在近海浸泡了1个小时。多年以后，第二届《数学文化》编委会在北戴河举行，我却因为在德国哥廷根大学访学未能参加，错过了重访机会。不过，我在美国加州访学期间，曾经写过一首诗《晚年》，想象了改革开放总设计师邓小平先生在北戴河的浪涌中击水的姿态。

至于东三省，我有幸数次重游。其中一次是2001年夏末，我去西伯利亚大铁路的终点符拉迪沃斯托克（海参崴）。那次我从杭州飞到哈尔滨，再乘火车，经停牡丹江，在绥芬河出关。翌日恰好是9月11日，我在旅店房间里听到门外声音很响。打开一看，原来是邻居敞开房门，故意把电视音量调到最大。我这才看清画面，只见纽约世贸大楼双子楼被两架飞机撞毁了，那是我曾经登上过顶层的大楼。还有一次是2004年春天，我参加大连电视台录制的访谈节目，主持

---

〔1〕北戴河，因位于戴河之北得名。1893年，中国第一条标轨铁路唐胥铁路延修至此。1898年，被清政府辟为“允中外人士杂居”的避暑区。

人是大连籍的央视名主持。那次我刚出版《数字与玫瑰》不久，现场观众是辽宁师大的同学。再以后的几次都是讲座，从大连、沈阳、长春、吉林一路到哈尔滨。

那年夏天我没有回故乡，东北之旅结束以后，我到北京姑妈家待了两个星期，便提前返回了山大。校园里基建项目逐渐多了起来，几年以后居然挖出了唐墓，出土了许多精美陶器。由于第二年我就要毕业，得好好准备博士论文了。正如华罗庚先生所言，解析数论在他的年代是一桌丰盛的宴席，到了潘师这一代只有剩菜残羹了，而轮到我们，就只能啃啃骨头了。我没有锋利的牙齿和坚忍不拔的意志，因此只能敲敲边鼓，做些边缘的工作，例如相邻素数差的均值估计。另一方面，以数量取代质量，滥竽充数，写了7篇文章，合在一起称作《数论中的若干问题》，便作为毕业论文了。相比之下，我更喜欢数论中那些美而简洁的部分，就像费马那样，发现或探究自然数之间的奥秘。不过那只有留待将来，等候某种时机的来临。幸运的是，我博士毕业时才24岁，有着长长的未来。

唐墓出土的唐三彩，藏于山东大学博物馆，作者摄

四

西湖，世事如梦

树枝从云层中长出
飞鸟向往我的眼睛
——《梦想活在世上》

21　杭州，春风又绿江南

1987年春节，学生时代的最后一个寒假，我回故乡台州看望母亲。去时经杭州和绍兴，回程选择了一条迂回曲折的路线，先是南下温州，再向东过丽水、金华到杭州，刚好在浙江省内绕成一个圆圈，其中有十来座县治我是首次抵达。那是我的第37次旅行，画成的地图像是一根竹竿推着小铁圈——我们孩童时玩的游戏。那时候我还没听说过高速公路，自然没有今天的上三、温丽、诸永、甬台温或杭金衢高速了。我到温州依然是去看望小姨一家，那也是我最后一次见到她。虽然小姨比我母亲小8岁，却走在前面。几年以后，她因病逝世。现在回想起来，外婆很早就计划生育了，一男三女四个孩子，分别相隔了4年，组成了一个等差数列。

那年春天，我乘火车来到上海，手持导师的一封推荐信去徐家汇的上海交通大学，面见应用数学系主任陈志华教授。此前师母李老师曾代潘师挽留，还说不想留济南的话可去青岛大学，因为潘师也兼任这所新建大学校长之职。而我的感觉却是，在北方生活够久了，回南方也与母亲近些。没想到见到陈主任，他二话没说，就告知我工作的头两年不能出国。我感到愕然，因为那时并没想过出国的问题，如果想的话，早可以联系了。陈主任如此直言，也是京沪两地“出国热”的风气使然，虽然很喜欢这座城市，（一部分）出于这个原因，我还是放弃了去上海的念头。不久，杭州大学数学系主任、分析学家王斯雷教授到山大讲学，我和他聊起毕业去向，他表示无条件地欢迎，于是我决定去杭州。

1987年12月8日，我告别了母校的老师和同学，告别了求学9年零两个月的山大和济南，乘火车南下，于翌日到达杭州。那次我在上海中转了5小时，所以应该不是搭乘120次。在我的手绘地图册上，它只是第42幅，平均每年出行尚不足两次，旅行对我来说仍是稀罕之事。虽然是冬天，但江南的树木仍郁郁葱葱的，尤其是西湖周边的群山，经过历代林业工人和园丁的修理，看起来整整齐齐的，与北方山峦的萧瑟形成对比。更令人欣慰的是，很少有大城市像杭州那样与乡野和山坳如此亲近，骑自行车就能到达，而西湖离我的单身宿舍仅有7分钟的车程。曾经一个夏夜，我和友人在“曲院风荷”裸泳，那正是如今山水实景“印象西湖”的演出地。

报到过后我才发现，数学系有了新主任姚碧云教授。她不是杭大数学系第一位女主任，早在20世纪50年代便有函数论专家徐瑞云（1915—1969），她是德国慕尼黑大学博士（1940年毕业），也是中国历史上第二位女数学博士。系里资历最老的是几何学家白正国教授（1916—2015），他只比徐先生小一岁。还有不少老师出自陈建功先生（1893—1971）门下，陈先生是绍兴人，1929年获得日本帝国大学博士学位后执教浙江大学。1952年院系调整，浙大的精英散尽，陈先生和苏步青先生去了复旦大学。1955年，陈先生当选为中国科学院学部委员，1958年杭大创办时返回任副校长，“文革”期间不幸去世。邀请我来的王斯雷教授主动辞去系主任，他还曾婉拒校长一职，令人钦佩。2021年，王老师荣获了中国数学会颁发的“华罗庚数学奖”。

杭州道古桥，作者摄

杭大数学系长于基础数学，同城的浙大应用数学系长于应用，以至于10年后因合并而力量倍增（上述5位数学家均源出民国时期的老浙大）。那会儿两校之间仍是一片稻田，后来修建了黄龙体育中心。西溪路还是一条土路，只能通行自行车或手推车，此路与杭大路相接处便是道古桥，以南宋大数学家秦九韶的字命名，却不幸在新千年到来之际桥毁河填。在长达30年的时间里（包括四校合并后的前10年），同事里并没有数论同行，我因此既孤独，也无拘无束。数论研究得以开展，得益于国家和省级自然科学基金委的资助。甚至，我还获得过国家社会科学基金的资助（外国文学研究项目）。除了正常的教学，我还兼任全系研究生的班主任，多数同学年龄与我相仿，我也曾获得诸如优秀班主任、省优秀青年教师和以物理学家朱福炘冠名的教书育人奖。

在诗歌写作方面，我也有了明显进步，这得益于对现代绘画，特别是超现实主义艺术的阅读和理解。虽说那时我只能从一些印刷质量粗劣的画册中欣赏，但已经足矣。多年以后，我在一次次世界之旅中，看到了那些作品的原作。在1993年出国前写的诗歌中，我想提及四首——《疑问》（1989）、《梦想活在世上》（1990）、《在水边》（1991）、《幽居之歌》（1992）。《疑问》的法语译文末两句后来出现在法国一家大书店的玻璃橱窗上，其余三首分别成为我中文处女诗集、斯拉夫文版诗集和英文版诗集等的标题。在浙江卫视精心制作的十集纪录片《西湖》的末集《天堂》里，我两次出镜，并朗诵了《在水边》。

树枝从云层中长出
飞鸟向往我的眼睛

这两行是八行诗《梦想活在世上》的起句，这首诗后来被德国诗人、翻译家托比亚斯·布加特译成德文后刊登在柏林的一家青年杂志封底上，美编为它画了一个月亮。因为第三句这样写道："月亮如一枚蓝蓝的宝石 / 嵌入指环。"第二句"乡村和炊烟飘过屋顶 / 河流挽着我的胳膊出现"是对童年浓缩的记忆。而全诗的诗眼在最后一句"我站到耳朵的悬崖上 / 梦想活在世上"，我发现，从近处看，每个人的耳朵上沿都好比悬崖峭壁，底下是万丈深渊。

除了诗歌写作，我还结识到杭州和上海的先锋派诗人，进而与全国各地的诗人们建立了联系。1988年和1990年，

《作家》杂志发表了我的两组诗歌，其中一首《只要我们能遇见》收入徐敬亚、孟浪等编选的《中国现代主义诗群大观1986—1988》，这也是我的作品第一次被收入重要诗选，虽说我并未参加两年前举办的那次诗歌大展。1991年，由“今天派诗人”芒克牵头在北京创办的大型诗刊《现代汉诗》，我有两首诗出现在创刊号显著位置上，并从第二期开始担任编委，还和余刚、金耕承担了第三期的编选工作，印制地点就在杭大校内的印刷厂。

与此同时，我的手绘地图册多了一些短途旅行，起点也由济南变成了杭州，这是一个重要的改变。那时的杭州汽车站只有一个，设在武林门。除了回家和去上海，那几年我的短途旅行目的地还有绍兴、嘉兴、海盐、萧山、诸暨、富阳、德清（莫干山）和金华（第一次讲学）。其中富阳在富春江边，杭大东侧的保俶路上就有直达公交车，起点站离我的单身宿舍不到两百米，因此成为我短途旅行的好去处。归途有时乘船沿富春江而下，到达钱塘江畔的南星桥码头。这条航线如今已经停运，但富阳以及稍远的桐庐却成为我造访次数最多的两座县城。无论如何，我的旅行速度开始加快。后来，富阳于我又多了一层意义——我的双亲葬于（父亲是移葬）杭州和富阳交界处的钱江陵园。

22　北方，藕断又丝连

虽然我定居在南方，但由于那时候国内的数论同行大多在长江以北，甚至上海、南京也很少有人做数论研究，我仍需要不时返回北方，也因此多次往返京沪线和沪杭线上。由于杭宁铁路迟迟未开建，过去一个世纪里，绝大多数浙江人从陆路去北方需要绕道上海，湖州这座历史悠久的文化名城因为交通阻碍大大衰落了，如同京广铁路通车后的江西。1988年夏天和秋天，我的第45次和第47次旅行，先后去清华大学和山东大学参加华罗庚先生和闵嗣鹤先生纪念会，那两次会议规格和规模有所不同。

华老纪念会的缘由我记不确切了，也许是因为他去世三周年。与会的中外学者数以百计，涵盖了华老的研究领域——数论、代数、函数论和应用数学。除了少数人做大会报告，多数人是小组报告，我也在数论组凑了数，内容是多项式表素数问题，这是我平生第一次用英文做报告。自学成才的华罗庚年轻时受清华数学系主任熊庆来先生邀请，到数学系资料室做图书管理员，开始了传奇的学术生涯。1980年，我曾在济南见过华老两次，一次是在第二届全国数论会议开幕式上，另一次在山东大学田径运动会大操场上。他拄着拐杖，在学校领导和潘师陪同下，向同学们招手致意。

记得有一天早上开会前，我在清华科学楼台阶上见到患有帕金森综合征的陈景润先生，他正独自一人蹒跚拾级而上，我赶紧上前扶了一把。之前，1983年1月，陈先生曾来济南参加我大师兄于秀源的博士论文答辩（中国首批18个博士之一），那次我也在观众席，在那幅历史性的照片里，我刚好坐在陈先生后头。那次会议长达10天，回到杭州是8月11日，3天以前，即1988年8月8日，一场罕见的特大台风袭击了杭州，西湖边的许多大树被连根拔起，回到校园里依然看到地上有残枝破叶，触发我写了一首《绿血》。

两个月以后，闵嗣鹤先生纪念会在山大召开，那次是为了纪念闵先生诞生75周年和逝世25周年。闵先生是潘师的导师，因此是我的师爷。他早年留学牛津，在梯其玛希指导下获博士学位，后者是剑桥数学学派领袖哈代的学生，因此我也有幸成为哈代这位充满文人气质的数学家第四代徒孙。更值得我们骄傲或者说惭愧的是，哈代是牛顿的第12代徒孙、伽利略的第15代徒孙。闵先生在普林斯顿大学做完博士后后，回国任教西南联大，随后又到北大和北师大，他也是陈景润的哥德巴赫猜想（1+2）论文审稿人。那次参会的只有20来个人，包括卸任北大校长不久的丁石孙，他后来曾两度担任全国人大常委会副委员长。丁先生是闵先生任教北大时的学生，也是最受欢迎的北大校长之一。那次我还奉潘师之命，陪闵夫人朱女士母子游览了趵突泉和大明湖。

1990年秋天，我应邀访问中国科学院数学与系统研究所（后改研究院）。除了有5天陪同苏联同行达达热（Dodojon）去山大，全在北京度过，那是我在京城逗留时间最久的一次，共两个多月。除了与贾朝华兄研讨数论问题，听他介绍老北京的美食以外，也见到了王元先生。元老后来两次来母校浙大给研究生授课，每次在杭州停留一个月，我们有许多时间在一起。他也在我的几本著作的扉页上题写了书名，并曾为《数字与玫瑰》撰写书评。朝华是潘师叔的学生、张益唐的师兄，我们是堂师兄弟，他后来成为我的科学随笔最早的责任编辑，我们一起担任《中国数学会通讯》和《数学文化》杂志编委。

此外，还有大学同班郭雷，那会儿他已从澳大利亚做完博士后回国。郭雷后来成为国际著名的控制理论专家，40岁当选中国科学院院士并入选瑞士皇家工程院外籍院士，还担任过两届中国科学院数学与系统研究院院长。我曾多次去郭雷家做客，留下一张街头买冰淇淋的黑白合影，他来杭州时我们也曾多次相聚。当然，也少不了与京城的诗人们交往。芒克从那时到现在都称得上是京城的诗坛领袖，以好客和善饮著称，但他那时的家在劲松小区，离中关村实在太遥远了，我只去过一次。就在一年前，与芒克一同创办《今天》杂志的诗人北岛移居海外，确切地说是滞留海外。我曾在巴黎数次见到北岛，有一次恰好遇到他50大寿，大家共聚晚宴。不过，那也是上个世纪的事情了。

记得有一天，我给正在鲁迅文学院读书的小说家余华打电话，余华邀我去鲁院玩，我便坐公交车去了。以前我们在杭州就已经相识，他也曾到过我的单身宿舍。那是一个秋高气爽的日子，我们下起了围棋，两人旗鼓相当，故而下了一整天，午饭就在鲁院食堂里吃，直到日头偏西我才返回中关村。下棋时我曾聊起他的小说，交代只看过一个短篇和两个中篇，短篇就是《十八岁出门远行》，中篇题目忘了，有可能是《现实一种》《世事如烟》或《河边的错误》。他说这是他最好的短篇和中篇，别的可以不看了。那时候余华虽还没有写出令世人震惊的长篇，如《活着》《许三观卖血记》和《在细雨中呼喊》，但在文学圈已经享有盛名了。

与余华同住一室的是莫言，他们并非左右分隔，而是前后分隔，莫言靠窗边，余华靠门边，中间用三合板隔开，留有狭小的通道。余华告诉我说，莫言比他年长，他应该把好地方让出来。那天莫言也在，他在里间写作，但不时踱步来到我们面前观棋。正如他的笔名，莫言甚少开口。不过，午餐结束后，莫言和余华聊起我的诗歌，刚好《作家》最新一期发表了我的《幻美集》中的12首诗歌，他俩都读了，那一期《作家》的封二、封三上还有苏童的影集。记得余华说了一句，除了《再远一点》，其他几首尚缺大师风范。值得一提的是，我只是喜欢“幻美集”这个名字，才用作题目，那时并没有读过法国诗人瓦雷里的同名诗集。

自那以后，我没有再见到余华。只是有几次路过北京，与他通过电话。此外，在杭州西溪湿地余华的寓所吃过几餐饭，由我们共同的友人广跃兄做东。倒是莫言来杭州时，让人喊我见过一面，那是在香格里拉饭店的露天酒吧。虽说21年过去了，莫言仍记得那天我和余华下棋的情景。更为神奇的是，翌年秋天，我在非洲旅行，当我乘坐卢旺达航空公司的班机，从布隆迪首都布琼布拉经中非小国卢旺达首都基加利，飞抵坦桑尼亚的乞力马扎罗机场[1]，来接我的当地诗人打开了车里的收音机，听到BBC快讯的头条消息来自斯德哥尔摩——莫言获得了诺贝尔文学奖。我发去短信祝贺，他回复表示感谢。几年以后，莫言与法国作家勒·克莱齐奥来浙大对话，当晚校长请客，我有幸作陪，与他们共进晚餐。

---

〔1〕乞力马扎罗机场是位于坦桑尼亚名城、东非共同体总部所在地阿鲁沙的国际机场。

因为这些缘分，过去5年里，莫言曾为我的两本书撰写封底推荐语，还为我的译诗集《鲁拜集》题写了书名。

23 青岛，旅途中的邂逅

我来杭州时年方24岁，青春的尾巴长长的。经历了初恋的甜蜜和苦涩，原本已增添些许男性的成熟，但还不够，那就继续历练吧。无论新旧、远近、短长，真情或假意，都在那几年发生了，这似乎也给诗歌注入了活力。令我意想不到的是，有一天我那少白头突然开始变黑了，没有使用任何药物，不知不觉地全黑了。要知道在我的大学时代，曾经有三分之一是白发，是个典型的少白头。这真是一个奇迹，不知是水土的原因，还是因为写诗，抑或旅行和手绘地图？反正，后来遇见的老同学都吃了一惊。

1991年五一节，我去上海玩了3天，与沪上诗友们见面，住在诗人默默家里。他比我小1岁，却有着领袖风范，后来因为身体有恙，换了一种生活方式，成为撒娇派的头儿。当天，另一位诗人孟浪来访，那会儿他尚未留标志性的大胡子。有一天，默默把我带到苏州河和黄浦江交汇处的海鸥饭店，就在苏联驻上海总领事馆旁边，我见到了上海滩的诸多诗人，包括宋琳、陈东东、南方、郁郁、刘漫流、李冰等，少说也有20多位。与其说是一场朗诵会，不如说是一次聚会。

夏天，我与孟浪相约，同往青岛一游，那是我的第68次旅行。当我乘火车到达上海站，孟浪已在出口处等候，随后我们乘公交车去黄浦江边。我在路边报亭买了一本7

月号的《读书》，那会儿这本三联书店出版的杂志声望已达顶峰。那期有我的小文《戴圆顶礼帽的大师》，论述了比利时超现实主义画家马格里特[1]的作品，并将其与《幻美集》里的诗作相比较，两者竟有许多相似之处。与《幻美集》一样，我用的笔名叫派司，意思是让过去的成为过去。此外，这也与我喜欢的墨西哥诗人帕斯[2]谐音。值得一提的是，我曾在多次异国旅行中，携带这位第二代超现实主义代表诗人的诗集，并试图将它带到他的祖国。没想到的是，我会从此开启与《读书》杂志和三联书店的合作。

我们来到码头登船，可惜我没有记下船名，但码头应该是在杨浦区而非十六铺码头。那是一艘有三四千吨位的客船，需要20多个小时才能出长江口，穿越黄海，抵达胶州湾。与从上海到台州的旅途不同，这一路上见不到任何岛屿，风景显得有些单调，不过水色要好看多了。经过一番观察，孟浪跟我开玩笑说，这条船上只有母亲和孩子。那时我们都是单身，也尚未流行“美女”或“美眉”之类的词语，否则孟浪应该会说，这船上只有资深美女。我注意到，船驶入公海不久，海水变得湛蓝，船头劈开海水，船舷白沫四溅。

次日一早，孟浪还在睡梦中，我已起床离开房间，到甲板上看日出。当日头升高，我转过身，准备返回船舱，只见身边站着一位靓丽的女孩。我们不由自主地聊了起来，

---

〔1〕勒内·马格里特（1898—1967），比利时人，超现实主义画家。他的作品奇特细腻，以理性的视觉错置，颠倒我们的感性经验，从而产生震撼。

〔2〕奥克塔维奥·帕斯（1914—1998），墨西哥诗人、随笔作家，曾任墨西哥驻印度大使，1990年获诺贝尔文学奖。

原来她是上海财经大学的应届毕业生，去青岛亲戚家玩。随后我把她领回客舱，向孟浪做了介绍，他们用上海话打招呼。姑且称她Z小姐吧。Z在青岛没有别的朋友，从认识的那天起，她便天天和我们一起玩。那次我和孟浪住在诗友巩升起的别宅里，是一套两居室，有两张床和一张长沙发，具体地点已记不清了。

在青岛的半个月时间里，我们享受着无拘无束的假日，聊天、游泳、看风景、吃海鲜。最难忘的还是月光下沙滩上的散步，那柔软的小手……我们四人还曾搭车去崂山一游，并在那里小住一晚。崂山是一座道教名山，据说曾吸引秦始皇和汉武帝前来。1100多米高的最高峰巨峰拔地而起，是中国沿海最高峰。除了峻峭的岩石，我对崂山的溪流也印象颇深——水流清澈，圆润的巨石镶嵌其中。多年以后，我从杭州出发，偕家人驱车重游青岛，登崂山时游人如织，我这次才发现那儿还有几棵巨大的榕树。

终于到了告别时刻，先是孟浪独自乘火车去了北京，与芒克商讨《现代汉诗》编辑事宜，然后我乘船原路返回。Z到码头送行，那幕场景令人难忘，轮船离岸10多分钟后，我仍能见到那双挥舞的小手。初秋，Z与那个年代的许多上海年轻人一样，去了东京留学。我曾收到过她的一封信，直言自己的生活非常之苦，非我等可以想象。我给她回了信，加以安慰，此后她便音讯全无，直到如今……而孟浪后来也离开了上海，我们曾在波士顿和香港等地多次重聚，其中一次还见到了他的夫人，毕业于香港中文大学文学系的家祁博士。当晚，我的一位朋友请客，我把一同参加香港文学节的严歌苓也约来同聚。2009年初夏，我和孟浪在中环的一家俱乐部同台朗诵，不料等到时光再推9年，他已在香港病逝。之后，每逢忌日，百余位诗人总会在群里缅怀他。

24 巴蜀，第一次飞行

1991年秋天，我迎来了又一个激动人心的时刻，那是我的第70次旅行。11月9日，一个只由1和9组成的日子，我只身来到杭州笕桥机场，第一次搭乘民航班机，飞上了蓝天。那次我是去成都，参加四川大学为庆祝数学家柯召先生80华诞举行的学术研讨会。在迈入机舱的一刹那，我见到了传说已久的空姐，其中一位果然美丽动人，属于惊艳我青春的四大美人之一，另外3个分别是在扬州一家书画院、广州白天鹅宾馆和杭州武林路黄包车上所见。3小时的航程我一点都不觉得长，遗憾我没有保留“处女航”的登机牌，但我清晰地记得，那次航班的机票是400人民

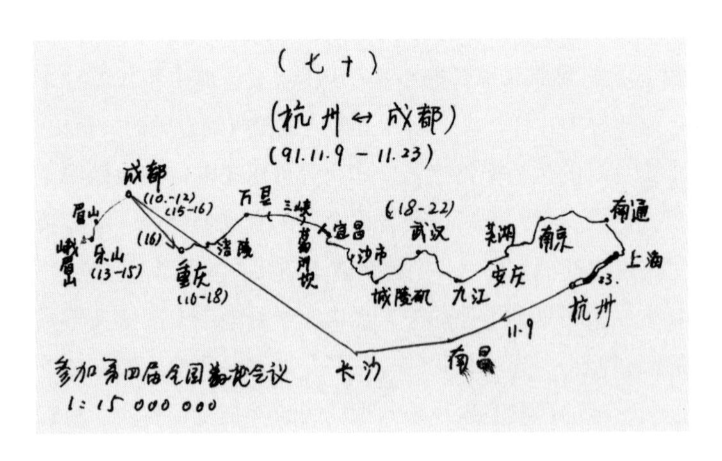

1991年秋天，首次入川

币（含税），因为觉得有点贵，谁知如今票价已涨了4倍。

那时在中国数论学家里，共有5位中科院院士，除华罗庚、陈景润、王元和潘承洞，还有地处西南的柯召。柯老是我的同乡，浙江温岭人。在寿宴上，我们说起了家乡话。柯老和华老同岁，柯老长7个月，他在杭州安定中学（今杭州第七中学）毕业后，考入厦门大学数学系（是陈景润的学长）。读了两年后回老家，在台州海门一所中学任教。一年以后复返清华再读两年，毕业后先在南开大学执教，后留学英伦，在足球城曼彻斯特攻读博士学位，他的导师是著名数学家莫德尔[1]。柯老在不定方程领域做出了很多贡献。他1937年毕业，次年回国任教四川大学。本人了解过，选择留在四川并非因为柯师母是四川姑娘，而是那时日本侵略中国，西南地区最为安全。

抗战胜利后，柯老收到浙江大学竺可桢校长邀请，偕家人乘火车来到重庆，准备从那里乘船到上海，再转杭州。若真成行，浙江大学数学系的历史就要改写，不会只是陈苏学派，而可能是陈苏柯学派了，浙大的数论研究也早就人丁兴旺了。可是，正当柯老到达重庆，准备沿长江顺流而下时，重庆大学校长宴请柯老一家，席间邀请柯老停留一年，以观时局。盛情难却，柯老答应下来，结果可想而知，一直被挽留到1949年，那以后教授换校就不方便了。直到1952年院系调整，柯老重返成都，终老四川大学。这是川大的幸运，也是浙大的一大遗憾。

---

〔1〕 路易斯·莫德尔（1888—1972），美国出生的英国数学家，任教于曼彻斯特大学。1986年，德国数学家法尔廷斯因证明莫德尔猜想获得菲尔兹奖。

那次会后我们旅行到了峨眉山，还路过乐山大佛和眉山的三苏故里。苏东坡曾在杭州担任过通判和知府，因此作为从杭州来的旅人，我有一种特别的感受。即便30年以后，我做客眉山东坡书院、重游三苏祠时仍是如此。只是那时我还没有发现南宋数学家秦九韶与杭州的关系，他的故乡在四川安岳，就位于成都与重庆之间。那以后，我又多次到成都，包括参加柯老百岁冥寿兼传记首发式，以及《数学文化》杂志编委会，也有数论同行洪绍方、何波（阿坝师范学院）和超算中心的邀请。有两次我不是从杭州出发，而是从拉萨、重庆飞来，还有一次从成都去了天津。

几乎每次到成都，我都会见到成都诗人，数量不少于上海和北京。见得最多的是钟鸣、翟永明、柏桦、欧阳江河、陈子弘，并曾在钟鸣家里借宿、参观他的野鹿苑博物

白夜花神诗空间
讲座海报

馆，在翟姐的老白夜酒吧跳舞，在宽窄巷的新白夜和芳华街的花神诗空间做新书分享会或讲座，还有文友洁尘、文珍，艺术家何多苓，音乐策展人巫平丽，等等。而最近的几次成都之行，则结识了邓翔、何春、以鲜、芮虎、永君、山鸿、龙炳、丹樱、桑眉、卓兮等新诗友，并依次做客成都七中、成都外国语学校、树德中学和彭州中学，还有方所和白鹿音乐小镇，白鹿音乐小镇有一座法国人于清光绪年间修建的天主教神哲学院。

借成都的光，我还到过广汉（三星堆）、宜宾（五粮液、蜀南竹海、李庄）、绵竹（剑南春）、青城山（都江堰）、汶川（水磨、映秀、毕棚沟、桃坪羌寨）、黄龙和九寨沟（东海之滨的游客对蓝色尤为向往）。都江堰之行是在2004年春天，由成都女诗人马雁做向导。她毕业于北大中文系，曾是五四文学社社员并参与创建北大新青年网站。她性格内向，属于非典型成都姑娘，且是穆斯林。令人震惊的是，7年后

黄龙景区，作者摄；九寨沟长湖，作者摄

桃坪羌寨，聊天的羌族妇女，作者摄

的冬日，马雁从上海一座高楼坠亡，年仅32岁。马雁的诗歌曾登载在我创办的《阿波利奈尔》杂志上，那期是女性诗歌专号，我委托北京女诗人周瓒编选。第一首诗是《郊游》，第二首写凶杀案，写作地点是太平洋大厦。

首次成都之旅的归途，我没有走回头路，而是乘飞机去了重庆，在朝天门码头附近的一家旅店小住了两天。那时重庆给我的印象仍停留在小说《红岩》塑造的形象上，仿佛那里潜伏着中共地下党员，以至于我专程前往渣滓洞游览。那时朝天门广场的繁华已初现，虽说离重庆成为直辖市尚有一段时光。多年以后，我应重庆高盛百货公司之邀，从杭州飞来讲座，同来的有刚登上《时代周刊》封面的青年作家春树。那次我才真正品尝到了色香味俱全的重庆火锅，也体会到了重庆女孩的大度和开放。后来我还三次到渝中区的精典书店做讲座，店主杨一毕业于四川大学数学系。我住进朝天门码头的同一家酒店，并曾做客北碚的西南大学和南岸的重庆邮电大学。

两天以后，我从朝天门码头登上长江号客轮，顺流而下。不用说，我花五天五夜的时间，主要是为了看即将消失的三峡风景。首先想到的是北宋词人李之仪的《我住长江头》，他是苏轼的门徒，后来才知道，科学家沈括的那幅画像也出自他的手笔。出涪陵、万县（今万州区）之后，船至奉节，那是杜甫生命中的重要驿站，他在此写下《秋兴八首》等四百多首诗。随后是白帝城，不由想起李白的《早发白帝城》，“朝辞白帝彩云间，千里江陵一日还。两岸猿声啼不住，轻舟已过万重山”。江陵就是现在湖北的宜昌，两地之间便是三峡。这首诗是李白在流放途中忽闻自己遇赦，掉头东行、心情大好时所作。此外，那座著名的神女峰与舒婷的同名诗歌也被船上的播音员提及并朗诵。

遗憾的是，这些名诗的存在，淡化了我的创作冲动，旅途中没有写出任何诗篇。好在长江上没有大风大浪，船上每天晚上还有门票低廉的舞会可以消磨时光。值得一提的是，多年以后，我与舒婷一同参加了广州的珠江诗歌节，其时她早已放弃写诗而改写散文了。

从成都返回杭州后已是深秋，我忽然发现，莫扎特逝世200周年临近。于是突发奇想，为这位伟大的奥地利音乐家举办音乐酒会。我联系了10位朋友作为共同的邀请人，每人出100元钱，将名字同印在请帖上，杭州文艺大

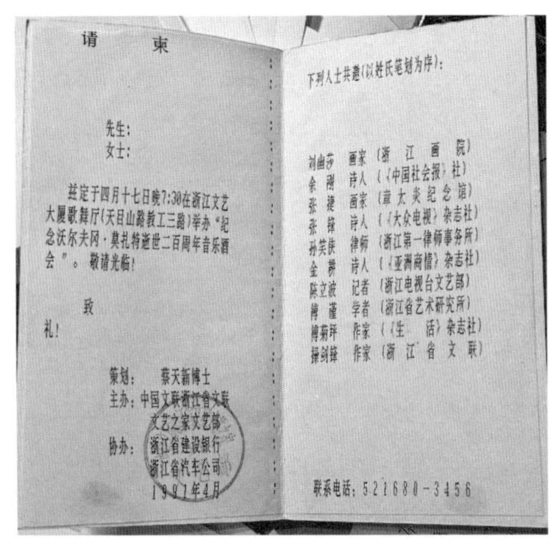

请　　柬

先生：
女士：

兹定于四月十七日晚7:30在浙江文艺大厦歌舞厅（天目山路教工三路）举办"纪念沃尔夫冈·莫扎特逝世二百周年音乐酒会"。敬请光临！

致
礼！

策划：　蔡天新博士
主办：中国文联浙江省文联
　　　文艺之家文艺部
协办：浙江省建设银行
　　　浙江省汽车公司
　　　1991年4月

下列人士共邀（以姓氏笔划为序）：

刘曲莎　画家（浙　江　画　院）
余　刚　诗人（《中国社会报》社）
张　捷　画家（章太炎纪念馆）
张　锋　诗人（《大众电视》杂志社）
孙笑侠　律师（浙江第一律师事务所）
金　耕　诗人（《亚洲商情》杂志社）
陈立波　记者（浙江电视台文艺部）
傅　谨　学者（浙江省艺术研究所）
傅菊辉　作家（《生　活》杂志社）
操剑锋　作家（浙　江　省　文　联）

联系电话：521680-3456

纪念莫扎特逝世200周年纪念酒会请柬；莫扎特

厦免费提供了场地和钢琴等设备。接着，在朋友的引荐下，我从浙江歌舞团和杭州师范大学音乐系请来一位女高音和一位钢琴家，演出了莫扎特的歌剧选段和钢琴曲，并邀来一位电台DJ主持。是夜，来了一百多位爱好音乐的客人，我在开幕式上做了简短的发言。我记得10年以后，仍有当年的来宾在《钱江晚报》撰文回忆那个夜晚。而我本人也在10年之后，探访了莫扎特的故乡萨尔茨堡。

25　厦门，芙蓉湖和鼓浪屿

时间之书又翻过一页，来到1992年夏天，我乘火车去了厦门。那是我第76次旅行，手绘地图已移到第二个笔记本上了。其实，早在1990年夏天，我便去过福州，那也是我第一次来到福建。在福州，除了见诗友以外，我还造访了小说家北村，并在他家里见到上海批评家朱大可。多年以后，朱教授两次邀我到沪上参加诗歌研讨会。那时北村尚未写出《施洗的河》，也未成为基督徒，离出版那部为他带来声望的小说《周渔的喊叫》尚有10年时光，后者曾被改编成电影《周渔的火车》。

福建自古称闽，先秦古籍《山海经》里提及“闽在海中”，那时还是蛮族之地。秦始皇设置闽中郡，浙江台州、丽水、温州和福建福州同在其中，沿浙赣线进入江西之后，在鹰潭拐向南方，便进入了武夷山所在的南平市，那里有个县级市建瓯，古称建州。可见福建之名源于北部两州，正如安徽是南部安庆和徽州两州合称。过南平后，火车向东南穿越宁德的一小部分即可抵达福州。而如果转向西南，经过三明、龙岩和漳州的地盘则可到厦门。比较而言，厦门比福州更具吸引力，就如同青岛比济南、大连比沈阳更具吸引力，这三座非省会城市均有着迷人的海滩。不仅如此，厦门还拥有综合性名校厦门大学和鼓浪屿，因而更具人文气质，后者是闻名遐迩的音乐之岛。

我去厦门是因为事先接到诗人张小云的邀请，在那本同济大学出版的红皮书诗集里，厦门只有两位诗人入选，一位是舒婷，另一位便是张小云。他是诗人中较早经商者，有一套新近装修完成的新房子。小云写信欢迎我去，于是我就成了这套新房的第一个住客。那会儿除从未见过面的小云，我在那座城市只有两位熟人，一位是山大校友，在厦大经济系任教，另一位是杭大校友，在一家五星级酒店工作。从某种意义上讲，漫长的暑假我只想找个地方走走，最好有从未去过的地方。环顾四周，最近的名城也就是厦门了。

芙蓉湖，作者摄

除了与小云和校友会面，吃当地的海鲜，去鼓浪屿游泳，我把更多的时间留给了厦大校园。厦门大学由陈嘉庚先生创办于1921年，且从未更改过校名，这一点非常难得。厦大靠着南普陀寺，另一边是大海，有柔软的沙滩，近年常被网友评为中国最美校园。不太为人所知的是，校内还有一个幽静的湖泊，叫芙蓉湖。有一天，我在校友的陪同下，来到湖边，我们租了一艘小船划起来，后来见岸边长椅上有位看书的姑娘，便驶近她邀其上船。当天我写了一首诗《芙蓉湖》，成为厦门之行的纪念。

芙蓉湖

一次我驾舟在芙蓉湖上
一位少女在岸边沉入遐思

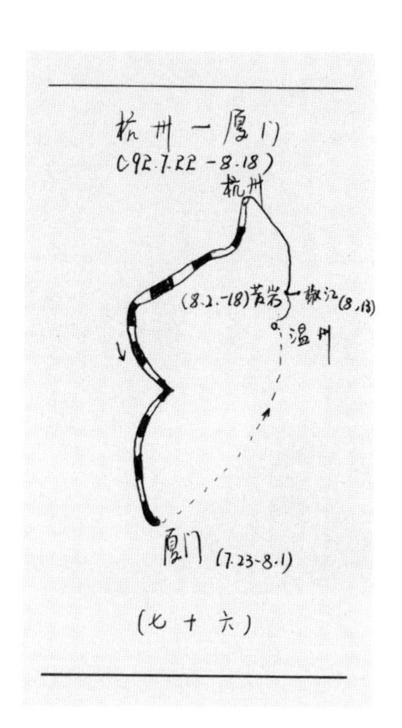

1992年夏天，从杭州到厦门

她夏装的扣眼里闪烁着微光
我驶近她，向她发出邀请

她惊讶，继而露出了笑容
暮色来到我们中间，缩短了
万物的距离，一颗隐微的痣
比书籍亲近，比星辰遥远

多年以后我重返厦门，特意在雨中重访了芙蓉湖，那里已没有小船可以出租，却在湖边新立了一座纪念数学家陈景润的大理石碑，旁边还立着他的全身塑像。至于比陈景润年长一轮的家父早年曾投靠厦大，这是我后来才了解

鼓浪屿的新娘，
作者摄

到的。那是在抗战时期，厦大西迁到长汀，父亲从故乡台州步行前去报考，被录取以后又放弃了。有一次，我在鼓浪屿住了三天，曾在小巷里遇见一对新人拍婚纱照，圆脸的新娘酷似邓丽君。

归途我选择海路，从厦门港乘船去温州，那也是我来厦门的动因之一。在台湾海峡上航行，有一种神秘感油然而生。至于福州（还有泉州），我对它们的深入了解，要等到新世纪的两次旅行，我造访了鼓楼区的三坊七巷、台江区（从前）商贾云集的上下杭和仓山区的旧领事馆。福州府是古代出进士第二多的（仅次于苏州府），北宋水利专家刘彝率先提出“读万卷书，行万里路”，晚近福州和厦门又成为我国最早的通商口岸[1]之一。

---

〔1〕 1842年8月29日，在鸦片战争战败后，中英两国签订《南京条约》，清政府割让香港岛，并开放广州、厦门、福州、宁波和上海为通商口岸。

26 足球，或神秘的岛屿

1992年秋天，杭大举行了教工足球赛，共有10支代表队报名，其中实力最强的3支队伍来自体育系、公共体育教研室和机关。数学系组成了一支队伍，但不被看好。此前，在校教工篮球赛中我作为系队主力并已亮过相，加上我在足球强省山东受过熏陶，又一次被招入系队，充任左前锋。并非我左脚强于右脚，而是另一位前锋闻继威（时任团委书记）擅长右脚。这并非我第一次参加南方的足球赛，早在学生时代，有一年夏天回家探亲，就被黄岩利民皮鞋厂队招致麾下。有一天，我们还被一辆军车接到路桥机场，与部队战士们比赛，结果1∶4失利，我打进了挽回面子的那个球。

比赛先分成两个小组，我们不幸与公共体育教研室、机关分到一组。大家都以为我们出线无望，没想到战绩还不错，尤其是关键的一场比赛，我们居然2∶0击败了机关。虽说我的足球基本技能一般，但善于捕捉和利用机会，那两个进球均由我包办，一个头球，一个远射。结果我们以小组第二出线，第一是公共体育教研室队。半决赛我们遇到了体育系，校学生队主教练和后来成为浙江省体育职业技术学院院长的李建设均在其中。比赛结果2∶2打平，本人也有一球贡献，罚点球决胜负我们才告负。最后，数学系获得了季军，我以5场比赛进7球荣膺金靴奖。没想到那次足球赛成了绝唱，后来的新浙江大学再也没有举办过类似的比赛。

那两场关键的比赛都有一名忠实观众，就是后来成为我妻子的俐，她的亮相和笑容对我是个激励。后来她承认，我们相识在大学舞池，她却是在看足球比赛时爱上我的。次年夏天我们去了舟山群岛（第80次旅行），游历了3座岛屿——舟山、普陀山和岱山。遗憾的是，那次我们没有去嵊泗岛，嵊泗县是浙江陆域面积最小的县。那时普陀还是一个县治，我对小镇沈家门和那里的海鲜颇有印象，让我想起外婆老家南田岛对岸的石浦镇。1990年春天，我陪扬州四姨去过象山（第55次旅行），就是从石浦坐船到南田的，那也是我幼时随母亲探访外婆之后的重游。

值得一提的是，“普陀”两字语出佛教经典《华严经》，此书乃佛陀释迦牟尼成道以后，借普贤、文殊诸大菩萨，显示其因行果德如杂华庄严、广大圆满、无尽无碍妙旨的典籍，东晋时便有了汉译本。普陀在梵文里的意思是“好一朵美丽的小白花”。有意思的是，此书的翻译出版地点就在扬州，而那首脍炙人口的扬州民歌《茉莉花》〔1〕首句是“好一朵美丽的茉莉花”。茉莉花是白色的，这不能说只是一种巧合。同样值得一提的是，在西子湖畔孤山西侧的西泠印社有一座隐秘的华严经塔，正好是最高建筑。

因为我已经到过普陀山和沈家门，我们临时添加了岱山之旅。那会儿，从普陀山有定期客船去岱山，从那里可直接返回定海。岱山又称东海蓬莱，据说当年替秦始皇寻找长生不老药的徐福来过此地，岛上有徐福公祠。至于为何泰山的别称也为岱山，就不得而知了。岱山是浙江第三大岛，仅次于舟山本岛和台州的玉环岛，后两座岛屿与

---

〔1〕《茉莉花》，苏皖民歌（1957，编曲何仿），此前主调被意大利作曲家普契尼写入歌剧《图兰朵》（1924）。

陆地如今均有跨海大桥相接。普陀山早已人满为患，而岱山尚鲜有人问津，甚至不及北部更偏远的嵊泗列岛，那里因为离上海近也成为旅游热点。不过到了2021年底，舟（山）岱（山）大桥也通车了。

多年以后，我写下一篇随笔《神秘的岛屿》，讲我去过的10座岛屿，其中有香港岛和台湾岛。鸦片战争结束以后，英国人原本是想租借舟山群岛的，被清政府拒绝以后才要了香港。另外8处分别是欧洲的克里特岛、威尼斯群岛、大不列颠岛和西兰岛（丹麦），美洲的曼哈顿、蒙特利尔和古巴，以及日本的本州。后来，我还造访过不少岛，包括海南、平潭、九州、爪哇、加里曼丹、新加坡、西西里、马耳他、爱尔兰、新西兰、毛里求斯等。

这篇随笔的最后提到，就相对狭小的面积而言，岛屿的重要性远胜过大陆，我一并列举了3座岛屿，克里特岛——欧洲文明的发祥地，大不列颠岛——对世界文明贡献极大的民族所在地，曼哈顿岛——容纳了当今世界大量的财富。那年秋天，我还写下了两组长诗《降示》和《幽居之歌》。前者是我阅读《古兰经》获得的灵感，在一天之内一气呵成；后者是我对独身生活的一次总结和告别。除了第一本英文版诗集以外，《幽居之歌》也成为我的土耳其文等外版诗集的名字。只是“幽”字很难翻译，英译者译成了“Song of the Quiet Life”。

27　香港，第一个签证

1993年夏天，我的第81次旅行，也是第一次出境游。

那次我是去香港大学参加一个国际数论会议，这一点得益于潘师的推荐。那时香港尚未回归祖国，故需要办理英国签证。我通过浙江省外办办理，按理浙江属于英国驻上海总领馆管辖范围，但香港的情况特殊，需要把护照和其他材料递交到北京的大不列颠及北爱尔兰王国驻华大使馆，而且要获得香港总督府和英国外交部的双重批准。最后，在会议开幕前一天才接到通知，说我的签证已好，让外办驻京办派人去取。外办方面自然不会照办，而是通知我们学校，校方建议我自个去北京领取，再从那里直飞香港。

那时从内地飞香港的机票很贵，是飞深圳机票的2.5倍，更何况要绕道北京。失去这次机会又非常可惜，好在最后时刻我灵机一动，电话联系了北京同行朝华兄，请他到英国大使馆代领（为此我把加盖学校公章的委托书传真给了他）。翌日朝华从北京飞深圳，我买了比他稍早抵达的航班。那是我成都之行后又一次坐飞机，依然是国内航班。我在深圳机场迎客处，等来了北京的同人们。那时候内地还没有快递公司，真是多亏了朝华兄。记得那天我还看见搭乘同一架航班的央视当红主持人倪萍，她先于其他乘客下了飞机，应该是乘坐商务舱。上一次我见到她是在济南，她在山东艺术学院念书，来我们山大演出话剧。

那次数论会议除了来自中国香港、台湾和大陆的数论学家以外，还有一些英美国家的同行参加。让我惊讶的是，居然有一位来自文莱，这让我第一次知道还有这样一个国度，与东马来西亚的两个州和印尼的5个省同在世界第三大岛加里曼丹岛。其实，文莱就在南海的南端，香港几乎就在它的正北方。直到2020年春节，我终于有幸抵达文莱

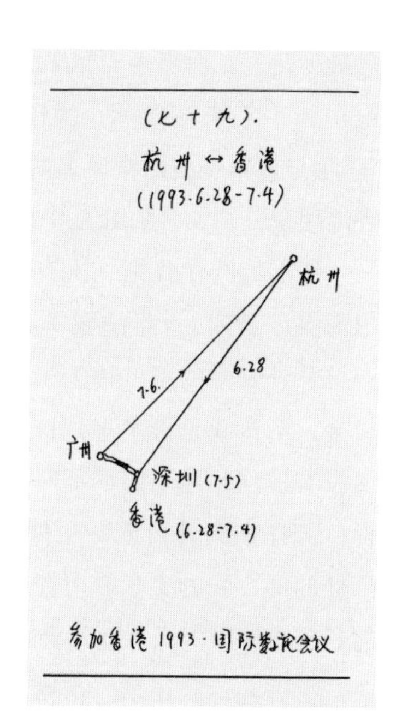

1993年夏天，杭州—香港

首都斯里巴加湾市。那次参会的美国同行中，最负盛名的要数挪威裔的塞尔伯格[1]，其时他已从普林斯顿高等研究院退休。塞尔伯格因为用初等方法证明素数定理，以及其他方面的工作，在1949年获得了菲尔兹奖。这位大师没有任何架子，乐意与我们年轻人交谈并合影。

那会儿英国占据香港已有近150年的历史，应该说这段历史有着两面性。一方面，它是中华民族的耻辱；另一方面，它也带来一些正面的影响，比如，深圳从一座小渔村一跃成为改革开放的试点城市。香港是一座人口稠密的大都会，高楼林立、商业发达，尤以维多利亚港两岸的景

〔1〕 阿特勒·塞尔伯格（1917—2007），挪威出生的美国数学家。

色最为迷人。而当乌云飘来，天色幽暗，又仿佛梦境一般。记得新千年来临之际，美国《国家地理》杂志曾评选出“一生最值得一游的十座名城”，亚洲仅有的两座城市入选，香港便是其一，另一处是中东的圣城耶路撒冷。

那次旅行让我第一次有了护照和签证，第一次得以进出海关。其实，4年前我本有机会去英国访问的，却因为一桩意外发生的事件错失了。那以后的每一年原本也都有机会，毕竟我是最早来到杭州工作的博士之一，英语口语又没有任何问题。假如那时我就出国，可能会像其他人一样，选择在国外再读一个博士，然后争取留在国外工作。那样的话，我的文学梦可能就要搁置一旁了，每逢假期可能只想着回国探亲，而不会去其他国度游历了。

在香港，我还第一次乘坐了地铁，感觉真不错。虽说1863年伦敦就有地铁了，香港却直到1979年才开通地铁，这可能与地形有关。一件有趣的事情发生了，参加会议的同行中有武汉大学的同龄人Z博士，他觉得来到资本主义的地盘不容易，一定要尽量多体验。虽然会议日程很紧凑，他仍挤出时间去赌场和红灯区体验了一番。多年以后，我在普林斯顿又听张寿武教授说起Z博士的逸事，原来他到美国后又成了计算机专家。那次我抽空去看望了德曼表哥，他是在台湾的舅舅的长子。“文革”结束后，借着海外关系，辞去故乡南田岛的小学教师职位，只身来到香港，从街头摆地摊做起，后来把太太和孩子们都接来。表哥还在市区买了好几套公寓，让每个孩子都上了大学。表哥领我看了他的生意，是利用街边民居的通街楼梯作为摊档，从大陆进来的小商品摆满了两侧的墙壁。

会议期间，从英国传来令人吃惊的消息：普林斯顿高等研究院的英国数学家安德鲁·怀尔斯回到他攻读博士学位的剑桥大学，宣布自己证明了举世闻名的费尔马大定理，那是一件有着350多年历史的数学悬案。虽然不久以后，有人指出证明中的一个漏洞，但经过怀尔斯本人和同行理查德·泰勒的共同努力，这个漏洞在两年后得以修补。这项工作被认为是20世纪的数学成就，超龄的怀尔斯也获得了迄今唯一的菲尔兹特别奖。多年以后，怀尔斯又被本科时期的母校牛津大学邀请回去，数学系新大楼以他的名字命名。

其实那会儿，所有与会同行，包括怀尔斯的同事和前辈塞尔伯格，也读不懂他的论文。幸运的是，多年以后，借助本人提出的加乘方程思想，我和两位博士研究生陈德生和张勇将费尔马大定理做了全新的推导，使之在强有力的abc猜想假设下也无法推出，通过后者可以十分轻松地导出费尔马大定理。在英文维基百科的“费尔马大定理”这一横跨5个世纪的最引人注目的数学条目之一的参考文献里，也因此首次出现了中国人的身影，正如哥德巴赫猜想和孪生素数猜想两个条目里也有大家熟悉的中国人的身影一样。

归途我没有从香港或深圳乘飞机，而是坐火车经深圳去了广州，在深广两地各逗留了一天后再飞回杭州。其中在深圳是与香港诗人黄灿然同行，受到早慧的深圳大学应届毕业生欧宁热情款待，他带我们去了一座乡间别墅。大三那年，欧宁和黄灿然创办了诗歌民刊《声音》，曾刊出过我的组诗《降示》。欧宁后来成为著名的音乐、电影和文学推广人，2003年，他拍摄的影像作品《三元里》参加了第

2024年初夏，作者在香港大学孙中山像旁留影；香港中文大学里天人合一景点，作者摄

50届威尼斯艺术双年展。记得有一次我来深圳，他还带我首次玩了高尔夫。

香港回归以后，我曾数次做客香港科技大学、香港浸会大学、香港理工大学和香港中文大学，其中3次逗留了两周，并于2024年重访了香港大学，先后做了十多场公共讲座（其中一次去了荃湾中学）和学术报告，另一次是去参加香港文学节。还有几次途经，包括去中国台湾地区、印度尼西亚、印度和孟加拉国的旅途。可是，仍以第一次印象最深。那年夏天结束后，我将飞越浩瀚的太平洋，前往美国西海岸的加利福尼亚，进行为时一年的学术交流。那是一次迟来的远行，它将揭开我生命中新的一页。没想到的是，之后的岁月里，我的旅行不断加速，会一次又一次踏上异国的土地，同时遍游国内每个省、市、自治区，我的手绘旅行地图册也会被画满一本又一本。

五

踏遍青山人未老

忽如一夜春风来
千树万树梨花开
——岑参《白雪歌送武判官归京》

28　正交的胡焕庸线

2021年秋天，我应邀做客南京师大附中，为高一和高二学生做讲座。这是一所百年名校，培养了无数杰出的人才，仅两院院士就有57位，与我同年造访的上海中学并列全国第一。校园里有巴金、胡风、袁隆平三位杰出校友的塑像，还有鲁迅纪念馆，而在该校执教的名师中，还有地理学家胡焕庸（与明代宰相胡惟庸[1]名字相近），大名鼎鼎的“胡焕庸线”就是由他提出并以他的名字命名的，这是地理学者和喜欢旅行的人感兴趣的一条直线。

1935年，时任中央大学（今南京大学）地理系主任的

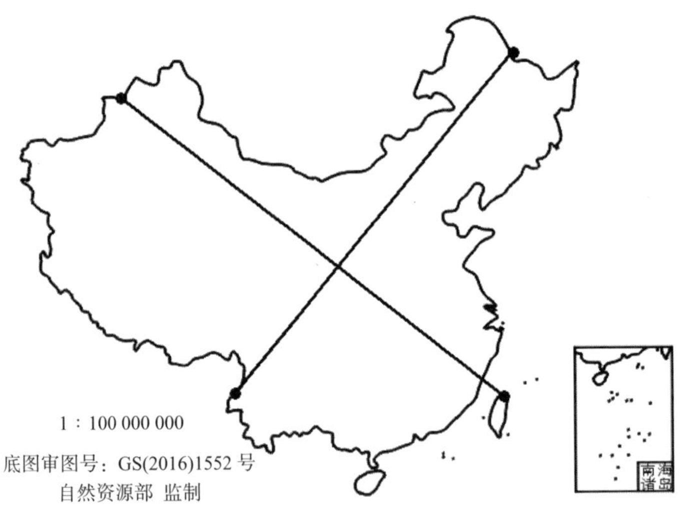

胡焕庸线和博台线

〔1〕胡惟庸（？—1380），今安徽定远人，明朝开国功臣，中国历史上最后一任宰相。后被怀疑叛乱，被朱元璋处死，被诛杀者达3万多人，史称胡惟庸案、胡党之狱。之后，中国进一步走向君主专制。

胡焕庸在其论文《中国人口之分布》中首次提出了划分我国人口密度的对比线，最初称“瑷珲—腾冲线”，即黑龙江瑷珲与云南腾冲之间的连线，后因瑷珲地名的变迁，先后改称“爱辉—腾冲线”、“黑河—腾冲线”。这条线在中国人口地理学上起到画龙点睛的作用，一直为国内外人口学者和地理学者认同和引用，并被美国俄亥俄州立大学的田心源教授命名为“胡焕庸线”。

胡焕庸线大致倾斜45度，线的东南约36%的国土上居住着96%的人口，以平原、水网、丘陵、喀斯特和丹霞地貌为主要地理结构，自古以农耕为经济基础；线的西北侧人口密度极低，是草原、沙漠和雪域高原的世界，自古属于游牧民族。这可谓“草”与“禾”的世界，是两个迥然不同的自然和人文地域。这条线也是城镇化水平的分割线，线东南侧各省区市城镇化水平高于全国平均水平，而西北各省区城镇化水平低于全国平均水平。

1901年，胡焕庸出生在江苏宜兴，幼年丧父，家境贫寒。读高小时，英语老师介绍他们阅读《泰西五十轶事》，“泰西”意为西方或欧美，语出“明末四公子”之一的桐城人方以智。这本书集童话、寓言、神话、历史故事和名人传奇于一身，脍炙人口，是民国时期学习英语的佳作，1910年由上海商务印书馆初版，到1930年已出35版。杨振宁、季羡林等晚年都声称从中受益，阅读此书也为胡焕庸学习多种西方语言打下了基础。

14岁那年，胡焕庸考取了江苏省立第五中学（今常州中学）。艰苦的生活激发了他勤奋好学的精神，而老师们诲人不倦的精神，也给他留下深刻的印象。胡焕庸中学毕业时，正值五四运动的高潮。这是一个社会剧烈动荡、国家前途未卜的年代，呼唤着青年人关心国家前途和世界形势。在这样的时代背景之下，青年时代的胡焕庸决心走上地理学研究和教育的道路。

中国近代的地理教育最初是从南京高等师范学校（东南大学、南京大学等校前身）地理系开始的。1919年，胡焕庸考取了南高文史地部。翌年，哈佛大学博士竺可桢从武昌高等师范学校转至南高任教，随后他创办了我国第一个地学系并任主任。1923年，胡焕庸从南高毕业，赴江苏省立第八中学（今扬州中学）任教，之前在南高就读时他曾在南高附中兼课。1926年春，胡焕庸回南京补读国立东南大学学分，取得东大理学学士学位。

同年，胡焕庸乘船赴法国，在巴黎大学和法兰西学院进修。其时未来的浙江大学校长竺可桢年方36岁，身兼两职：中央研究院气象研究所所长和东南大学地学系主任。两年以后，胡焕庸回国，东南大学已易名中央大学，他既担任地学系教授，又担任气象研究所研究员，成为竺可桢的得力助手。不久，应中央研究院蔡元培院长之邀，竺可桢在南京北极阁筹建新的气象研究所，辞去了地学系主任职务，他留下的自然地理学和气候学的教学任务，几乎全由胡焕庸担任。

1930年，中央大学地学系分成地理系和地质系，胡焕庸任地理系主任。1937年之前的10年，是中央大学地理系（包括此前的地学系）蓬勃发展的时期，抗战时期转往重庆。1949年，胡焕庸两次拒绝去台湾。新中国成立后，胡焕庸先后在华北革命大学学习一年，在治淮委员会技术委员会工作3年。1953年，他调到华东师范大学地理系，开始了在上海的长达40多年的教学和科研生涯，长期担任人口研究所所长，培养了大量人才，活到了97岁高龄。

胡焕庸去世后，他被誉为中国现代人文地理学的创始人，除了提出胡焕庸线，他还从人地关系出发，提出中国要节育，“开荒是治标，节育才是治本”。1956年，《地理学报》发表文章批判他提倡的“节育”和“人地关系理论”，称其为帝国主义的伪科学。这比1957年批判马寅初的人口论更早，他也因此幸运地避开了反右运动。1980年，胡焕庸在一次大会上发言反对“一对夫妻一个孩”，被人当场拔掉话筒。

胡焕庸始终未当选院士，这与他耿直的个性有关。1947年中央研究院遴选首届院士时，正值他与行政院长孔祥熙争吵，他指责孔祥熙对淮海灾民救灾不力。20世纪50年代，中国科学院筹备学部时，他因为担任过原中央大学教务长，被送去学习改造，结束后在自己从前学生胡乔木过问下才到华师大任教。1955年公布的学部委员名单中没有他，翌年增选又主要考虑新回国的，且这年年初就开始点名批判胡焕庸提倡的“节育”了。1980年第二次增补，刚好此前他又质疑“独生子女”政策。

早在胡焕庸线提出之前，我国还有一条重要的地理分界线出现，即划分南北方的“秦岭—淮河线”。1908年，另一位江苏（泗阳）出生的地理学家张相文在《新撰地文学》中写道：“北带：南界北岭淮水，北抵阴山长城。动物多驯驴良马、山羊；西部多麝鹿犀牛。植物多枳、榆、檀、梨、栗、柿、葡萄。”此处“南界”是指南北分界线，它并非一条直线。北岭即秦岭，这是最早有关“秦岭—淮河线”的论述，至于为何称北岭，可能是为了对应南方的南岭。

胡焕庸线给了我启示，我想把截至自己而立之年国内的部分旅行分两部分叙述。刚巧2020年年初，中国科学院方创琳研究员在《地理学报》上发文提出“博台线”。这是由新疆博乐到台北的连线，垂直于胡焕庸线，两线交会点在甘肃镇原，经过乌鲁木齐、西安、武汉、福州和台北等城市。值得一提的是，垂直在数学上也叫正交，故而我们可以说，博台线与胡焕庸线互为正交。到2016年，博台线的西南侧和东北侧在人口、经济、资源等方面渐趋平衡。因此，我决定以博台线来划分接下来的旅行的目的地，把我30岁以后国内的旅行浓缩成两部分来叙述。

29　博台线，东北篇

胡焕庸线的一个端点在黑龙江的边陲小镇黑河，它把全省一分为二。依照现在的区域划分，黑龙江省大部分地区和城市都在这条线的东南方。可是，在我的中学时代和上大学之初，如今嫩江以西隶属内蒙古的地区也在黑龙江省版图内，包括著名的呼伦贝尔大草原和国门满洲里。说到呼伦贝尔这个地名，它由呼伦和贝尔两个湖名组成，这就像欧洲东部匈牙利的首都布达佩斯，布达和佩斯原本是隔多瑙河相望的两座城市。

而如果以博台线来划分，那么整个黑龙江省和内蒙古自治区都在同一侧，即东北方。至于吉林和辽宁，无论是以哪条线来划分，也都在同一侧。在21世纪的头20年，我曾6次造访东北地区。其中第一次是2001年夏末，与学生时代的远足相隔了整整15年。那次我原本是要去莫斯科远郊图拉参加一个数论会议，那里是托尔斯泰的故乡，但由于俄罗斯驻上海总领事馆和俄罗斯外交部的官僚作风，直到会议开幕那天，我都没有取到签证。

9月8日，浙江省外办通知我，俄罗斯签证终于办好了，我赶忙骑车去西湖边取回护照。可是，数论会议已于前一天开始。那会儿上海飞往莫斯科的航班并不是每天都有的，且图拉离莫斯科还有200公里，需要转机或乘火车，我因此决定放弃参加会议。但毕竟辛辛苦苦拿到了签证，不用怪可惜的，于是心生一计：我自费去俄罗斯远东地区一游。多年以后，正当俄乌激战之际，图拉成为世人瞩目之地，瓦格纳雇佣军从顿河入海处的罗斯托夫出发，一天之内朝着莫斯科奔袭1200公里。等到他们到达图拉，却突然停止不前，随后宣布回撤，那是2023年6月24日。

说到西伯利亚，它的面积达1322万平方公里，北临北冰洋，西起乌拉尔山脉，西南抵哈萨克斯坦中北部山地，南到蒙古、外兴安岭，东至杰日尼奥夫角。杰日尼奥夫角位于楚科奇半岛的海岬，是亚洲、欧亚大陆乃至整个地球的最东端，与美国阿拉斯加的威尔士王子角隔白令海峡相望，以1648年首次发现它的俄罗斯哥萨克航海家杰日尼奥夫名字命名，后者比丹麦探险家白令早80年到达那个地区。

可是，我要去的地方是西伯利亚的东南角。准确地说，是符拉迪沃斯托克，即曾经属于中国、叫作海参崴的城市。那是我的第199次旅行。9月9日，我搭乘飞机经停大连，飞抵哈尔滨。这是我第一次来到黑龙江省，与神交已久的

符拉迪沃斯托克（海参崴）火车站，作者摄

诗人桑克见了面，他和同城诗人张曙光均为我编辑的民刊《阿波利奈尔》的作者。

短暂的会面后，我即赶往哈尔滨火车站，换乘绿皮火车向东去往绥芬河。约莫10小时的车程，途中经停了牡丹江市，松花江最大的支流牡丹江流经市区。牡丹江既是有着200多年历史的渤海国中心地带，也是小说《林海雪原》[1]故事的发生地，杨子荣陵坐落在郊外。而在我孩童时的记忆里，牡丹江是兄长未名作为工农兵学员上大学的地方，他的母校叫牡丹江师范学院，而他插队落户的方正县也在铁路线北侧，那里离艺术家中的皇帝宋徽宗赵佶及其子被囚和死去的五国城不远。

到达绥芬河边境后，我们下车步行过了海关，随后换

〔1〕《林海雪原》，曲波创作的长篇小说，1957年出版，描写解放战争初期东北剿匪战斗的故事。后来被上海京剧团改编成京剧《智取威虎山》，并被拍成电影，“文革”时期成为“八大样板戏”之一。

乘俄罗斯的火车去符拉迪沃斯托克（海参崴）。铁轨和车厢变宽了，车速却更慢了，从乌苏里斯克（双城子）起有一段200公里的路程足足走了6小时，而这是列车时刻表上明文规定的。在符拉迪沃斯托克（海参崴）逗留的3天时间里，发生了震惊世界的“9·11”事件。

就因为这起可怕的灾难，我们后来每次坐飞机或火车都要过安检。也因为这起灾难，我对那次旅行的记忆十分淡漠。归途我原路返回哈尔滨，在绥芬河逗留了数小时，那是牡丹江下属的县级市。在这里我见到了诗人杨勇，承蒙他的热情相邀，我在车上认识的3位俄罗斯姑娘也欣然与我们共进午餐，她们不仅与我邻座，而且是正在我的母校山东大学留学的校友。杨勇是牡丹江最知名的诗人，主编《东北亚》诗刊，之前我们有过通信，那天他心花怒放，喝了不少白酒，俄罗斯美女酒量也不赖。

记得那天杨勇点了4个菜，当时我还略感惊讶，哪知端上来的菜盆个个如小脸盆，我们6个人（有一位是杨勇朋友）竟然吃不完。意外的是，那天哈尔滨回杭州的机票售罄，不得已我登上一架飞往南京的航班，抵达禄口机场后再坐巴士回杭州。那会儿宁杭高速公路尚未开通，巴士只能绕太湖而行，经过无锡、苏州和嘉兴回到杭州。不过，那时苏嘉杭高速也未开通，因此从苏州到嘉兴走的是国道。

我的下一次东北之旅相隔了3年，2003年，因为随笔集《数字与玫瑰》的出版，我收到一些意外的邀请。例如，广州《新周刊》的年度人物秀，我成了“飘一代”代言人的三位候选人之一，另两位是当红歌星周杰伦和孙燕姿，最后获奖的是那位“周董”。大连电视台的《不同凡响》节目也邀请我去做嘉宾，主持人是一位尽人皆知的大连籍央视名嘴。那是我第一次在电视节目里做嘉宾，可惜没有拿到一张留念的照片。

转眼又过了10多年，到了2015年秋天，我送大女儿去大连上大学，趁机在回声书店做了一次分享会。3年以后，我又一次飞抵大连，除了探望女儿，在甘井子图书馆办讲座，还乘高铁一路北上，重游沈阳，首游吉林、长春。最后，我乘一列绿皮火车到达哈尔滨，参加中国数学会举办的“数学文化”论坛，依次在沈阳歌德书店、吉林城市之光书店和哈尔滨果戈里书店做了分享会。

在长春，我见到了久违的诗人宗仁发（从前他英姿勃发），他主编的《作家》杂志最早发表了我的两组诗歌，那次他特意为我安排了一场读诗会。我见到张洪波等多位新诗友，其中秀枝是从葡萄酒之城通化赶来。后来，新冠肺炎疫情暴发，在疫情势头较弱的间歇中，我应东北师大数学学院范猛院长等的邀请，复又回到长春，在零下20℃的冬日时光，依次做客东北师大、吉林大学以及两校附中和源来书店。

连续两个夏天，我都曾受哈尔滨工业大学和哈尔滨工程大学之邀，借机游览了中央大街、道外的靖宇街和松花江上的太阳岛。还与冯晏和杨河山等诗友们一道，驱车前往东郊的阿城和南郊的双城，分别瞻仰了金国的发祥地和参加了一次诗歌朗诵会。阿城有金上京会宁府（皇城）遗址，也是金国开国皇帝金太祖完颜旻的初葬地，正是他灭了辽国，而他的弟弟金太宗完颜晟则攻克了汴梁（开封），制造了“靖康之变”，这才有了以临安为首都的南宋。从这个意义上讲，杭州（浙江）人要感谢哈尔滨人。

30　新疆行，西王母之邦

博台线起点在新疆维吾尔自治区博乐市。博乐西距乌鲁木齐500多公里，是博尔塔拉蒙古自治州州府，市内有博尔塔拉河流过，这是一条内流河，注入新疆第一大咸水湖艾比湖。艾比在漠西蒙古语里的意思是向阳，如今水面面积从1949年的1200平方公里，萎缩至500平方公里。著名的阿拉山口位于博尔塔拉蒙古自治州西端，那是中国与哈萨克斯坦之间极其重要的口岸，也是第二条欧亚大陆桥必经之地。

说到欧亚大陆桥，目前已开通两条，第一条起自远东地区的符拉迪沃斯托克（海参崴），从绥芬河入中国境内，经过牡丹江、哈尔滨、齐齐哈尔、扎兰屯、海拉尔，从满洲里复进入俄罗斯，再经过哈萨克斯坦、白俄罗斯、波兰、德国、荷兰，最后到达鹿特丹港，共跨七国，全长约13000公里。不仅中国和俄罗斯远东的货物可以借此运往欧洲，甚至日本杂货的三分之一，也借助这条通道出口。

第二条欧亚大陆桥起自江苏连云港，横贯陇海线和兰新线，到达乌鲁木齐后再沿北疆铁路，过昌吉、石河子、乌苏、艾比湖和博乐东站，直抵阿拉山口。之后，经由哈萨克斯坦、俄罗斯、白俄罗斯、波兰、德国和荷兰，终点也是鹿特丹，全长约10800公里。毫无疑问，这座通道对中国更为重要。据说，第三条欧亚大陆桥也已提上议事日程，拟以深圳为起点，经云南连接南亚、西亚，继而连接北非并延伸至欧洲。

2015年秋天，我应塔吉克斯坦数学研究所的邀请，赴杜尚别参加一个解析数论会议，这是我的第601次旅行，好快的加速度，就像飞逝的时间和我们的生命。会议的发起人是苏联著名数学家维诺格拉多夫的一位弟子，1937年，维氏利用他创立的线性素变数三角和方法，证明了奇数哥德巴赫猜想对充分大的奇数成立。这个猜测是德国数学家哥德巴赫于1742年写给瑞士数学家欧拉的信中提出的，即对大于5的任意奇数，均可以表示成3个素数之和。其时哥德巴赫在莫斯科外交部任职，而欧拉从圣彼得堡去了柏林，之前他们在彼得大帝创办的圣彼得堡科学院同事多年。

早在1923年，英国数学家哈代和李特尔伍德利用他们创立的圆法，证明了在广义黎曼假设下，每个充分大的奇数均可以表示成3个素数之和。也因此，维诺格拉多夫的工作更有意义和价值。黎曼猜想被认为是数学史上最伟大的猜想，每位数学家和爱好者都渴望能够证明它，但是遥遥无期。值得一提的是，我国数学家华罗庚当年访学剑桥名义上的指导老师是哈代，正是通过哈代，华先生与维诺格拉多夫建立了联系。1946年，华罗庚从昆明出发，经过印度、巴基斯坦、伊朗、伊拉克和阿塞拜疆等地，访问了莫斯科。

维诺格拉多夫证明了，存在某个正数c，使得每个大于c的奇数均可表为3个素数之和。可是，这个c却是难以估计的大数。尽管如此，仍可以说他基本上证明了奇数哥德巴赫猜想，他也因此赢得了许多荣誉。2013年，法兰西科学院和巴黎高师的秘鲁数学家哈洛德·贺欧夫各特成功

庭院，作者摄于乌鲁木齐；小巷里的孩子，作者摄于杜尚别

地将维诺格拉多夫“充分大”的下限c确定为10的29次方左右，他再利用计算机验证，比这个数小的奇数无一例外地满足猜想，从而彻底证明了奇数哥德巴赫猜想。

维诺格拉多夫的结果依赖于他本人提出的一种估计外尔三角和的新方法，成为解析数论的重要工具，维氏借此对另一个同样著名的华林问题也做了重大改进。外尔[1]是德国数学家，毕业于哥廷根大学，后来与爱因斯坦、冯·诺伊曼等一起成为普林斯顿高等研究院聘请的首批科学家。我在杜尚别数论会议上报告的，正是有关华林问题的一个变种，也算是向前辈维诺格拉多夫致敬。老实说，在我读研期间，在书本和讨论班上曾无数次“遭遇”维诺

〔1〕 赫尔曼·外尔（1885—1955），德裔美籍数学家，对20世纪数学有重要影响。他把纯粹数学和理论物理学联系了起来，对量子力学和相对论有重要贡献。

格拉多夫的名字。

那次我从杭州萧山机场起飞，搭乘南航班机直飞乌鲁木齐地窝堡机场，再转杜尚别。新疆是国内我最后一个抵达的省市自治区，至此可以说游历了中国每个省份。那次我来回均经乌鲁木齐，一共逗留了5天。在乌鲁木齐期间，除了做客新疆大学和新疆师范大学，我还应邀向西前往150公里以外的石河子，为石河子大学的同学们做了一个讲座。此外，我还曾做客乌鲁木齐班的书店和石河子二十一世纪书店。

乌鲁木齐的历史不算悠久，唐代才置县。640年在天山北麓设置了庭州，下辖四县，今天的乌鲁木齐属于轮台县。说到轮台县，它的治所遗址在乌鲁木齐市东南郊的乌拉泊水库南侧。这与今天巴音郭楞蒙古自治州下属的轮台县是不一样的，后者在乌鲁木齐西南300多公里处，是古代西域36国之一轮台国所在。虽说乌鲁木齐这个地名在元代就有了（蒙古语里意为“美丽的牧场”），但它成为州府和省会分别是在清代的1773年和1884年。

唐代著名边塞诗人岑参曾两度从军出塞，第一次是天宝八年至天宝十年（749—751），第二次是在天宝十三年（754）夏秋之交到北庭，至德二年（757）春夏之交东归长安。第二次出塞，他任安西北庭节度使的判官（幕僚），他的前任姓武，诗人在轮台送他回归京城，那天恰逢大雪，岑参写下了一首七律《白雪歌送武判官归京》，其中开头两句是：

> 北风卷地白草折，胡天八月即飞雪。
> 忽如一夜春风来，千树万树梨花开。

玄奘之路，作者摄于空中

在飞往杜尚别途中，飞机飞越了浩瀚无际的塔里木盆地和塔克拉玛干沙漠的边缘，以及阿克苏、喀什两座城市，之后到达帕米尔高原。帕米尔在波斯语里的含意是“平顶屋”，古称葱岭，位于天山、昆仑山、喀喇昆仑山和兴都库什山之间，占地约10万平方公里，相当于浙江省或江苏省的面积，是中国与塔吉克斯坦、阿富汗的交会处。在机翼下方，我看到终年积雪的山峰之间有干燥无雪的河谷，方才明白当年玄奘法师和意大利人马可·波罗是如何旅行的。值得一提的是，喀喇昆仑山上海拔8611米的世界第二高峰乔戈里峰（K2）[1]，如今也有十余位同胞征服了。

说到昆仑，中国古代神话认为那里居住着西王母，她

〔1〕乔戈里峰，喀喇昆仑山主峰。乔戈里在塔吉克语里的意思是“高大雄伟”，被认为是8000米以上山峰中最难攀登的。1954年夏天，两位意大利探险家首次登顶。

是创世女神，掌管生育万物。有一种说法，西王母即王母娘娘。《西游记》里写到，吃了王母娘娘种的蟠桃会长生不老。《穆天子传》中记叙周穆王姬满驾八骏游天下，西巡见了西王母。具体路线：从成周（洛阳）北渡黄河，逾太行，涉滹沱，出雁门，抵包头，过贺兰山，经祁连山，走天山北路至西王母之邦，归途则走天山南路，这与玄奘去西天取经在新疆所走的路线基本一致。

我从乌鲁木齐去往石河子的路线（连霍高速）与北疆铁路基本一致，而前往天山天池的路线方向恰好相反。乌鲁木齐仁和书店的赵老板驾车把我送到山脚下，随后我独自搭乘游览车上山。抵达天池不久，便下起了冰雹，我随后看见了那年第一场雪。与火山口形成的长白山天池相比，天然的天山天池纬度相近，不过海拔低约210米，面积小一半，水深少约270米。最大的区别是，长白山天池是中朝界湖，且是三江源头，因此更具神秘感，而天山天池是纯粹的大自然。

31　寻根篇：关中和中原

在印度，母亲河恒河流经的两个相邻的邦——中央邦和比哈尔邦被誉为印度文明的发祥地，而在中国，黄河流经的陕西和河南两个相邻的省份同样也是中华文明的发祥地。其中，陕西拥有“关中”宝地，而河南有“中原”的雅号。所谓关中，是指“四关”之内，即东潼关、西散关、南武关（蓝关）、北萧关；而中原又称中州，是指以洛阳至开封一带为中心的黄河中下游地区，狭义指河南。

说到四关，潼关因地处黄河渡口，踞晋、陕、豫三省要冲，扼长安至洛阳之要道，历来为兵家必争之地，知名度也最高；散关位于宝鸡市西南的秦岭北麓，原为周朝散国之关隘，故而得名，离嘉陵江源头不远，自古为“川陕咽喉”，刘邦“明修栈道，暗度陈仓”，便是从此经过；武关位于商洛东武关河北岸，古晋楚、秦楚国界出入处；萧关在今宁夏固原东南，比散关还偏西，自陇上进入关中主要是沿渭河和泾河河谷。因渭河山势较险峻，泾河相对平易，萧关即在六盘山山口依险而立，扼守自泾河方向进入关中的通道。

自从学生时代的西北之行以后，我又多次到过关中和中原，不同的是，几乎每次都乘飞机来。西安之所以来得多，主要是因为从前的师弟兼室友张文鹏博士毕业以后回西安，任教于西北大学，培养了弟子数以百计，可以说西安但凡有数学系的高校均有他的弟子。我的西安之行主要行程有：第五次全国数论会议、西北大学数论及其应用研究中心揭幕，以及其他会议、讲学或讲座等，其中印象最深的是参加文鹏的学生博士论文答辩会。

那是2007年初夏，我的第271次旅行。我到西安参加徐哲峰、刘华宁等同学的博士和硕士论文答辩会，逗留期间也在西北大学、西安交通大学各做了一次公众讲座，并乘火车远赴延安。那是我第一次离开关中到陕北，难忘的是沿路有许多隧道，可以想象当年红军在延安安兵设寨之艰难，而敌军试图攻克也非易事。除了参观以往只在书本里看到的窑洞，还去延安大学做了一场讲座，印象尤为深刻的是，红底黑字的海报是用毛笔书写的。

陕西面积20多万平方公里，相当于江浙两省的总和，

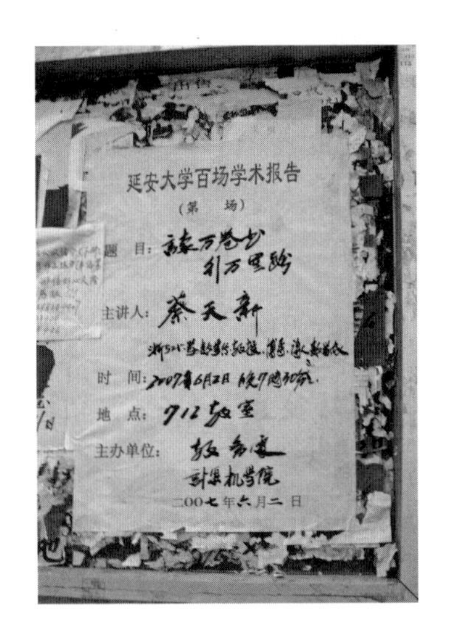

作者在延安大学
讲座的手写海报

地形是南北长、东西窄，最南的安康市镇坪县纬度与杭州只差一度，最北的榆林市府谷县纬度与北京持平。除了关中的西安、宝鸡、咸阳、渭南、铜川、杨凌五市一区，陕西还有北部的榆林和延安两市，南边的汉中、安康和商洛三市。后面三座地级市与河南的洛阳和南阳、湖北的十堰、重庆、四川的广元和巴中、甘肃的陇南等地组成了秦巴山区，面积达30万平方公里。

在北上延安13年以后，即2020年冬天，我还曾南下商洛。那次我去参加西北大学文学院操办的第10届新锐批评家会议，是我的第743次旅行。会后由哲峰博士驾车带我们穿越秦岭去商洛学院，那会儿他早已做了教授并担任西北大学图书馆馆长。如同地理学所划分的，秦岭以南便是南方，那里的河流大多向南流。例如丹江，发源于商洛的秦岭南麓，流到湖北丹江口市注入汉江。丹江是汉江最大的支流，而汉江又是长江最长的支流。金钱河也是汉江的支流，有人说它的水色不逊于九寨沟。洛河则是黄河的支流，它流经了商洛市下属的洛南县，流经河南的洛阳市，最后在巩义注入黄河。

在商洛学院讲座结束以后，主人带我们继续向东，到达了丹凤县棣花镇，那是作家贾平凹的故乡，他的女儿贾浅浅也参加了那次批评家会议（不久后引发的轩然大波则出乎我们的意料），他的弟弟接待了我们。棣花镇是当年南宋与金国的分界点，有座宋金桥如今是旱桥，据说桥的这边是金，那边是南宋。四关之一的武关还在棣花镇以东50公里处，属于南宋，而棣花仍在关中。归途原本想去王维的隐居地辋川，却因为时间关系错失了机会。头一年我来西安时，曾到过蓝田探望本家先祖蔡文姬故居，不想又一次错过。

又过了三年多，2024年初春，油菜花开的时节，我有

宋金桥，作者摄

幸造访了陕南的汉中和安康，那次是应陕西理工大学、龙岗中学和安康学院的邀请。两市地处秦岭之南，被誉为“小江南”。汉中是汉民族的渊薮，这里是张骞故乡、刘邦封地，是关中往返蜀地的必经之地。我游览了古汉台和拜将台，遗憾的是，张骞、蔡伦和诸葛亮的墓园均在郊县。安康学院门口立着沈尹默三兄弟塑像，他和胡适是最早写自由诗的，《三弦》收入三联版拙编《现代汉诗110首》。

在西安，我也曾去过一些中学，如位列前三名的铁一中和高新一中，还曾在万邦书店（城墙大讲堂）和SKP书店做分享会，后面那次，我邀请了西安一众书友来共进晚餐。记得有一次，当飞机穿透云层，即将降落咸阳机场时，我忽然想到这里也曾是李白、李贺、李商隐的长安，而他们从未在高处俯瞰这座城市。

相比之下，我在河南的学校活动较少，社会活动更丰富一些，曾在松社、城市之光、纸的时代乃至洛阳云集书店、开封诗云书社做客，其中松社有三次，纸的时代还做了我的摄影展，数论同行则以开封的河南大学居多，包括唐恒才、陈士超和龚克。

中国八大古都中，河南占了一半，尤其洛阳和开封古迹甚丰。洛阳名胜中，龙门石窟和白马寺是引人遐想之地，前者还有白居易的下葬地白园，后者是中国第一座寺庙，建于公元68年，没想到里面有许多东南亚风格的建筑。洛阳城的营造者周公文理兼修，是儒家的奠基人、《周礼》作者、孔子膜拜之人，他与大夫商高的谈话留下“勾广三，股修四，径隅五”这一勾股定理最早的特例，他提出的“六艺”中也包括“数”，而率先陈述勾股定理的陈子和荣方也是他的后人。出人意料的还有邙山，24位君王下葬在此，看上去却是一马平川。

说到白居易，他的名诗《忆江南》是杭州最好的广告词。在白园，我看到日本中国文化显彰会的5位成员为白居易立的大理石碑。碑文用中日两种文字书写，中文为："伟大的诗人白居易先生，您是日本文化的恩人，您是日本举国敬仰的文学家，您对日本之贡献，恩重如山，万古流芳，吾辈永志不忘。谨呈碑颂之。"而在西方，英国汉学家亚瑟·韦利[1]翻译的《中国古诗170首》影响深远，其中有一大半是白居易的诗。

那次我是偕家人去威海参加《数学文化》编委会，由鲁入豫，驾车沿当年孔子周游列国的线路，之后又从开封西行至洛阳，再由洛阳折向东南，过平顶山时得诗人森子相伴，再一同经曹操的"老巢"许昌、漯河至驻马店，在上蔡县住了一晚，探访了故国蔡国遗址，拜谒了第一代国王蔡叔度（周公胞弟）、第二代国王蔡仲之墓，后者曾在曲阜辅助周公长子伯禽，因而在父王谋反未遂后仍得以继位，使得蔡国延续了6个世纪。之后，我向东经过蔡国第二个都城新蔡，进入安徽境内后，抵达了蔡国第三个都城凤阳。这次旅行无疑也是寻根之旅，必须记下它的时间2015年8月，行程3970公里，编号595次。

2024年春天，我应湖南大学岳麓讲坛和湖南省图书馆等的邀请，再度做客长沙并近水楼台游览了岳麓书院。

〔1〕亚瑟·韦利（1889—1966），英国东方学者，毕业于剑桥大学，从未到过亚洲，却是中国古典文学界和日本古典文学界最有影响的翻译家之一。除古诗以外，他还翻译了《金瓶梅》和《西游记》。

之后，沿京广线北上到达郑州，酷爱数学和艺术的时装公司老总张智科陪同我去了安阳殷墟和汤阴羑里城。殷是商朝的别称，最后的273年定都于安阳，殷墟是华夏第一古都，2006年入选《世界遗产名录》。我对堪称宏伟的车马坑、甲骨窖穴、妇好墓印象极深，妇好是中国第一个女将军，妇好墓出土的超过15万片甲骨里，居然有4000多个字。至此，八大古都我已全部造访。

汤阴是南宋名将岳飞故里，但羑里城无疑更吸引游客，它是周文王（约前1152—约前1056）被囚处，是我国最早的监狱。周文王82岁时被商纣王关了7年，在此他推演了六十四卦和周易，可谓数学和哲学的首次“联姻”。归途我们经停新乡，做客河南师大，古老的卫河把新老校区分隔开来。卫河邻近黄河，却是海河的支流。当年孔子

羑里城，作者摄

周游列国也到过卫国，并被卫灵公夫人南子召见，他们隔帐交谈，引出一段故事和臆想。20世纪50年代，新乡还曾是短暂存在的平原省省会。

河南还有许多吸引人的地方，例如商丘、巩义（杜甫故里）、郏县（三苏墓所在地）、南阳（吴越国末代国王钱俶谢世地）。此外，还有我的南渡先祖蔡谟出生地和祖籍地陈留考城，陈留大致相当于今天的开封和商丘。考城县已不复存在，1954年，考城县西部与兰封县合并成为兰考县，隶属开封，那是焦裕禄曾任县委书记的地方，考城县东部则并入民权县，隶属商丘。2020年初夏，杭（州）合（肥）商（丘）高铁开通，两年后，我去开封参加第十一届全国数学文化论坛，第一次穿越了皖西北，包括曹操故里亳县和苏轼曾任太守的颍州（阜阳）。

32 地上文物看晋冀

俗话说，地下文物看陕西，地上文物看山西。西安是十三朝古都，周边有许多帝王陵墓，出土的文物数不胜数，民间有个说法，“八百里秦川，十万古墓”。一河之隔的山西则有许多古建筑，有着“中国古代建筑艺术博物馆”的雅称。据说元朝以前的古建筑，72%以上都在山西，包括我国仅存的3座唐代梁架“木构建筑”，即五台山的佛光寺东大殿（梁思成誉之中国第一国宝）、五台县南禅寺正殿和芮城县广仁王庙。

到2020年，山西共有全国重点文物保护单位452处，其中有369处是古建筑。引以为傲的是，山西的文保单位数一直稳居全国第一，位列第二至第四的是：河南357处，河北273处，陕西243处。究其原因，除了山西悠久的历史和长期处于文明核心区域以外，还与明清两朝发家致富的山西人较多，他们乐于营造建筑光耀祖宗有关。此外，山西气候干燥，也有利于古代木建筑长期保存。

虽然早在1984年元月，我便在去往宁夏的火车上经过大同，但第一次真正造访山西要等到32年以后。2016年夏天，一年一度的《数学文化》编委会在张家口召开，由河北师范大学主办。这是我的第626—632次旅行。再次驾车偕家同行，我们先去了扬州，拜谒了不久前去世的四姨，墓地在大运河东侧。翌日做客“扬图讲堂”，谈及我国第一部数学家传记的编撰者、清代浙江巡抚阮元[1]，并探访了阮元家庙和古宅。翌日，阮元六世孙和七世孙一同来酒店造访，馈赠《阮元研究》等史料，后来扬州电视台拍摄阮元纪录片，也专程来杭州采访我。

下一站是济南，车到淮安后，我居然走错方向，往连云港走了几十公里。我们在济南逗留了三日，看望了师母，见到了老同学，游览泉城并相继在大明湖畔的尼山书院和品聚书吧分享新书。之后，沿京沪高速北上天津，依次做客天津图书馆的“渤海讲堂”、天津图书大厦、武清区图书馆和天津武警部队。至于南开大学、天津大学、天津师大和南开中学，我要在多年以后的几次讲座之旅中才得以造访，其中南开大学去了三次，分别是数学院、文学院和统

---

[1] 阮元（1764—1849），扬州人，清代官员、经学家，曾任浙江、江西、河南巡抚，湖广、两广和云贵总督。所著《畴人传》是我国首部科学家传记，他在杭州创办诂经精舍，率先讲授天文算学。

计学院。印象最深的是南开中学，学校仍保留着两任总理周恩来和温家宝住过的宿舍，清华大学校长梅贻琦是他们的学长，遗憾没有看到张彭春先生的踪迹。

之后，我们来到北京，游逛了天安门等诸多名胜，会友并做客言几又中关村店，在去往张家口的路上重游八达岭长城，与上一次游览相隔了35年时光。我们在张家口停留了4天，编委会上讨论了下一年的编辑计划，主人带我们游览了北京冬奥会主办地崇礼，然后沿着草原天路去往张北。张北是张家口属县，与张家口的距离不到60公里，却属于内蒙古高原地带，平均海拔1300多米，高于承德。汉初，刘邦北征失败，与匈奴和亲，张北一度划归匈奴。北魏设都平城（大同）后，张北成为其沿边6个军事据点之一。

在中都草原的蒙古包里，我们享用了一餐丰盛的烤全羊。在元代，中都是与大都（北京）、上都（开平，今内蒙古多伦）齐名的三都之一。纯美、壮阔、清凉的中都草原是我国纬度最低的原始草原，属于内蒙古大草原的精华，距离北京只有250公里。

说到北京周边，我还曾两度造访河北师范大学本部所在地石家庄，一次是讲学，另一次是参加中国数学会学术年会，我对赵州桥、柏林禅寺、正定古城和隆兴寺等印象颇深。

正定还有一座开元寺，里面的钟楼一半真唐一半仿唐，故有山西之外尚有半座唐代“木构建筑”之说。古时石家庄北有常山郡，蜀汉名将赵云的故乡在正定，在罗贯中的《三国演义》中，有“常山赵子龙”在长坂坡百万敌军中怀抱少主七进七出的故事，曾让小时候的我艳羡。我注意到，正定县和石家庄南的元氏县政府都设在常山路。遗憾的是，我一直没有机会造访赵魏都城和北宋陪都邯郸，“邯郸学步”是每个小学生都知晓的成语，而我只是在南下郑州的路上乘火车经停（同时经停的还有古都安阳）。

那次告别张家口以后，我们继续向西，去往山西。从张家口到大同有三条路，第一条是全国道，第二条是先走京藏高速再转国道，第三条是经张石高速转宣大高速。我们选择了最后一条，距离最远但用时最短，当然，过路费也最贵。但考虑到走国道容易超速被罚，那样反而得不偿失。行驶在阳原县，与海河的支流永定河上游桑干河并行，我们逆流而行，不由想起了丁玲的小说《太阳照在桑干河上》（1948），此书曾获“斯大林文学奖”。

最早知道大同还是1973年，法国总统蓬皮杜访华，除了京城和沪杭之外，他还去了大同，故而这个地名也出现在我的手绘旅行地图上。不过那时候我尚且不知道，蓬皮杜的爷爷和父亲曾在大同做传教士，他小时候也在大同生活过。除了大名鼎鼎的云冈石窟，我们还去探访了建于辽金时期的华严寺。云冈石窟位于大同城西15公里处，开凿于北魏文成帝时的460年，延续到孝明帝时的524年，共60多年，而洛阳的龙门石窟开凿于孝文帝年间，历经东魏、西魏、北齐、隋、唐、五代和两宋，跨度达400余年。

虽然都是佛教精神和文化的产物，但从风格来看，云冈石刻线条硬朗、简洁，偏重于男性形象，相对而言粗犷、威严、雄健。而龙门石刻圆润、流畅、灵动，偏向于女性化，相对而言柔美、清秀、活泼，生活气息浓郁。前者带有游牧少数民族的气质，后者更多是少数民族与中原文化的融合气质。从材质来看，云冈属于砂岩，粗粝、大气，龙门属于石灰岩，细腻、生动。

两者同为首批全国重点文保单位，分别在2000年和2001年成为联合国世界文化遗产。个人以为，龙门石窟胜出云冈石窟在于卢舍那大佛，那神秘的微笑有“东方的蒙娜丽莎”之美誉。卢舍那意为智慧广大、光明普照，这尊17米高塑像开凿于唐高宗咸亨三年（672），耗时3年零9个月，原本是高宗李治献给父皇李世民的，皇后武则天捐资2万贯胭脂钱，最终这座佛像容姿和仪表酷似武则天。

离开大同以后，我们向东再向南依次参观了浑源悬空寺、朔州应县木塔和忻州代县雁门关，却遗憾地错过了攀登北岳恒山和“四大佛教名山”之首兼山西最高山的五台山（张家口的小五台山则是河北最高山）。悬空寺建成于491年，南、北楼各三层，中间有桥相连，曾被纽约《时代周刊》列入岌岌可危的十大建筑。雁门关有“中华第一关”之誉，秦代蒙恬，汉代卫青、霍去病和李广等名将以及北宋杨家将都曾驰骋古塞内外。汉元帝时，王昭君也是从此关出塞和亲。

下一站是太原，在这里我见到两位老同学，可能是同学里唯一的一对了。仉志余是山东寿光人，《齐民要术》[1]作者贾思勰的同乡，跟着同班的夫人来到山西，其时担任太原工业学院副院长。太原是唐朝皇族的发迹地，李渊起

---

[1]《齐民要术》，我国完整保存至今的最早的农书，成书于北魏末年，作者贾思勰。书中介绍了6世纪以前黄河中下游农牧业生产、食品加工与贮藏等经验，被誉“中国古代农业百科全书”。

兵时为太原留守，不过那时太原还叫晋阳，后来唐高宗李治也曾被封晋王。黄河第二大支流汾河自北向南流经太原，汾河源自忻州，经太原、吕梁、晋中、临汾和运城，在万荣注入黄河，对岸是司马迁的故乡陕西韩城。

汾酒因汾河得名，著名的汾酒产地杏花村位于吕梁汾阳东北，与汾河尚有一定的距离。到了杭州，可以不去灵隐寺，但到了太原，晋祠是必访之地。晋祠是我国现存最早的皇家祭祀园林，为晋国宗祠。建祠时代远在佛教传入中国以前，西周时周成王封胞弟于唐，其中一支后来迁至晋阳，在晋水发源地建祠，改国号唐为晋。如今晋祠仍在，主体建筑经宋元明清和民国历代修建，周柏、难老泉、侍女像被并称为“晋祠三绝”。

离开晋祠以后，我们继续南下，游览了乔家大院和平

晋祠梁柱上的木雕盘龙

遥古城，均令人难以忘怀。我甚至想，如此丰厚的记忆会不会使得山西人民很难伸开双臂拥抱世界和未来。最后到达晋城，这是山西东南大门，我在此地停留了两天，受邀做客赵树理沙龙，又在诗友多米陪同下赴阳城，参观了清代数学家张敦仁故居，他曾担任松江（上海）、苏州和江宁（南京）、吉安、扬州知府。我对康熙的老师、《康熙字典》

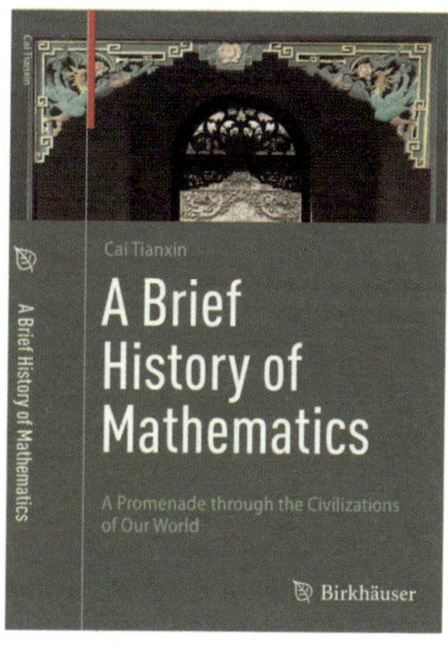

高挂红灯笼的乔家大院，作者摄；乔家大院内景，作者摄；《数学简史》英文版，题图窗楣照片摄于乔家大院

总阅官、大学士兼礼部尚书陈廷敬的皇城相府尤为赞叹，他家的围墙顶上居然可以通行马车。

33　冬日，批评家的旅行

那次告别晋城以后，我们经过河南和安徽回到杭州，途中在郑州、开封、合肥、湖州稍做停留，与众书友和友人相聚，不在话下。这次远行历时20天整，行程约4000公里，经过9个省市。我把它称为“数学文化之旅”，因为是参加《数学文化》编委会引发的旅行。说到这家广受好评的杂志，无论作为编委，还是作者，都是义务的，唯一的报偿是每年夏天的编委会主办方提供三天食宿，但旅费自理。迄今为止，在博台线东北方的编委会举办地除了张家口，还有青岛、威海和秦皇岛；西南方则有厦门、衡阳、成都、贵阳、昆明和香港，召集人分别是刘建亚、邓明立、林亚南、罗懋康和汤涛等教授。

除了每年夏天的数学文化之旅，我还享受了连续多年的“批评家之旅”。新冠疫情暴发之前，每年冬季在不同城市由不同大学举办“新锐批评家高端论坛”，由北京师范大学文学院教授谭五昌博士发起并组织，他是北京大学教授、儿童文学作家、安徒生奖得主曹文轩的弟子。这类由个人发起的年度学术活动在我国即便不是绝无仅有，也是十分罕见的。前十届高端论坛主办地依次是在广州、北京、岳阳、长沙、成都、芜湖、武汉、湛江、昭通和西安。

我从第六届开始参加，那次由安徽师范大学主办，杨四平教授（现已调任上海外国语大学）是召集人，主题是论诗人与批评家之间复杂又微妙的关系。那是2016年12月，我的第640次旅行，杭州批评家赵思运、诗人蒋兴刚同行。那会儿合杭高铁尚未开通，兴刚和我轮流驾车，来回都经过了湖州和宣城。安徽师范大学前身是设在安庆的安徽大学，抗战时撤销，后来恢复，1949年迁至芜湖，改为现名。如今的安徽大学则是1958年在合肥重建的。除了会议，我对长江边的芜湖景致和安徽师范大学老校区里的赭山印象深刻。

值得一提的是，此前两年，我和兴刚还有一次更远的安徽自驾游。那是在2014年8月，我的第528次旅行。我们到达芜湖前，先拐到江苏高淳，然后继续向西北方向，抵达合肥，之后折向西南，经过桐城和怀宁到安庆，最后，经由池州和黄山回到杭州，兜了一个大圈，行程1200多公里。到高淳是造访诗友叶辉，他在石臼湖边的白房子由南京大学的建筑师张雷教授设计，是中国诗人拥有的最令人羡慕的住宅之一。2007年落成前后我曾来过多次，有一次是陪同一位法国诗人。

芜湖其实无湖，于是我们在去合肥途中造访了巢湖，那会儿我想起了入读山东大学时的数学系主任张学铭先生是巢湖人。巢湖是长江中下游的五大淡水湖之一，在长江以南面积仅次于鄱阳湖、洞庭湖和太湖。如今，地级市巢湖已不复存在，分划给了合肥和芜湖。在合肥，我们入住天鹅湖边的一家酒店，见到了在安徽电视台工作的老友袁胜。几年前，他邀请我参加新安读书月，有一天在合肥大剧院演讲，吸引了一千多观众，省领导邵国荷也携妻小落座，之前他曾任亳州市市长和市委书记。读书月活动也邀请了南京作家毕飞宇，我们因此得以结识。另一次途经合肥的旅行，则见到了诗人祝凤鸣和陈先发。

离开合肥以后，我们向南去了桐城，路经《数学文化》主编之一汤涛兄的故乡舒城。桐城是文化名城，北宋画家李公麟的故乡，他的代表作《五马图》描绘了五匹西域名马，各有其名，旁边的五位马倌既有汉人，也有西域人，此画现藏东京国立美术馆。知名的文人还有清代"桐城派三祖"，其中为首的方苞以散文《狱中杂记》揭露了监狱的阴森可怕，开头写到瘟疫流行，描述了死者情况，行文简洁有序而生动。同期书写类似题材的还有英国作家笛福，他的《瘟疫年纪事》写于1722年，而方苞曾因文字狱入狱，1723年被康熙帝特赦。

我们参观了桐城文庙，它始建于元代，后来被毁，现在的文庙是明代重建的，系国家重点文保单位。文庙位于县城中央，周边的老街有几家名人故居。桐城艺人中有黄梅戏"一代宗师"严凤英，她因为在《天仙配》[1]中饰演七仙女闻名全国，"文革"期间受到残酷迫害，被指认为美蒋特务，最后服用了过量安眠药去世。

离开桐城以后，我们没有再上高速，而是沿着206国道去了怀宁，探访了诗人海子的故乡，见到海子的弟弟和母亲，并拜谒了海子墓。怀宁也是核物理学家、"两弹元勋"邓稼先的故乡，他毕业于西南联大，获得美国普渡大学博士学位后回国，他的同学兼好友杨振宁名字也与怀宁

---

〔1〕《天仙配》，黄梅戏保留剧目，依据东汉董永遇仙故事改编。1953年首演，后被拍成电影。讲述了七仙女私自下凡，与董永结成夫妻，被玉帝生生拆散的爱情故事。

海子故居，作者摄

有关。杨振宁虽然出生在合肥，那时合肥只是安徽的一个县，他的父亲、数学家杨武之当时在省会安庆（怀宁）中学教书，府县同治，直到抗战时期才分离。

在安庆，我们参观了独秀园，这里安葬着中国共产党主要创始人之一、早期领导人陈独秀。陈独秀出生于怀宁，曾考中秀才但乡试落第，1897年，18岁的他入读刚刚创建的浙大前身求是书院，两年以后，他因为有反清言论被学校开除。之后，他先后5次东渡日本求学或避难，接受了民主主义思想，后来成为中国新文化运动的倡导者、发起者和主要旗手，也是《新青年》杂志的创办者。后来他受蔡元培之邀出任北大文科学长，成为“五四运动的总司令”。

归途我们经过了池州和黄山，池州让我想起唐代诗人杜牧，他任池州刺史时，曾到过杏花村饮酒，写下那首名闻遐迩的《清明》：“清明时节雨纷纷，路上行人欲断魂。借问酒家何处有？牧童遥指杏花村。”还有未经过的东至县，它由东流、至德和建德三县合并而成。1911年，数学家周炜良出生在建德一个富裕人家，他从小随家人在上海生活，由家庭教师指导学习。14岁赴美留学，曾就读于芝加哥大学经济系，后转到德国哥廷根大学数学系，最后在莱比锡大学获得博士学位，导师是著名的荷兰代数学家兼数学史家范·德·瓦尔登。

1934年夏天，周炜良在汉堡过暑假时遇到维克特小姐，同龄的陈省身后来成为他婚礼上唯一的中国嘉宾。回国后周炜良先是在中央大学数学系任教，后来有10年时间放弃学术，帮助家里从事进出口贸易，重返美国后才在普林斯顿大学重回学术界，后来担任约翰·霍普金斯大学教授和系主任。周炜良在代数几何领域有杰出贡献，被认为与陈省身的成就旗鼓相当，以他名字命名的数学名词众多，有7个收入日本《岩波数学辞典》。

周炜良的曾祖父周馥是袁世凯的亲家，协助李鸿章从事洋务运动30余载，曾任山东巡抚、两江总督兼南洋大臣、两广总督等职，是山东高等学堂（山东大学前身）、复旦公学（复旦大学前身）和安徽公学的助推人。学生时代的周作人见过大臣周馥：“他站在体操场上，穿了长袍马褂棉鞋，很朴素，像是一个教书先生模样……实在那天给予我们很好的印象，可以说50年间所见新旧官吏中，没有一个及得上他的。”

最近一次皖南之旅则是2022年夏天，我受宣城宁国工会读书会和宁国中学之邀，前者是我见过最爱读书的工会组织，400多人的双层剧场座无虚席，且听众完全出于自愿前来。印象里即便大学的工会也只是逢年过节发发大米油盐或组织旅游休假，同济和浙大工会曾邀我做客，听众也只有30来位。讲座之前，主人先陪我去郊外参观了清代数学家梅文鼎（1633—1721）的墓地，康熙皇帝南巡时，曾三次召见他到官船上讨论数学。

在参加了芜湖会议以后，每年的批评家会议召集人都邀请我参加了，每次论坛均设有主题。其中，武汉和西安刚好在博台线上，会议的主题分别是“回顾与出发：百年新诗评估”（江汉大学操办）、“当代文学艺术视域中的乡土叙述、城市想象与灾难”（西北大学操办）。说到这里我想插一句，先前我也曾受聘北京大学新诗研究所特聘研究员，并颁有聘书，但最终也只是在谢冕和洪子诚两位先生主编的《新诗评论》上发了两篇文章。令我高兴的是，洪教授主编的《汉园新诗批评文丛》首辑收录了我的文集《在耳朵的悬崖上》。因为古城西安已在前文谈及，我这里想说说江城武汉。

武汉位于中国地理中心，号称“九省通衢”，简称“汉”。打开武汉地图你会发现，水域占了一半以上，可以说武汉才是中国水城。长江贯穿了市区，武汉三镇中，江南的武昌有东湖、南湖、严西湖和沙湖，其中东湖面积大约是杭州西湖的6倍。江北被汉江一分为二，汉口有东西湖和后湖，汉阳有墨水湖和南太子湖。江汉大学位于汉阳，第一把手李强是诗人，我们的会议就是在他主持下召开的，他后来出任武汉分管文教的副市长，我们在微信上时有互动。

那次参加批评家会议我是乘动车前往，那会儿合杭高铁和沿江高铁尚未修通，因此绕道南京和合肥，途中经过了六安、金寨、麻城等不易到达的小城。金寨位于鄂皖交界的大别山区，险要的地形让我理解到当年刘邓大军何以在南京政府眼皮子底下周旋了多年。我还发现，古代以长安或洛阳为首都时，遭谪贬的官员通常乘船沿汉江到武汉入长江，再转洞庭湖入湘江（或在九江入赣江），逆流南下。那次会议之前三年，我也曾应邀飞抵武汉，做客武汉大学、武汉二中、文化书城和硚口读书会。武大校园因为樱花和建筑而美丽，堪与滨海的厦门大学媲美。而最近的一次则是2022年秋天，在线上举行的学术报告，邀请人是从前我指导本科毕业设计的浙大校友王六权，29岁的他已是武大正教授。

虽说在湖北，襄阳、荆州以及随州、钟祥均是令人向往的历史名城，武汉却因为独特的地理优势后来居上。武汉的现代人物中，李娜可能是最具国际知名度的，她是两次网球大满贯冠军得主，还有传热学家、加州大学伯克利分校校长田长霖（1935—2002），闻名遐迩的爱荷华大学“国际写作计划”创办人聂华苓女士。2018年夏末，我有幸受邀赴美参加，与聂老师多次接触，领略到了武汉人的热情和激情。作为一个自驾爱好者，我也十分羡慕武汉人，因为从这座城市出发，沿着四通八达的路径可以尽情地向任何方向自由行进。

最后，我想提及的是2023年秋天在扬州大学举办的“新媒体语境·跨学科视野——第十一届中国当代诗学论坛”。这个系列会议肇始于2007年，那次我应罗小凤教授邀请出席，既做了有关“拼贴艺术与现代诗歌”的报告，又担任了小组会议主持人。那是我的第801次旅行，92岁高龄的北大教授谢冕也出席了活动。我借机做客钟书阁书店，与扬州中学两位语文名师的工作室同人交流，并首次做客泰州中学。两校分别是国家前主席江泽民、胡锦涛的母校，泰州还是京剧大师梅兰芳的故乡。我与江苏中学界最初结缘是因为南京十三中曹勇军老师，他并把拙文《数学家与诗人》编入了苏版高三《语文》课本。

34 苏南行：环太湖之旅

在博台线东北侧，近年来我去得最多的地方是苏南和上海，那里不仅经济发达，重视科学、文化和教育，同时也离杭州最近。事实上，在会稽郡和吴越国时期，浙江和上海、苏州属于同一个行政区域。翻开我的任何一本手绘旅行地图册，都有许多次去上海或苏州的旅行，还有南京、无锡和扬州，常州、镇江和南通虽然去的次数少些，但也不会缺席。其中镇江是南北朝时期数学家祖冲之（镇江时称南徐州）和北宋博物学家沈括生活过的地方，他们在此完成了一生的主要工作，而南通是当代数学家李大潜和杨乐的故乡。

如果乘坐高铁的话，沪宁线上离杭州最近的省外名城当数上海，其次是南京，车程都在1个小时左右。而若是自驾的话，最近的要数苏州，我从家里出发，走练杭高速、申嘉湖高速和常台高速，2小时左右可以抵达苏州市区，比如苏州大学老校区、观前街或平江路。而如果坐高铁的话，得提前打车去杭州东站，约一个半小时后才驶离杭州，等绕道上海虹桥到苏州北站再打车到市区，至少还需要2个小时。

先来说说2020年夏天，我的第735次旅行，那时新冠肺炎疫情肆虐一段时间后稍歇，我第一次出省，独自驾车逆时针绕太湖一圈。第一站是吴江，吴江自古属吴，是江苏最南的一个县，如今是苏州的一个区。公元前222年，秦始皇设置会稽郡，下属的县治中有吴县和由拳县（吴县即今日苏州市，由拳县在三国时改名嘉兴），自此至五代后梁的908年，吴江之地南部属嘉兴，北部属吴县。909年，吴越王钱镠置吴江县，隶属苏州。

那次我在吴江止间书店做了一个分享会，头年我去贵阳参加《数学文化》编委会暨创刊10周年研讨会，归途经过长沙，做客止间书店本店，笨老板邀请我下次去吴江店，才有了此行。那会儿疫情管控，听众人数有所限制，50人为上限，每张椅子上都贴有名字。吴江是民国词人柳亚子先生和浙大校友、国家最高科学技术奖得主程开甲先生故里，讲座之前吴江作协主席周君陪我去吴江八景之一的垂虹桥参观，那座桥才是真正意义上的断桥。

翌日上午我继续北上，在苏州第二图书馆讲座，底下观众需要隔座，且全程戴口罩。那会儿大多数图书馆仅有线上活动，苏图已经比较开放了。午餐以后，我继续西行至无锡，下午做客第二人民医院，这是我第一次到医院讲座，以女听众居多。当晚，蒙老友、瑾槐书堂主人陈彤安排，入住了中山路的梁溪饭店，进门以后我才发现，这是几年前我住过的酒店。这些年，因为陈彤和无锡图书馆、

苏州第二图书馆，读者隔位就座；吴江止间书店，每张椅子上贴着名字

百草园书店的缘故，我多次来无锡，也到过无锡一中、无锡女中等校。

第三天上午，我继续北上，来到位于长江边上的江阴南菁高级中学，做客南菁大讲堂，约1000名同学坐满了大礼堂。他们平常住校，因此防控方面没有额外要求。南菁高级中学有着130多年的办学历史，其前身是由江苏学政黄体芳在军机大臣、两江总督左宗棠[1]的协助下创办的南菁书院，校友里有两位副总理，黄炎培和陆定一，还有著名作家汪曾祺。记得校歌里有这样八个字，“南方之学，惟我菁英”。返程我沿太湖西岸南下，路过长兴，蒙诗人加平兄相邀，与长兴诸文友共进晚餐。之后，我沿杭长高速返回杭州，共计行程566公里。

---

〔1〕左宗棠（1812—1885），湖南湘阴人，晚清政治家、军事家，参与镇压太平天国，兴办洋务运动等，官至东阁大学士、军机大臣，力主设置新疆、台湾两省。今辑有《左宗棠全集》。

翌年初夏，第八次全国数论会议在常州金坛华罗庚中学举行，由冯克勤教授和他的弟子们召集（其中田野在张寿武教授指导下获得哥伦比亚大学博士学位），年逾八旬的陆洪文教授和动力系统专家叶向东院士等应邀出席。我又一次驱车前往，不仅重游了华罗庚的故乡，会议间歇还与同行乘缆车上了254米高的道教名山茅山。传说茅山由汉代关中的茅氏三兄弟开始成为修道圣地，牌匾由唐代书法家颜真卿题写。说到江苏的山，最高的是连云港的花果山，海拔仅624.4米，而盐城无山。

2021年初春，我又一次开启长三角之旅。这是我的第747次旅行，是应上海交通大学致远学院和苏州大学数学学院的邀请。因为上海方面对外地车辆的限制较多，我选择了高铁，抵达松江车站以后，被接到交大闵行校区。致远学院的学生均为交大理科尖子生，犹如浙大的竺可桢学院，邀请我的王维克教授曾任武汉大学数学学院院长和上海交大数学系系主任，他同时也是教学名师，晚餐有多位交大同事作陪，包括师弟李红泽，当晚我住在徐家汇区的上海交大本部。

翌日一早，我去光启公园拜谒了徐光启墓，这位明代大臣和科学家以著作《农政全书》，与意大利传教士利玛窦合译欧几里得《几何原本》为后世铭记，这一点估计当年他没有想到，否则他一定会劝说利玛窦把《几何原本》译完，而事实上他们只译了前六章平面几何部分便出版了。“几何”一词也由徐光启敲定。直到约200年以后，才由浙江海宁人李善兰和英国传教士伟烈亚力合作译完全书（共15章），前者还确定了除几何和对数以外多数常用数学名词。

回到酒店稍歇，我被光大银行小七行长派来的司机接到外滩29号，她为我安排了午餐签名会，事先她买了100本《小回忆》（增订版）赠送客户。建于1910年的巴洛克建筑是外滩万国建筑群中离外白渡桥最近的一幢，原为法国东方汇理银行，1997年光大银行上海分行迁入，成为首家入驻外滩的中资银行。此处风景绝佳，窗外便是黄浦江和浦东的摩天大楼，不用问，来这里的大多是高端客户。小七行长能在此担任行长，足见她的能力，她尤其擅长与客户交流。

午餐后我在苏州河一带游逛了一会儿，随后乘车前往复旦大学，在教师食堂用了便餐，与中文系的师生进行了“两种文化，科学与人文”的圆桌交流。邀请人兼主持人陈引驰教授不久前刚卸任系主任之职，几年前我们在苏州相识，那次是参加苏州少年科学院成立大会，我们都是受邀嘉宾。事先我有所不知的是，复旦中文系和数学系同在光华楼，果然有数学系的同学来听讲座，不由想起10年前，李大潜先生邀请我来讲座的情景，这次没有时间向他问候了。

交流结束后我去了宝山，蒙诗人李冰设宴，与宝山的诗友们相聚，第一次见到已故诗人孟浪的弟弟。当晚我借宿宝山，翌日一早冰兄陪我去了长江口，我想起学生时代曾多次乘船从这里经过，在一个瞬间也想起80多年前那场惨烈的淞沪会战，还有法国作家凡尔纳的科幻小说《80天环游地球》，主人公福格来了又走了。随后我被罗店中学严校长接到他的学校，那里已是上海的边缘了。那天第二场讲座的地点在江苏境内的太仓高级中学，晚间与从苏州回

顾炎武纪念馆，作者摄；亭林园的顾炎武像，作者摄

昆山昆曲博物馆，
作者摄

乡的长岛兄等小聚。四年前，我曾来太仓参加《诗刊》社组织的笔会，写过一首《吴健雄故居》。

从太仓去往苏州的路上，我经停并游昆山和锦溪。昆山是“百戏之母”昆曲的诞生地，也长期是全国第一经济强县（市）。在友人劲松陪伴下，我来到浏河边的亭林园公园，参观了昆曲博物馆和明末清初思想家顾炎武的纪念馆，远远地我看见一尊高大的塑像。原以为“天下兴亡，匹夫有责”出自顾炎武之口，现在才知，这虽是他在《日知录》里表达的本意，这八个字却是梁启超后来从中概括的。这让我想起中国数学史和哲学史上的“一尺之棰，日取其半，万世不竭”被误以为是庄子名言，其实出自惠施之口。

锦溪镇原名陈墓镇，在苏州东郊，离古镇周庄不远，

陈妃水冢，作者摄；
锦溪镇景色，作者摄

却较少被游客打扰。相传陈妃是宋孝宗赵昚的宠妃，因喜欢水，香消玉殒后孝宗下旨葬在锦溪镇五保湖中。赵昚是赵匡胤的七世孙，出生于嘉兴，离锦溪镇不远。劲松把我引荐给德庆兄，德庆兄老家湖北，他在贵州茅台镇有生产基地，自己在苏州写诗并销售酱香“子闻”，据说日平均营业额在万元以上，日子过得轻松惬意。他租住的房屋临水，推窗望出，果然池塘里有座小岛，那正是陈妃墓。遗憾的是，翌日我在苏州大学和诚品书店有两场活动，德庆遂托夫人开车送我去苏州大学，他和朋友们则继续饮酒，叫我想起明代骚客唐寅过的快活日子。

说到苏州大学，它的前身是赫赫有名的教会大学东吴大学，拥有古香古色的校园。我和苏大有缘，数学学院的三任院长唐忠明、曹永罗、张影等教授和蒋副书记都曾邀请过我。此外，我还曾两次做客苏大敬文书院。至于同样两度做客的苏州中学，因为校址是北宋大文豪范仲淹任苏州知府时创建的府学，故有“千年学府”之誉，该校人才辈出，目前主持“钱伟长实验班”的是苏大中文系陈国安教授。

最后，回到本章开头提及的那次旅行，原本也是打算走成环线，即顺时针方向穿过长三角的杭宁沪三城。南师附中讲座翌日，我应南大数学系主任秦厚荣教授之邀，做了一个数论报告。不料，就在报告接近尾声的时候，后面的听众开始窃窃私语。原来，浙大艺术与考古博物馆的翟老师在苏州被确认新冠阳性，消息迅速传遍全网。正在赶往上海交通大学参加研究生论文答辩的孙智伟教授即时从南京站撤回，他在疫情期间一直小心谨慎。

虽然我和翟老师不在一个校区，却不得不取消接下来

苏州大学数学楼，作者摄；
苏州大学博物馆，作者摄

被取消的读书会的海报

的行程，返回杭州，取消的活动包括东南大学的两场讲座和239米高的上海之巅的读书会，前者两年以后才得以成行，后者是为法国作家、诺贝尔文学奖得主勒·克莱齐奥和北大董强教授合著的新书《唐诗之路》站台。换言之，那是一次难得的被中断的旅行，编号761，一个不易辨认的素数。相对来说，同是新冠疫情期间，我到南京先锋书店、南京师范大学、南京理工大学和江苏大学的几次活动则较为顺畅。直到2022年岁末，一场空前的奥密克戎疫情席卷全国，仅浙大数学学院就有7位退休的老先生辞世。风暴过后，终于迎来了明媚的春天。

六

风景这边独好

问渠那得清如许

为有源头活水来

——朱熹《观书有感》

35　青藏高原：世界屋脊

上一篇写博台线的东北方，从新疆一直写到苏南和上海。可是，新疆四分之三土地位于博台线的西南方，我却从未踏足。而在新疆以南，西藏和青海全境也在博台线的西南方。先来看西藏，我对它的造访要追溯到上个世纪。1997年夏天，我应邀到印度古都加尔各答参加一个冠名“科学、艺术与哲学”的学术会议，那是我的第106次旅行，也是第一次去南亚次大陆。会议开始前一周，我便迫不及待地启程了。

我先从杭州笕桥机场飞到广州白云机场，再乘机场大巴直达深圳罗湖海关，从那里进入香港。那次我借住在诗人兼翻译家黄灿然家，他帮我预订了飞印度的航班。四年前（1993）我们曾同游深圳，那会儿他的《声音》已停刊，他成为我创办的民刊《阿波利奈尔》最积极的投稿者。记得有一天我去香港艺术中心参加上海电影制片厂40周年回顾展的开幕酒会，与谢晋导演是最早到场的两位内地客人，加上又是浙江同乡，便聊了几句。没想到多年以后，在谢

印度的街边水果摊，作者摄

导100周年诞辰之际，因为这一邂逅的缘分我去了他的故乡上虞。稍后，我见到了女明星王丹凤和在香港做记者的北京诗人严力。巧合的是，两位的祖籍地均为宁波。

严力既是“朦胧派诗人”，又是“星星画派”成员，那次是我们第一次见面。此前，我曾是他在纽约创办的《一行》诗刊作者。除了诗歌，《一行》还刊载过我的诗学文章《诗的艺术》。相隔25年后的2021年，此文有幸又被《诗选刊》和中国诗歌网全文转载。同年秋天，我和严力一起参展上海明圆美术馆“诗人的艺术”展（赵野策展，我以摄影作品充数），可惜因为疫情，只见到他的作品，没见到他本人。直到2023年，美术作品移师我的故乡黄岩朵云书店，我们才得以重聚。

遗憾的是，我与灿然的友谊后来无疾而终，最后一次见面是2006年在我杭州家中。原因大约是希腊诗人卡瓦菲斯的译名，在本人主编的《现代诗100首》（蓝、红卷）中统一用笔名卡瓦菲（Cavafy），这也是诗人每本诗集封面上出现的名字，我猜他是有意想去掉希腊人的名字尾音s。值得一提的是，10年以后，由我编选的诗集《冥想之诗》和《漫游之诗》（均为人民文学出版社出版）中，也收有灿然翻译的20首诗，那次他是卡瓦菲斯诗歌的唯一译者。

见到谢晋导演的第二天，我独自乘气垫船去澳门一日游。如果不进赌场，澳门就是一座安逸的小镇，这一印象截至世纪末我从珠海搭乘游艇进入澳门港时并未改变。5天以后，我从启德机场乘坐泰国皇家航空的飞机前往加尔各答，那唯一的跑道笔直伸入海水中。那是我最后一次在启德机场登机，几个月后它永久关闭了。飞机在曼谷稍作停留，便继续飞往孟加拉湾的加尔各答，而我对曼谷的正式游览则要等到20年以后。那次会议结束后，我乘火车依次游览了印度首都新德里、阿格拉的泰姬陵和恒河边的圣城瓦拉纳西。然后飞抵加德满都，在尼泊尔逗留了3天。

8月16日，我搭乘中国西南航空公司的飞机从加德满都启程回国。那天天气晴好，原本捷径是从8844米高的珠峰西侧经过，但为了让乘客更好地欣赏珠峰的景致，飞机特意绕到珠峰东侧。在我的记忆里，珠峰像是一抹流淌的奶酪。有人称之为“鸟也飞不过去的山”，在藏语里，珠穆朗玛的意思是女神第三，在尼泊尔语里叫萨加-玛塔，意思是高过天庭的山，而在西方语言里叫埃佛勒斯，是早年英国派驻印度的测量局长的名字。

仅仅1分多钟，珠峰便从我们的视野中消失掉。我们返回中国境内，最后降落在拉萨贡嘎机场，那里离市区尚有100多公里，可能是担心飞机的轰鸣声惊扰了圣城吧。我搭乘机上认识的哈佛大学法学博士迈克尔的专车进了城，途中见到了雅鲁藏布江，这条江发源于喜马拉雅山北麓的冰川，向东流至昌都附近，突然向南切穿了喜马拉雅山脉，进入到缅甸和不丹之间的印度。

印度人管雅鲁藏布江叫布拉马普特拉河，它先是向西倒流，尔后向南进入孟加拉国，在达卡附近与自西向东的恒河汇合，最后注入了孟加拉湾。20多年以后，我参加达卡诗歌节时再次看见这条河流。那次车到曲水县后，我们转向正北，沿着拉萨河行进。我听从迈克尔的建议，住到了位于布达拉宫和大昭寺之间的雅克旅店。从此以后，我和迈克尔再也没有见过面。虽说我们交换过名片，但在没有微博和微信的年代，很多友情就这样失却了。

当天下午，我便去游览了布达拉宫，它坐落在小山顶上的雄姿早已为国人所知。雅典的帕特农神庙也在卫城山顶，但那儿山头有一片较大的平地。布达拉宫是松赞干布于7世纪始建，到17世纪中叶五世达赖统治时期才建成现在这个模样。五世达赖的转世灵童正是那位当今备受欢迎的情歌诗人仓央嘉措〔1〕。松赞干布是吐蕃王国的创建者，正是他统一了青藏高原各部落，并下令迁都拉萨。那年他才24岁，但已经做了12年的藏王，他去世时才32岁，与马其顿王国的亚历山大大帝一样。

当晚，西藏诗人贺中在家中设宴，不料我吃了肉、喝了酒，高原反应挺严重的，就像得了重感冒。贺中是藏族诗人维色介绍我认识的，我们一直保持联系，我常在朋友圈里看到他画的诗人肖像和转发的美臀照。翌日，我与先期入藏且同样有高原反应的无锡诗人庞培同游大昭寺，而南京诗人朱朱和成都诗人翟永明、唐丹鸿已往珠峰大本营，只有等我们返回成都时再聚了。大昭寺是松赞干布为文成公主修筑的，它与布达拉宫有着平地与高山、市井与宫廷、女人与男人的差别。

最后来说说雅克旅店。雅克在藏语里的意思是牦牛。出人意料的是，雅克旅店是男女混住，每间客房里有8张床。两年前我在巴黎的青年旅店里有过同样遭遇，记得有一天晚上我返回酒店，发现同房的是7位女生。我在室

---

〔1〕 仓央嘉措（1683—1706），门巴族，生于藏南农奴家庭，藏传佛教格鲁派大活佛，六世达赖喇嘛，诗人。康熙四十四年（1705）被废，翌年圆寂于押解途中。生前写有许多细腻真挚的诗歌，至今读者甚众。

1997年夏天，与三个捷克姑娘同游哲蚌寺

友中认识了一个英国女孩萨拉，和庞培一起带她去了贺中的小宴。几天后，来了3位捷克姑娘。那会儿我的高原反应好些了，相约一起租车去纳木错，可是后来因为担心天气变化，她们决定先去珠峰。为表达歉意，她们建议我们一起去游西郊的哲蚌寺，号称中国最大的藏传佛教寺庙，其中的措钦大殿可容纳7000名喇嘛举行佛事。

我游历同在青藏高原的青海已是2011年夏天，那是第375次旅行，我去参加第三届青海湖国际诗歌节。作为“世界屋脊”的青藏高原，面积约250万平方公里，相当于两个西藏的面积，涉及周边5个国家，是世界最高的高原。至于海拔，拉萨3650米，西宁2661米，青海湖3193.92米。5年以后，我借参加利马诗歌节的时机，游历了玻利维亚与秘鲁的界湖的的喀喀湖，那儿海拔3812米，面积和周长几乎是青海湖的一倍，是个淡水湖。

青海湖畔，作者摄；塔尔寺，作者摄

诗人们在西宁住了3晚，在贵德黄河边的梨花别墅住了两晚，印证了“天下黄河贵德清”这句俗语，我们还参观了色彩斑斓的地质公园和南海殿。印象最深的是湟中县的塔尔寺，那是喇嘛教格鲁派的大寺院，内有1000多座院落，时至今日还时常想起它的颜色。那次我向精通法语的诗人、组委会成员树才推荐了旅居加拿大的海地诗人加利，他带着夫人一起参加，浙江卫视的杨导率领的三人组也随行前往，回杭州以后她们制作了诗歌节的专题节目。

有一天，组委会带我们西行200公里去青海湖，经过湖东湟源县的日月山，绕着湖南去了共和县的二郎剑，那是伸入青海湖的一块尖地。我对诗歌节的朗诵印象不深，只记得颁发金藏羚羊奖的仪式是在青海湖边的诗歌广场举办的，那天阳光有些猛烈，许多诗人脱下外衣蒙在头上遮阳，叙利亚诗人阿多尼斯和美国印第安诗人西蒙·欧迪斯获奖，背景是青海湖和诗人墙，我旁边坐着山大校友韩东和路也。诗人们的合影留下了许多回忆和趣事，甚至还有一对中年诗人喜结良缘。

36 江西，以及两湖地区

1933年，国民党在江西发动第五次“围剿”。1934年红军形势危急，准备长征。毛泽东被调离领导岗位，且遭受党内警告处分，心情十分郁闷，他在江西赣州东部的会昌目睹群山晨景，感慨万分，吟诵出一首《清平乐·会昌》的初稿，待他回到文武坝住处，挥笔写下了这首诗，其中上阕为：

> 东方欲晓，莫道君行早。
> 踏遍青山人未老，风景这边独好。

会昌东临福建龙岩长汀，当地居民绝大多数是客家人。在毛泽东写这首诗之前，周恩来率南昌起义旧部在这里打过仗，邓小平担任过会昌县委书记。而在当代中国的台湾，会昌籍剧作家赖声川[1]以一出《暗恋桃花源》成名。长汀是福建的西大门，抗战时期厦门大学曾西迁此地，早年家父从浙南步行至此，考入了厦大。但他后来改变主意，继续西行，横穿了江西、湖南，至贵州遵义。他在浙大图书馆工作数月后，去往昆明，最后考取了西南联大。据说，

---

[1] 赖声川，1954年生于华盛顿，祖籍赣州会昌，剧作家、导演。毕业于加州大学伯克利分校，曾任台湾艺术大学戏剧学院院长。代表作有《暗恋桃花源》等，乌镇戏剧节发起人之一。

在湄潭的浙大纪念馆里，父亲的名字与正式教职员工一样，刻印在大理石石板上，在教务处工作人员队列里。

虽说我未曾去过赣闽交界之地，却许多次到过江西和福建，福建和其他与浙江相邻的省市我曾专节谈论，这篇单说江西。自从读研期间坐火车去桂林和广州首次经过，我已许多次抵达或路过江西，包括偕家人驱车到衡阳参加《数学文化》编委会，去时游览了南昌，到过毛笔之乡进贤，了解到在京广铁路修通之前，广东、福建和江西的青年才俊进京赶考时，有不少是从进贤乘船出发，沿赣江至九江入长江，到扬州后再沿京杭大运河北上，进贤毛笔也因此享有盛名。途中我们经过了邵阳镇，那被认为是曹雪芹可能的四个祖居地之一（或是鄱阳湖北岸的九江都昌）。

我还曾在油菜花开季节偕家人驱车到婺源，去时经金华、衢州，在常山看望老友王正云，归途经过黄山，到胡适家乡绩溪，走成一个圆圈。婺源在历史上隶属徽州，因此曾是安徽省的一部分，1934年划归江西，13年后复归徽州。直到1949年，婺源才又归江西，如今隶属上饶市。宋代大儒，理学家、思想家、哲学家朱熹出生在福建建州尤溪，但他祖籍婺源，后因父亲要去福建为官，为凑足搬家路费，才把祖业田亩全部典当。

朱熹一生两次回故里。第一次是1149年冬天，19岁的朱熹考中进士，回婺源祭奠先祖，受到族人亲友盛情款待，与文人学士饮酒唱和，一位乡绅还慷慨地替朱家赎回田地。第二次是1176年，46岁的朱熹回婺源县学讲学。记得那次我们探访了朱家古宅熹园，见到朱绯塘和朱熹手植的苦槠树，据说苦槠代表着故乡，寄托着乡愁。传说朱熹的名诗

三清山，作者摄

《观书有感》就写于此塘边：

半亩方塘一鉴开，天光云影共徘徊。
问渠那得清如许，为有源头活水来。

虽说我曾登上三清山，最初却只到过庐山脚下，拜谒了陶渊明的陵墓。2021年初夏，我的第753次旅行，我从长沙返回杭州路上，特意乘高铁去了赣州，路经萍乡、宜春和新余，到南昌西后沿着通车不久的昌赣高铁到新干，再换车向南，经过欧阳修、杨万里、文天祥的故乡吉安和浙大西迁驿站泰和到达赣县。那次我是应清大书店蓝总的邀请，给孩子们做讲座。

赣州是我少年时的偶像、中国科大少年班神童宁铂的故乡，当年他会下围棋、会开中医药方的故事广为流传。赣州是北宋水利专家刘彝曾出任知州的地方，他主持修筑

赣州，刘彝主持修筑的福寿沟，作者摄

了福寿沟，长期有效地防止了赣江的洪水。对我来说特别有意义的是，他首次提出了“读万卷书，行万里路”的古训。赣州也是作家高行健的出生地，抗战时期他在赣州度过了童年；稍后，物理学家李政道也来到赣州，在这里读完高中。因此，在1942—1943年，两位未来的诺贝尔奖得主同时生活在赣南这座偏远的小城。

在蓝总陪同下，我参观了校友李政道求学的赣州联合中学遗址，还到贡江和章江汇合处的郁孤台凭吊，辛弃疾的塑像立在门前的广场上，他在这里写下“青山遮不住，毕竟东流去”。苏东坡被贬岭南，也两次路过郁孤台，写下了《郁孤台》，“山为翠浪涌，水作玉虹流”。我读过林语堂写的《苏东坡传》，提到他归途在赣州停留了70天。此外，我还参观了赣州宋代城墙，那属于孤品，当年太平军两次、红军六次攻城，均未成功。

我在赣州虽只停留一天，却看到许多景致。在赣州名人馆里，王阳明的地位最为显赫，这位明代大儒，思想家、军事家、心学集大成者是浙江余姚人，曾任南赣巡抚4年，因为平乱有功升迁兵部尚书、两广总督，最后告老返乡途中病逝于赣州大余。他的塑像两侧分立赣州四贤：文天祥、刘彝、周敦颐和赵抃〔1〕。此外，我还参观了章江古城墙处的蒋经国故居，那是一座俄式砖木结构建筑。蒋公子当年从苏联留学回来，老头子让他主政赣州历练，长达6年。当天夜里，我们还游了赣江浮桥，每只小船的船头都坐着恋爱中的男女。

那次因为周二有课，我请书店蓝总预订了周一晚间从赣州返回杭州的机票，这才发现，经济并不发达的赣州居然有两座民航机场，另一处在瑞金。在我离开赣州不到半年，赣深高铁也开通了，从赣州到深圳仅不到2小时车程。如今，从杭州到深圳的高铁最快只需6小时，途中只停南昌和赣州两站。再来说说那次旅行，去时我坐高铁，在南昌停留一晚，在江西科技学院附属中学的体育馆与同学们交流，可是因为空间太大，费尽了喉舌。

在长沙，我先后应邀做客国防科技大学及其附中、中南大学文学院（蒙杨雨教授邀请，我们曾一同参加山东卫视制作的《国学小名士》节目）、长沙理工大学、湖南第一师范学校（毛泽东母校），以及长沙市图书馆。因为疫情，地点由上一年夏天做客长沙市图书馆时的千人大礼堂改为

---

〔1〕 赵抃（1008—1084），浙江衢州人，北宋名臣，《二十四史》中唯一获“铁面御史”之名的官员。平日一琴一鹤相随，为政简易。曾三度治杭，1070年任杭州知州，重修了钱王祠。

作者在江西科技学院附属中学体育馆里做讲座

200座的报告厅，依然有许多空座。

回溯9年前的暑假，我的第393次旅行。我趁参加衡阳《数学文化》编委会前后，驱车偕家人游览了南岳衡山、韶山冲（参观毛泽东故居和书房）、橘子洲头（做客长沙敖吧）、岳阳楼和洞庭湖。途中见到屈原投水的汨罗江，发现和另一位诗人杜甫的谢世地相距不远，有可能是在同一水道上。随后，我们穿越了湖北南部和江西北部，并在九江逗留两晚。在九江，我们住的酒店背靠长江，窗外就是浩瀚的江水。临行前，我们还驱车过长江大桥，到湖北泊水湖吃了一餐。

遥想当年，秦始皇初设36郡，九江郡是面积最大的郡之一，包括今天江西全境，安徽和河南淮河以南，湖北黄冈以东，不过郡治在楚国故都寿春，即今天安徽寿县。在

韶山冲，作者摄；韶山晒谷坪，作者摄

武汉的长江上游，还有一座湖北港城宜昌，与杭州有直通航班。2014年夏天，我的第521次旅行，应（广东）南方电视台邀请，我与一众旅游达人一起飞抵宜昌，然后乘汽车过长江北上，来到神秘的神农架，那儿“抬头见高山，地无三尺平”。

我们在木玉镇住了两晚，途中看见3106.2米高的华中第一峰——神农顶，最后到达鄂渝交界处海拔约1700米的大九湖，为当地政府制作一部宣传片，笔者难得作为一名旅行者与驴友们结伴同行。那次我们在森林里呼吸到了新鲜空气，但没有遇见传说中的野人。刚好是巴西世界杯决赛阶段，凌晨5点目睹了德国队在里约热内卢的马拉卡纳体育场1：0击败阿根廷队，第四次赢得世界冠军，拜仁慕尼黑队的中场格策替补出场，在加时赛打进绝杀的球，使得梅西的美梦延迟了8年才在卡塔尔世界杯实现。

遗憾的是，那次从九江返杭途中，抵达景德镇附近时忽降特大暴雨，只得放弃游览瓷都的计划。所谓两湖，是以洞庭湖为界，无论湖南、湖北，我都有许多值得一游的地方未曾抵达，比如湘西和张家界，以及古称高蔡的蔡国最后的首都常德，孟浩然的襄樊和苏东坡的黄州（古称郢都、江陵的荆州已于新近造访），黄州如今是黄冈市属区。好在漫长的人生还有许多时间和机会，可以弥补错失的地方，它不像有些人物，错过也就错过了。最后想说的是，两湖原本同属楚国，因此两地民俗和个性等方面有相似之处，后来又同时得益于京广铁路的建成。而在600年前的元末明初，有大量江西人移民湖北和湖南。

2023年夏天，我的第796次旅行，参加浙大工会疗养去庐山，终得以在11年以后造访景德镇。我比大伙儿提前两天从杭州西站出发，首次沿杭黄高铁经过富阳、桐庐、建德和千岛湖，到黄山以后向西偏南，再经婺源抵达景德镇。我住在三宝路的隐居酒店，在三宝蓬美术馆做了一场题为“当艺术遇见科学”的讲座。意外的发现是，景德镇古称昌南（流经城区的昌江是鄱阳湖支流饶河北支），出产最好的瓷器，因此成为英文中China的出处。虽然此说尚缺少学术依据，但从发音和历史的角度，我愿意相信这是真的。

那次我们在庐林湖畔住了三晚，对庐山最深的印象是，它是一座城。这在我国其他海拔1000米以上的名山中独一无二，而在南美洲的安第斯山上，这样的城市比比皆是。牯岭镇、含鄱口、锦绣谷、三叠泉、五老峰、花径和如琴湖，都是让人怀念的名字。如琴湖原是大林寺所在，817年，45岁的白居易在此写下“人间四月芳菲尽，山寺桃花始盛开。长恨春归无觅处，不知转入此中来”。在植物园，我拜谒了历史学家陈寅恪墓，碑上刻着画家黄永玉写的陈氏悼王国维名句“独立之精神，自由之思想”。庐山是一座政治名山，参观蒋介石的美庐时，意外发现美国作家赛珍珠在庐山度过童年。而据导游介绍，1959年庐山会议原本

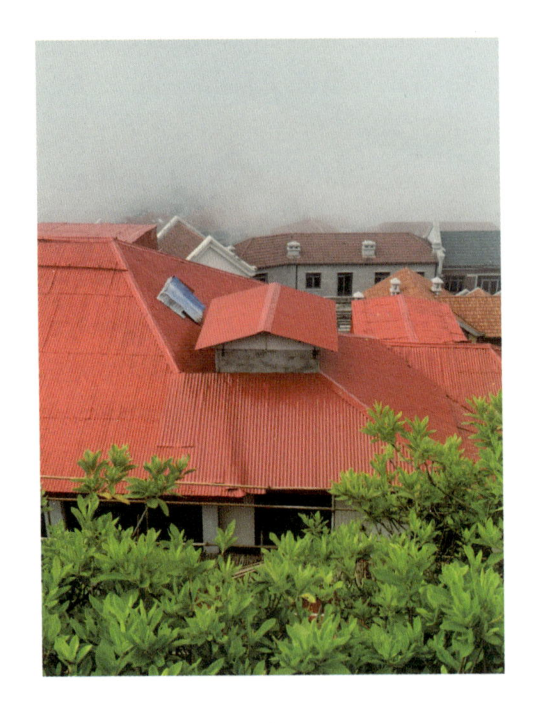

雾中的庐山，
作者摄

是在武汉召开的，毛泽东乘船路过九江时，下水游长江，休息时捧读白居易《长恨歌》，突然决定要上庐山开会。正是依据来庐山路上的所见所闻，彭德怀写下了万言书。

我们从北门上山，又从南门下山后，向西去了中国古代四大书院之一的白鹿洞书院，见到了李白诗中的庐山瀑布和东林大佛——“飞流直下三千尺，疑是银河落九天”。北麓的西林寺是苏轼题写《题西林壁》的地方——“不识庐山真面目，只缘身在此山中”。比起白居易来，他俩到庐山时都还年轻。归途我再次做客青苑书店，这回我们登上滕王阁，它是江南三大楼中唯一称阁的，653年由唐太宗李世民之弟李元婴所建，这位顽主是在山东滕州被封王的。22年以后，26岁的初唐诗人王勃路过南昌，写下了著名的《滕王阁序》。当天下午，我在美术史家作用兄陪同下，专程去新建汪山土库，那是数学家许宝騄先生母亲的娘家。附近还有汉代海昏侯国遗址，而邓小平“文革”时期下放劳动的新建县拖拉机厂则在南昌西郊。

37　绕道而行，云贵高原

从江西和湖南向西向南，尚有贵州和云南，这篇我来说说云贵之行，它们因为处于同一片高原联系在一起。儿时听说一个谜语：“北风”，打一个省名。答案自然明了：云南。

记忆里我有4次云南行。第一次是2007年夏天，《新周刊》在昆明翠湖宾馆召集“生活家之第二居所和第二人生论坛”，由云南百大房产公司赞助，参加会议的还有洪晃、李栓科、吕澎、单大伟、米丘、罗旭、叶永青、王迩淞、张颐武、欧阳应霁、黑楠，我被冠以文化地理学者身份。

画家叶永青因为抄袭比利时同行西尔万，现已名誉扫地。音乐人黑楠如今定居伦敦，从前他是红极一时的湖南台选秀节目《超级女声》的评委，我们挺聊得来，翌年他邀请我参加他参与策划的四川绵竹年画节，那是在汶川大地震前不久。此前三年，宁波外滩重新开放，《新周刊》也曾主办“外滩和它倡导的生活”主题论坛，那次邀请了易中天、朱大可、顾晓鸣、马清运、米丘和我。意外的是，昆明行我竟然忘记了手绘地图，那可能也是唯一的一次，多年以后我通过搜索才确定时间，编号却只能写292—293。第292次我是去瑞士参加日内瓦湖笔会，顺道出席爱尔兰的科克诗歌节，而第293次则是去东京参加俳句诗歌节。故而凡是超过这个数字，是需要加1的。

第二次云南行与第一次相隔了10年，是2017年春节，我偕家人参加旅行社的西双版纳游，那是我的第642次旅行（实为第643次）。飞机先飞昆明，再转机到云南最南端的西双版纳傣族自治州首府景洪市，5天行程里有一晚住在勐海，我对傣族村寨、金碧辉煌的寺庙、原始森林里的小浣熊、野象谷的大象、澜沧江船上的歌舞表演和古老的茶树林印象深刻，尤其是勐海那棵1700多岁的茶树王。澜沧江发源于青海唐古拉山脉，从西双版纳出境后称湄公河，流经缅甸、老挝、泰国、柬埔寨和越南，在胡志明市注入南海。遗憾的是，隐居在勐海南糯山姑娘寨的老友、作家马原跑到海南过年去了，未能相聚。

有一天，我们获准从勐海打洛口岸进入缅甸，到达一

大象的游戏和画作，作者摄

个叫孟拉（Mongla）的边陲小镇游逛了半日。孟拉是缅甸掸邦东部第四特区首府。缅甸共分七个省和七个邦，省多在西部平原，邦多在东部山地，掸邦是面积最大人口最多的，其中掸族占六成，华人也有不少。掸族与泰国泰族和我国傣族同族，与缅族存在矛盾。掸邦南部有主张独立的武装力量存在，东部与泰国、老挝交界地带是著名的金三角地区，与中国接壤的北部则是历史上缅共的根据地。镇上的农贸市场里有各种蔬菜、水果，妇女、儿童的服饰色泽鲜艳。

归途我们从景洪坐大巴去昆明，途经五地——普洱（普洱茶三大产地之一）、宁洱哈尼族彝族自治县（《阿诗玛》和《五朵金花》主演杨丽坤的故乡）、墨江哈尼族自治县、元江哈尼族彝族傣族自治县、玉溪（云烟之乡、作曲家聂耳故乡）。不过，我们并未经过红河哈尼族彝族自治州，那是“世界文化遗产”哈尼梯田所在地。到达昆明后，我们把行李放在酒店，便自由活动了，翌日各自赶往长水机场会合。从上述自治州的名字也可以看出，云南的少数民族类别比西藏、新疆、宁夏、内蒙古、广西要多，可能因为难以归一，云南没有以任何民族名称命名。

滇池的鸥鸟密集程度出人意料，池面海拔1886.3米，堪称高原上的明珠，它是长江上游干流金沙江支流普渡河的源流。滇池是云南最大的淡水湖，如此宽阔的水面在江河密布的云南甚为难得。我造访了西南联大遗址，在学生名册里找到家父的名字，虽说他读的是历史，早年却也曾修过闻一多先生的诗词课，并曾去数学家华罗庚先生的府邸拜访过。联

滇池的鸥鸟，作者摄

2019年冬天，作者在昭通实验中学举办了一场露天讲座

大留存的几间教室有点像如今的民工房，简洁而朴素。

第三次来云南是参加第八届批评家论坛，2019年冬天，我的728次旅行。主办地在东北部的昭通，由昭通学院操办，主题为“论当下语境中的学院批评”。我喜欢参加这一系列会议的一个原因是，举办地通常是在不太容易去却有特色的小城市。那次还在昭通实验中学做了讲座。昭通地处云、贵、川三省接合部的乌蒙山区，属于四川盆地向云贵高原抬升的过渡地带，东邻贵州省毕节市，西侧和北侧分别紧邻四川凉山彝族自治州和宜宾市，以金沙江为界河。自古以来，昭通便是云南通向四川、贵州的重要门户，也是中原文化进入云南和“南丝绸之路”的重要通道。

昭通是出武将的地方，两任云南王龙云和卢汉[1]都来自昭通。说到滇军，最初因为“中法战争”而发展壮大，到了民国时期，出了赫赫有名的将领蔡锷和唐继尧，但蔡

---

〔1〕龙云（1884—1962），卢汉（1895—1974），同为彝族，云南昭通人，云南王，国民革命军陆军二级上将，分别于1927—1945年和1945—1949年主政云南。

锷是湖南人，唐继尧是云南曲靖人，他们比龙云分别大两岁和一岁，分别只活了34岁和44岁。龙云主政云南18年，他与卢汉是表兄弟，两人都活到近八旬。有一天下午，我们参观了位于昭阳区永丰镇的龙氏家祠，感觉甚为气派。记得同行的有昭通籍诗人杨碧薇和她的博士后导师、北京大学陈旭光教授，而我更早认识的她的博士导师、蜀人敬文东教授则没有现身。

昭通也是浙大校友、国学大师姜亮夫先生的故乡，昭通学院四个字便由姜先生题写。我们参观了位于市中心的姜亮夫故居，他出生于一个以教书为生的知识分子家庭，19岁考入成都高等师范学校（四川大学前身），23岁入读清华大学国学院，师从王国维、梁启超、陈寅恪等，并曾留学法国两年，他是著名的楚辞学、敦煌学、语言音韵学和历史文献学专家。民国时期姜先生曾任云南大学和浙江英士大学文学院院长，后来一直执教杭州大学，直至1995年去世。我曾在校园里多次见到老先生，并与他的多位弟子相熟。

值得一提的是，1906年初夏，法国汉学家、探险家伯希和（1878—1945）与一位军医、一位摄影师从巴黎出发，乘火车经莫斯科和塔什干进入新疆喀山，再经库车和乌鲁木齐到达敦煌。历时20个月，头年英国探险家斯坦因已从莫高窟窃取七千余卷古文书，伯希和凭借熟练的中文以90英镑再购得两千余卷最有价值的古文书。晚年的姜亮夫与弟子傅杰教授说起伯希和："他拿走了那么多敦煌卷子，我当然讨厌他。我在巴黎拜见他时看到，那么大的学者，家里很朴素，到处堆着书……"傅杰说他听出老师的画外音，前一句不满言不由衷，后一句崇敬溢于言表。也就是说，

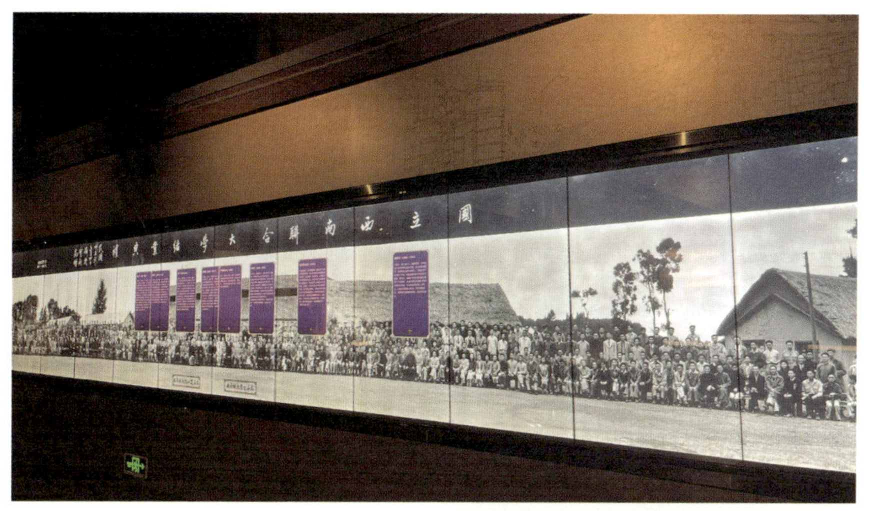

作者在西南联大博物馆看到父亲当年的千人大合影，摄于1946年告别昆明时；前排中间为作者父亲

他依然是学者本色。

最近一次昆明行是2024年初，我参加云南师范大学举办的《数学文化》杂志编委会，会后游览了玉溪市抚仙湖以及湖畔的世界自然遗产——澄江化石地自然博物馆，看见了寒武纪的海上霸主奇虾等珍稀动物的化石。最大的收获是在

云南师大校内的西南联大博物馆，在1946年夏天联大师生离开昆明北上的千人大合影里，意外地找到了父亲的身影，他就坐在前排右侧，一身黑色的中山装，当时他大二。

相比云南，贵州我去得较晚，只到过两次，且不是从杭州或华东地区出发。第一次是2013年冬天，我的第479次旅行，我去重庆做客精典书店和重庆邮电大学、西南大学等校。我发现，重庆的得名与杭州密切相关。重庆本名渝州、恭州，南宋1189年，宋光宗赵惇先封恭王，后在临安（杭州）即帝位，自诩“双重喜庆”，遂升恭州为重庆府，重庆由此得名。在渝期间，四川安岳县委宣传部派车接我去南宋数学家秦九韶的故乡。秦九韶是著名的中国剩余定理的发现者，同时以秦九韶算法闻名。拙作《数学传奇》里有一篇专写秦九韶，他是古代中国最富世界性成就的数学家。

安岳位于成都和重庆之间。8年后我做客四川省图书馆，讲述秦九韶的事迹，多位安岳秦九韶研究专家还驱车来成都，并力邀我再访安岳，终于在疫情后实现。2023年元宵节后，我飞往重庆，在做客重庆图书馆和精典书店后再次前往安岳，在秦九韶纪念馆露天广场演讲，同时做客安岳中学，并拜谒了唐代诗人贾岛之墓。令人印象深刻的是安岳石刻，尤其是紫竹观音和卧佛。紫竹观音的右腿跷起，身躯侧坐，颠覆了正襟危坐的传统形象，我在微博上发出此图后观者超过百万。据说是从前村里人建房时为节省材料，把石像所在的山坡当作一面墙，才让她平安地躲过了悠长的岁月。

之后，我乘南航飞机从重庆直抵贵州，想必这条航线现已废弃，因为高铁只需2小时。那次我是应贵州大学数

安岳紫竹观音，作者摄

学学院布依族院长韦维教授之邀，不料时任校长的浙大校友郑强教授出差在外。在贵阳逗留两日之后，我又继续南飞，到达南宁。那次是应中国计算机学会之约，他们在广西民族大学举行学术年会，邀请我在开幕式上做报告。原来，计算机专家也希望能像数学家一样有一本类似《数学文化》的杂志，可是后来并未办起来，这或许是因为计算机的历史太过短暂。总之，那次旅行我走成了一个大三角形，外加两个小三角形。

第二次贵州行是在2019年夏天，我先去青岛参加山东卫视《国学小名士》节目的总决赛，与郦波、毛佩琦和赵瑜担任嘉宾。随后从青岛经上海飞桂林，在纸的时代书店做分享会，再从桂林乘动车去贵阳，这段旅程两旁风景很美，依次经停黔东南苗族侗族自治州的榕江和黔南布依族苗族自治州的都匀、龙里。到达贵阳后，我参加了贵州师范大学举办

2019年，《数学文化》创刊十周年座谈会合影；黄果树瀑布，作者摄

的《数学文化》创刊十周年座谈会和编委会。会议期间，我们去了安顺黄果树瀑布一游，归程坐高铁经过遵义和铜仁。记忆里接近大瀑布的沿河风景有些特别，树上的阔叶呈现大象的鼻子形状，被虫子撕咬的小洞也别有意境。

38 曾经的法租界广州湾

云南昭通地方虽小，却有航线连通杭州，同样，另一处举办批评家系列会议的广东湛江也与杭州有直航。两次会议之间，2017年岁杪举办川渝数论会议的四川南充也有西藏航空连接杭州，那次旅行我还南下遂宁大讲堂，北上南部中学和阆中古城。其中遂宁是同年第二次造访，第一次是年初参加《诗刊》社陈子昂诗歌奖启动仪式，不可或缺的两位诗人吉狄马加和李少君必然在场，其时遂宁文化局局长是诗人兼诗评家胡亮。我得以造访慕名已久的宋瓷博物馆，果然藏品丰硕，当年发现宋瓷的老农依然健在。我建议胡亮写写涪江上的三位诗人：江油的李白、三台的杜甫和射洪的陈子昂。

2018年冬天，我参加美国爱荷华大学“国际写作计划”回来不久，在一个周末去了广东省西端的湛江，那次批评家会议由岭南师范学院操办，主题是“漫谈理想化的诗歌批评”。我先是乘高铁西行到江西宜春，在温汤泡了一天温泉，其间乘缆车上明月山，途中经历了多个季节，其中有一段迷雾环绕、雪花飘飘，到达山顶后又云散日出，风景如画。随后我乘高铁继续向西，在长沙黄花机场飞湛江。温汤温泉是浙大工会的疗养基地之一，另一处福建平潭我也曾去过，皆是当选了一次校级先进工作者的缘故。

公元前221年，秦始皇统一六国以后划定的三十六郡中，最大和最南的是黔中郡、长沙郡和九江郡。七年以后，他夺取了岭南，又划出三郡，分别是南海郡、桂林郡和象郡。南海郡包含了今天广东省大部，郡治在番禺；桂林郡包含今广西中北部和广东西部部分地区，桂林和柳州也在其中，郡治设在今贵港市或象州县；而象郡包括广西中南部和广东的雷州半岛，南宁、北海和湛江均在其中，郡治设在今天邻接越南的崇左境内。

到湛江以后，我很快就听说，湛江的旧名叫“广州湾”。此地名最早出现在明嘉靖十四年（1535）的《广东通志初稿》，明万历九年（1581）的《苍梧总督军门志》中的《全广海图》中也标注了“广州湾”，据说那是广州湾首次出现在地图上。到了清末时期，广州湾的“州”字在古籍中同时出现了“州”与“洲”。无论如何，广州湾与广州并无关联，它们名字相近可能属于某种巧合。广州湾后来成为法国租界，又是另一次意外。

1897年，法国军舰白瓦特号（Bayard）为避台风闯入

昔日的“法租界”，作者摄

湛江赤坎街的水果摊，作者摄

广州湾，这一深水良港被舰长看中，于是他建议法国政府租借广州湾，由此揭开了广州湾被殖民统治的序幕。翌年初春，法国便以“趸煤”为借口，要求清政府允租今天的南三岛，随后又强占今霞山区向内地拓地，曾遭到当地人民的抗击。1899年11月16日，在法国胁迫下，清政府与之签订了《中法互订广州湾租界条约》，划广州湾为法国租界，租期99年，法国设立广州湾行政总公使署，受安南总督管辖。

在此之前，即从1898年3月6日到7月1日，约100天的时间里，德、俄、英、法四国就攫取了中国从北到南五处重要海湾港口——旅（顺）大（连）、威海卫、胶州湾、九龙、广州湾，建立租借地。由此看来，广州湾成为“租界”也是国运所至。1925年，留学美国的诗人闻一多写作了组诗《七子之歌》，用拟人化的手法，把中国的澳门、香

寸金桥石碑，作者摄

港、台湾、威海卫、广州湾、九龙岛、旅大这7个被割让、租借的地方，比做祖国母亲被夺走的7个孩子，倾诉“失养于祖国、受虐于异类”的悲哀之情。

太平洋战争爆发后，广州湾偏安一隅，曾获短暂的繁荣，直到1943年被日本人占领。两年以后日本投降，广州湾提前重回中国怀抱，并改名湛江。后来，威海卫、大连、旅顺、香港（含九龙）和澳门的主权也相继回归中国。在湛江，我曾造访当年广州湾租界的界桥寸金桥，桥头镌刻着郭沫若的诗句：“千家炮火千家血，一寸河山一寸金。”而1999年12月20日澳门回归时，《七子之歌·澳门》成为主题曲。

或许是地处偏僻，湛江市区仍保留着当年的法租界赤坎街，会议间歇，我曾独自前往游览。老街融合了法式建筑和岭南骑楼[1]建筑风格，多数房屋年久失修，随处可见斑驳的痕迹。我参观了许爱周故居，他的儿子许士芬是个地质学家，香港大学设有许士芬地质博物馆，孙子许晋亨娶了港姐李嘉欣。据说最初赤坎地盘很小，1925年前后，许爱周从法国人那里取得填海权，填出了现在三民路骑楼街等大量商业用地。与此同时，海滩没了，来往的船只进不来了，商业中心外移，老街只留下民居旧宅，那青石砌成的10处码头旧址，有几座仍残存当年的文字标记。

2020年，随着12集悬疑剧《隐秘的角落》的热播，更多的游客慕名前来赤坎街游览剧中的取景地。该剧改编自紫金陈的推理小说《坏小孩》，讲述海滨小城3个孩子在景区游玩时无意拍摄记录了一桩谋杀案，由此展开冒险故事，2020年初夏在爱奇艺播出，翌年初在日本收费电视台WOWOW播出。紫金陈本名陈徐，象山石浦人，毕业于浙江大学水利工程学系，2022年获茅盾文学新人奖。显然，紫金即浙大本部校区紫金港，当时有一篇刷屏的推文提到，作者从本人的数学著作中获得启迪，尤其是法国数学家笛卡尔的传奇经历。果然，笛卡尔和瑞典女王克里斯蒂娜的故事在该剧的细节中反复出现。

遗憾的是，我没有登上法国人最初占领的南三岛参观广州湾村坊，也没有到我国最大的火山岛硇洲岛，这两座岛以及拥有28公里长“中国第一海滩”的东海岛组成湛江港的防洪堤。说到硇洲岛，它与南宋的历史密切相关。

---

〔1〕骑楼，近代一种商住建筑，建筑物底层沿街后退，留有公共人行道。最初源于印度，由英国人率先建造。1849年，我国海口四牌楼街建起第一座骑楼，后多现于南方沿海城市。

1278年，元兵南进，南宋君臣沿福建海岸逃亡，不满9岁的宋端宗赵昰因惊吓在硇洲岛病亡，他的弟弟、南宋最后一个皇帝赵昺即位于该岛，升硇洲为翔龙县。翌年三月，南宋与元朝决战江门新会崖山，结果宋朝战败，左丞相陆秀夫背着赵昺跳海身亡，十万军民相继投海殉国，历时320年的宋朝至此灭亡。

两位小皇帝的哥哥、与赵昺同母的宋恭帝赵㬎却活得更久。原本，赵㬎也是小皇帝，只做了两年即被临朝称诏的奶奶、皇太后谢道清抱在怀里投降了元军，随后被押往开封，那是1276年。1288年，19岁的赵㬎被元世祖忽必烈遣送吐蕃（今西藏）学习藏文和佛经，后来出家，从事佛经研究和翻译，他刻苦努力，成为高僧。1323年，赵㬎因文字狱被元英宗赐死，享年52岁。据说是他写了一首怀念南宋王朝的诗：

> 寄语林和靖，梅花几度开。
> 黄金台下客，应是不归来。

诗中所写的林和靖[1]就是北宋那位隐居孤山的诗人，至今放鹤亭仍为孤山一景，南宋皇帝们久闻其名未见其人，甚至清代乾隆皇帝每次下江南来杭州，都要去放鹤亭祭拜一番并作诗。事实上，乾隆和爷爷康熙皇帝下榻的清行宫就在孤山，离放鹤亭不过数百米的距离，因此随时可以走

〔1〕林和靖（967—1028），本名林逋，后人称和靖先生，浙江奉化人，北宋诗人。幼时刻苦好学，通晓经史百家。长大后漫游江淮间，后隐居杭州西湖，结庐孤山，人称“梅妻鹤子”。

过去。而那位谢皇后是我的台州老乡，她的祖父谢深甫是南宋右宰相，她本人是南宋在位时间最久的宋理宗唯一的皇后。1283年，谢道清被俘7年后在开封逝世，享年74岁，生前孙儿皇帝尚未出家。

39　从海南岛到珠三角

湛江是雷州半岛的起点，雷州市位于半岛中部，由湛江代管，最南端的徐闻县与海南岛隔海相望。徐闻曾是元代戏曲家汤显祖谪居之地，万历十九年（1591），汤显祖在南京任礼部祠祭司主事，上了一篇《论辅臣科臣疏》，严词揭露三位高官贪赃枉法的罪行，并针砭时弊。疏文一出，明神宗大怒，一道圣旨就把汤显祖放逐到徐闻县为典史。一年后遇赦，才内迁浙江遂昌任知县，任期5年，这是他唯一一次主政一方。汤显祖的代表作《牡丹亭》以悲情为基调，多有看破红尘之顿悟名句，更像是受挫后之感悟，有些学者因此认为此剧萌生于遂昌时期。

海之南，海口，作者摄

徐闻的对岸便是海口，琼州海峡是我国第三大海峡，仅次于台湾海峡和渤海海峡，而雷州半岛是我国第三大半岛，仅次于山东半岛和辽东半岛。我虽然没有到过徐闻，但曾在海口眺望，两地最近距离不足20公里。我相信，当年汤显祖也曾在徐闻眺望，并遥想过他崇敬的前辈苏轼。1097年，苏轼因为在诗中描写在春风里睡了个好觉而被贬谪至海南儋州，他是在徐闻渡的海。不过，按照林语堂的说法，“大海对他不像对西方诗人那么富有魔力”。苏轼字子儋，他的弟弟字子由，被贬谪至雷州，有人推测，兄弟俩贬谪地的选择与他们的名字有关。

说到海南，2014年秋天和2015年冬天，我有幸两次造访。那是我的第541次和第604次旅行，两次都是去海口参加诗歌活动，也两次做客海南中学。第一次是海口诗会，我还曾从文昌坐高铁去三亚，在红树林的行动书店做分享会，如今它已经歇业。第二次是两岸诗会，有不少台湾诗人参加，包括在杭州见过的郑愁予老先生。逗留海南期间，我应海口新华书店之邀，去第九中学做讲座，因为陈校长带头购书，那次商务印书馆出版的《数字与玫瑰》（修订版）销售了900多册，我为一部分师生签了名。归途经停广州，做客广东工业大学、广东第二师范学院，并在学而优书店与中山大学的物理学家李淼教授对话，那次活动来了不少诗友。

必须提及的是，有一天组委会带我们去儋州，参观了东坡书院，并到当年东坡常去的几个地方走了走，其中有中和的小巷、田间或盐场。在两岸诗会上，温岭籍画家徐冰也陪女友翟永明来了，有一天早餐我们同桌（还有北

儋州东坡书院

岛），聊起了台州，才知道徐冰竟然从未回过祖居地，我们期待有一天在故乡相聚。还有一天我见到小说家韩少功，他和我聊起了数学，告诉我他在小学时便念完中学数学课程。2018年，我的大学回忆录《我的大学》出版，同年他描写大学生活的小说《修改过程》面世，花城出版社的朱燕玲女士寄给我一本。

虽说作为度假地的三亚更为出名，我在三亚湾呆坐的那个下午也写过几首诗，但无疑在海口写的短诗《海瑞》更有纪念意义，因为我第一次抵达海南岛那年恰好是海瑞诞生500周年。遗憾的是，两次海口之行我均未能造访老街，那里因为有骑楼而显得古香古色，并以此闻名。我那首诗的题目就叫《海瑞》：

他葬在他的出生地——
海口西郊的滨涯村
仿佛墨西哥城的弗里达

一代清官，名垂千古
却因一出戏变得寂寞
声望不及前辈包拯

这出戏也改变了历史
将华夏的子孙送至
虚幻莫测的蓬莱山崖

或许是借着海瑞的精气神，那次等我到了广州以后，也在街头觅得灵感，即兴写作了一首《谢灵运》，末尾两行是“而千年之后我在广州/寻思为你劫一次法场”。我在广州乃至珠三角地区的旅行虽说不及在长三角那么频繁，却也不止10次，相较而言，深圳可能去得更多，尤其是最近一些年。这里我回忆一下最近的两次，分别是2019年初夏和2021年秋天，我的第712次和第760次旅行。

前一次是应深圳关山月美术馆和惠州华罗庚中学邀请，我把两座城市的活动连在了一起，正好杭州有到惠州的航班。惠州吸引我是因为那儿也有西湖，东坡先生被贬海南之前，在惠州居留了两年半，他的爱妾、杭州姑娘王朝云在惠州辞世，下葬在西湖边。当然，西湖的名字是东坡叫出来的，惠州的西湖也有孤山和苏堤。幸好有朝云亲生的儿子苏过，他出生在杭州，是苏轼的孩子中最聪明和最孝顺的。葬了母亲之后，他又陪父亲去了海南，直至走完最后的人生。而依我之见，在所有东坡生活过的城市中，惠州是最怀念东坡的。

那次在深圳，除了关山月美术馆的演讲，我还做客深

杭州的女儿王朝云葬在惠州，作者摄；王朝云之墓，作者摄

圳中学大讲堂、福田图书馆和前瞻书店，深圳中学是异军突起的名校，前瞻书店位于宝塔形的万象城，那是深圳的地标建筑。后一次我直飞深圳，再从广州返回，逗留期间去了东莞和佛山，可谓珠三角四城游。那是疫情时期的旅行，我住在深大附近的圣淘沙酒店，紧邻南山医院，在那里我平生第一次做了核酸检测。没想到的是，后来会在诸多城市如此频繁地张大嘴巴。当晚我又一次做客南科大，上回讲座在人文学院，而这回在数学系。结束后我被华为公司的3位资深员工约去泡吧，而上一次相约是在巴黎的华为数学研究所。

随后的两天里我依次做客深圳大学和欢乐海岸的飞地书局，我对深大校内的文山湖，尤其是杜鹃山原始森林印象深刻，果然是马化腾的母校，市中心高高的腾讯大厦在校园里清晰可见，反之亦然。飞地书局我是第二次造访，上回的来客以诗友、学生居多，这回以老乡、校友居多，当然更多的是陌生的书友。结束后再次被友人约去一家酒吧，看来泡吧或夜宵已成为深圳人的日常生活。此外，我还分别与大学同学和浙大校友共进了午餐。

第四天最为忙碌，午后华中师范大学东莞附属中学（现名众美中学）派车来接我至清溪镇，我在大礼堂与同学们交流，晚餐主人用客家人的擂茶招待，还品尝了三角形的豆腐干，随后司机送我至石龙镇友人祖晗预订的农家乐。东莞是地级市，不设区县，只有28个大镇。我的《小回忆》初版时，《东莞时报》与《南方都市报》曾用整版推介，《南都周刊》与《新京报》则用了两个整版。记得那次我回答了东莞一对夫妻记者的10个提问，而这次短暂的停留，又让我结识了多位新书友。

当晚，祖晗把我送到广州大学黄埔研究院预订的酒店，翌日上午，85岁的张景中院士亲自出席报告会并予以点评。共进午餐后，我去了华南师范附中，该校诗社的同学们曾参与拙编《地铁之诗》和《高铁之诗》的遴选和评注，在他们的指导老师刘中博陪同下，我与黄副校长等老师在办公室里正式晤面。校园里有校友钟南山医生的塑像，那天下午刚好“百米之王”苏炳添也来学校与同学们见面，我们的海报并列在一块，可惜没有遇见。

讲座结束后，我被佛山先行书店胡老板接走，当晚在他垂虹路的门店与佛山书友交流，名义上的主办方是佛山市图书馆。疫情期间，图书馆大多只举办线上活动。当晚和翌日上午，胡老板陪我游佛山。佛山是粤剧的发源地，也是康有为、詹天佑和李小龙的故乡，广东历史上共有9

南风古灶，
作者摄

位（文）状元，其中5位出自佛山。我对南风灶台印象深刻，它与旁边500岁的大榕树一样高，周围还有许多鲜艳的三角梅。遗憾的是，这次没能去顺德和南海。

我在广州的最后一个下午是在中山大学度过的，校园里有数学家姜立夫[1]和历史学家陈寅恪的故居，但前者没有牌匾，据说因为有多位老先生住过；后者不仅挂了牌匾，门外的草地上还有主人铜像。虽说没见到先生的名言“独立之精神，自由之思想”，但有那么一双炯炯有神的眼睛，自然也会提升中大学子的人文气质。我先后做客数学学院和中文系，讲述了不同的题目，也体验了不同的氛围。之后合二为一，数学院颜教授也参加了中文系黄教授的晚宴，同去的还有《花城》杂志的四朵金花。

---

〔1〕 姜立夫（1890—1978），出生于温州平阳（今龙港市），1911年赴加州大学伯克利分校攻读数学，1919年获哈佛大学博士学位。南开大学数学系创始人，中央研究院数学研究所首任所长。

40 瞧，这些外国驴友

这篇我想聊聊我与外国友人在南方的旅行，虽说后面有些地方在博台线的东北方向，但客人们均来自西方，分别是美国、南非、法国和罗马尼亚。更多友人是来讲学或旅行，未曾一同出游。首先是1995年秋天，我的第99次旅行，首次访学美国归来刚好一年，我在加州州立大学弗雷斯诺分校的数学同事波克教授偕他的钢琴家夫人芭芭拉、儿子布兰特及儿子的女友玛丽娜来中国旅行，之前他们曾带我游约塞米蒂国家公园。他们在杭州居留的时间已不可考，我的手绘旅行地图只记了我们去黄山的旅行。

那会儿中国还没有高速公路，更别提高铁了，我和俐陪客人同行。10月20日，我们从城东的长途汽车站出发，在黄山玩了3天。那次不像11年前第一次爬黄山，我留下了详细的路线图，但黄山的主要景点应该都到过了，包括海拔1864.8米高的安徽省最高峰莲花峰。旅行图上写着临安、於潜、昌化、昱岭关、歙县和汤口，於潜和昌化隶属临安区，但历史上三者均为独立县治，而要是“论资排辈”的话，於潜始于东汉，临安始于晋，昌化始于北宋。

那时波克已经半退休，也就是一年只上一学期的课。记得一路上尘土飞扬，路上遇见的小孩看见波克的白胡须和白头发像肯德基老翁，便管他叫Mr. Chicken，波克很高兴把这个雅号带回了美国。遗憾的是，回国不久布兰特和玛丽娜便分手了，布兰特虽然毕业于斯坦福大学，是个IT从业人员，但情商不高，哈佛毕业的芭芭拉很为他的婚事操心，每次来信都会说起儿子近况。直到特朗普上台后，她的话题才有所转移。

4年以后，我第二次访美归来不到一年，波克和芭芭拉又来中国了，虽然那时我已在乔治亚州取得驾照，并有4万多公里的驾驶经验，可是还没有属于自己的私家车。那时我们已有一对3岁的双胞胎女儿，旅行地图上记录了我们全家和他们的两次旅行，编号分别是174和175。第一次是国庆假日，我们乘公共汽车去富阳。富阳原名富春，是吴王孙权故里，也是浙江最古老的13个县治之一，早在公元前222年便设立了。富阳和桐庐是我最喜欢去的地方，从前车去船回，现在基本上是自驾。

第二次是1999年10月9日，离新世纪的到来只有83天了，我和俐陪波克和芭芭拉去苏州和无锡玩，地图旁边还有用汉语拼音写的3个字：陈、小、朱。小是苏州诗人小海，朱是南京诗人朱朱，陈是小海的朋友陈霖（林舟），苏州大学在读博士，如今是苏州大学传媒学院教授。辞别苏州以后，他们直接去了启用不到1个月的浦东机场，从那里飞回旧金山。这是我与波克和芭芭拉最后一次见面，之后虽然与芭芭拉保持通信，但越来越稀少了，似乎担心有不好的消息传来。

早在1990年秋天，在中科院数学所访问的我，曾奉导师潘师之命，专程去济南接哈萨克斯坦数论学家达达热来北大。2011年秋天，我也曾去上海，与印度诗人苏迪普（Sudeep Sen）一起飞银川参加诗歌节。但那两次只是陪同，不算真正的旅行。2005年秋天，南非诗人罗伯特（Robert Berold）来浙江大学外语学院担任外教，在杭州度过一年，其间创办了《子鼠》诗刊，还翻译并在南非出版

食客波克，作者摄

了我的第一本英文版诗集《幽居之歌》。那时我已有一辆丰田产的威驰车，我们有两次结伴同行，分别是去我故乡台州和外婆老家宁波。

2005年11月19日，我的第275次旅行，我和罗伯特驾车去黄岩参加第三届橘花诗会，沿着杭甬、上三和甬台温高速行驶。在黄岩期间，我们还曾去我外祖父母的祖居地宁溪镇，往返约600公里。当时拍了一幅诗人们的大合影，还有一张有趣的照片：黄昏时分的街头，我和罗伯特坐在擦鞋工的座椅上，头上昏黄的路灯已经点亮。不久以后，罗伯特的女友孟笛（Mindy）也来到杭州。翌年正月初一，我的第276次旅行，我们全家和他俩一起驾车出游。

那次旅行的目的地是我母亲出生长大的南田岛，如今隶属宁波象山。外公当年在黄岩城关东禅巷开南北货店，

和罗伯特在
黄岩街头

不幸的是，发往上海采购的一艘货船在海上沉没了，为了躲避债主，全家迁移到了南田岛，我的母亲便是在南田出生长大的。而我父亲一家原本住在温岭，后来响应民国政府号召，到南田岛开荒种地，那时父亲还在襁褓之中。我们先到宁波，参观了北仑港。随后南下，在象山港乘汽车轮渡（如今已有大桥连通），当天和第二天我们住在石浦的旅店。在南田岛，我拜谒了外祖父母和舅公的墓，探访了母亲的老家和亲戚。

返程我们没有走老路，而是绕道宁海和奉化，游览了蒋介石故里溪口，再走甬金高速到新昌，受到老朋友盛总的款待。其间我们曾去穿岩风景区和长沼水库，并到了天台山，体验了一段“唐诗之路”，行程共880公里。罗伯特回南非之后，与孟笛结了婚，还出版了一本中国旅行记《请别推搡》（*Meanwhile Don't Push and Squeeze*），非常详

2006年正月，与罗伯特在东海船上

细地描写了我们的两次旅行，对新昌大佛寺[1]等都有记载，并在扉页上表达了谢意。

说到新昌，早在2001年春天，我便曾陪同到访浙大、会弹吉他的乌克兰物理学家斯蒂文去玩过，由我的雕塑家乡友老卢驾车。他是来访问我的同事李方教授的，我曾介绍他去老卢的酒吧唱歌，每晚有100元的收入。9年以后，我在哥廷根访学期间，斯蒂文曾邀请我去他任教的国立哈尔科夫大学讲学，那次我还游历了基辅、敖德萨和克里米亚。而"唐诗之路"除了主线绍兴—台州，还有多条线路。2019年盛夏，应《钱江晚报》旅游部之邀，我曾约胡亮、蒋浩、李冰、祈媛、森子和余刚诸诗友同游浙南"唐诗之路"，依次到达丽水古堰画乡、青田石门，温州泰顺廊桥、洞头海岛和永嘉楠溪江。

而钱塘江、富春江和新安江沿线的浙西"唐诗之路"，

---

〔1〕 新昌大佛寺，始建于东晋，16.3米高、两膝相距10.6米的弥勒石佛已有1600多年历史，被誉为"越国敦煌"。南朝刘勰在《文心雕龙》中赞曰："不世之宝，无等之业。"

则是我过去30多年反复游走之地，这可能是我生活在杭州城西的缘故。2016年，14.4公里长的紫之隧道开通以后，这条路更为便捷了。2022年夏天，舒羽操办的首届富春江诗歌节在桐庐旧县举办，我受邀驾车前往参加，那次参加的还有赵野、车前子、戴潍娜、茱萸和江弱水。旧县曾是桐庐县治和严州府治所在地，有意思的是，那次还邀请了京剧、越剧和黄梅戏演员，开幕式是在一个地洞里举行的。

罗伯特回国后的第二年，法国诗人安妮-玛利亚（Anne-Maria Soulier）也来浙大担任外教。我与她相识于加拿大魁北克诗歌节，而与罗伯特相识于德班的非洲诗歌节。罗伯特本科毕业于剑桥大学，他在伯克利攻读文学博士学位时退学，而安妮-玛利亚则在斯特拉斯堡大学拿到英语文学博士学位。因为老母亲尚需要她照顾，她在浙大只任教了半年。临行前，她的工程师丈夫米歇尔来杭州与她共度春节。2008年情人节，我们两家曾往高淳一游。那次我们去时经过宜兴和溧水，回来时经过郎溪和广德。

那年秋天，我去巴黎参加诗歌节，正好安妮-玛利亚翻译我的法文版诗集《世界的海洋》由巴黎狼耳朵出版社出版，巴黎中国文化中心举行了首发式和朗诵会，她从斯特拉斯堡特意赶来。随后，我们一起乘火车去斯特拉斯堡，在市立图书馆举办了一场朗诵会并有签售。10年之后，又有一位能说流利法语的数学同行普莱达来杭州，他是罗马尼亚裔瑞士人，德国哥廷根大学数学教授，因为解决了历史悠久的卡塔兰猜想闻名于世。这个猜想断言，只有8和9这一对相邻的整数幂（8是2的立方，9是3的平方）。

与普莱达在西溪湿地，右为塞尔维亚数学家伊维奇、翟文广

说到普莱达，我们曾多次互访，他还曾把我带到他的出生地布加勒斯特，我们一同访问了罗马尼亚科学院，他的哥哥是著名的人文学者和作家。2019年春天，普莱达受阿里巴巴集团邀请，作为全球数学竞赛的出题嘉宾再次来到杭州，其间我们有两次连续的短途旅行。我们先是相约参加南京师范大学举办的数论会议，他从杭州前往南京，我刚好去北京大学参加《数学进展》编委会，在清华校内的邺架轩书店讲座后，直奔南京。会议间歇，我们游览了夫子庙和紫金山。

返回杭州不久，我驱车带普莱达造访了鲁迅故乡绍兴。他第一次品尝到了茴香豆和加饭酒的味道，还体验了中医理疗师的手艺，脚尖的技法让强壮的他嗷嗷直叫。4年以后，他在清华大学丘成桐数学中心讲学间歇，再次来到杭州，我们去了桐庐富春江边的陆春祥书院，在那里逗留两天，爬山、游泳，他玩得很开心，那次是我的第797次旅行了。尔后不久，普莱达的朋友、俄裔英国数学家伊万受聘西湖大学，他的伊朗裔学生比尔卡尔曾获菲尔兹奖。我们已相聚多次，随时有可能结伴出游。

41　在台湾海峡的另一头

现在，我要回过头来说说1996年冬天的台湾之旅，那是我的第102次旅行。台北刚好处在博台线最南端，那次我的目的地是台中，参加彰化师范大学举办的台湾数学年会，不仅造访了台北，还沿东海岸南下宜兰和苏澳，这些地点均在博台线西南方，只有基隆和金山在博台线东北方。由于那时海峡两岸尚未通航，香港尚未回归，因此我必须要申请英国签证和台湾方面的入境同意，并绕道香港，那要多走三四倍的路，甚至比经过日本转机更加遥远，但别无选择。

事实上，头一年秋天我已收到台湾大学数学系主任康明昌教授的邀请，那年夏天我们一起参加了巴塞罗那的欧洲数论会议，并有比较好的交流。可是，烦琐的申请手续加上经验不足，还是让我功亏一篑。等到来年，康教授早早发来新的邀请。待到一切手续办妥以后，我先飞广州，再乘火车到深圳，从罗湖进入香港。最后，我在中环一家叫中华的旅行社取到了台湾方面签发的一张通行证。

12月12日，我第一次来到九龙的启德（Kai Tak）机场，搭乘国泰航空的班机飞往台北。启德源于两个人的名字——何启和区德，他们合资经营“启德地产公司”，在九龙湾北岸填海造地。1916年正式开工，原计划做房地产项目，称启德滨。后来公司倒闭，政府属意用作机场。可是直到20年后，即1936年3月24日，第一架英航商用航空才从马来西亚槟城飞抵启德机场。之后，美国泛美航空开通旧金山，法国航空开通印度支那，中国航空开通广州和上海，欧亚航空开通北京。

何启祖籍广东南海，出生在香港，曾入读英国阿伯丁大学，回香港后成为首位华人执业医生，又身兼律师和议员。1887年，他为亡妻创办纪念医院，院中设有西医书院（香港大学前身），孙中山是首届9位学生之一。1910年，何启成为第一个被英王封爵的华人。不幸的是，启德滨项目批准才3个月，何爵士便病故了，享年55岁，葬在跑马地坟场。当我作为一名乘客来到时，启德机场仍只有一条跑道，却已是全球客流第三、货运第一的机场。

1个小时之后，飞机经过澎湖列岛，然后沿着台湾海峡的东侧飞行，最后在新竹附近进入台湾上空。新竹是高科技园区，也是台湾清华大学和台湾交通大学所在地，有着“台湾硅谷”的雅称。不久，我们的飞机便降落在中正国际机场（2006年改称桃园机场）。桃园机场是台湾最大的机场，也是台北两大机场之一，另一个是离市区较近的松山机场。后者军民合用，主要发往中国大陆和台湾岛上部分城市以及日韩的航班。

舅妈和表弟妹们在机场迎候，这是我们第一次相见。等我们来到文昌街家中，77岁的舅舅早已在门口伫立。舅舅是我母亲唯一的亲哥哥，是外婆的独子和掌上明珠，早年送他到江苏江阴的电雷学校读书，算是国民党海军的黄埔军校，不过只办了两期。1948年，他随国民党军队退居台湾，从此与外婆、妻儿和妹妹们未再相见。外婆已在20

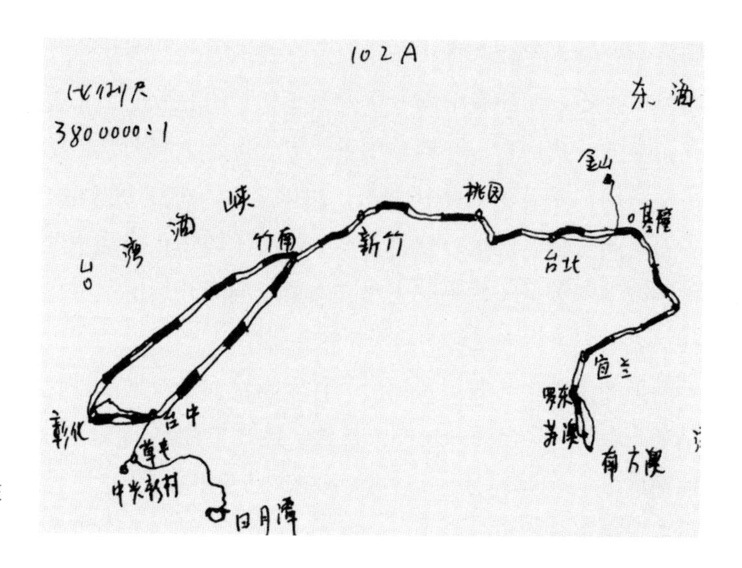

作者手绘台湾旅行线路图

世纪70年代初去世，当舅舅看见我，眼眶里含着泪水。

翌日早上，我搭乘“自强号”[1]列车，去数学年会主办地彰化，途中停靠了新竹、竹南、苗栗和台中。台中是台湾六个“直辖市”之一，也是仅次于台北和高雄的第三大城市，高等学校规模仅次于台北。那会儿大陆还没动车或高铁，“自强号”给我的印象仅次于日本的新干线，两百多公里的时速让人羡慕，车厢的装潢明显带有中华传统文化的烙印。抵达彰化后，我被师大学生接至学校。这是台湾人口唯一超百万的县治，也是清代雍正皇帝命名的县治。

台湾共有3所师范大学，从北到南依次是台湾师范大学、彰化师范大学和高雄师范大学。学术年会与大陆的中

〔1〕 自强号，台湾最高等级客运列车，最初由英国制造。1978年开始在台湾西部干线行驶，台北至高雄的行车时间为3小时56分至4小时45分不等。

国数学会学术年会一样，每年轮流在各地召开，那年除我以外，大陆方面还有中国科学院系统科学研究所的吴文俊先生参加。我们常一起同桌用餐。吴先生是上海人，早年留学法国，是著名的拓扑学家，20世纪50年代与钱学森、华罗庚同获首届国家自然科学奖一等奖，1956年当选中国科学院学部委员（俗称院士），“文革”期间开始中国古代科学史研究，后来又转向数学机械化证明。

吴文俊先生与我舅舅同龄，他来台湾参会是散心，也是观光旅行。吴老爱开玩笑，是数学界的老顽童。第二年，他访问澳大利亚时让一条蛇缠绕在自己身上；5年后，他在泰国又骑到大象的鼻子上；甚至90岁时，他也会趁家人不注意，打车去商场看电影，看完再跑到星巴克喝咖啡。2000年，吴文俊与袁隆平同获首届最高科学技术奖。又过了两年，他获得了奖金等同于诺贝尔奖的邵逸夫奖。

第3天，组委会安排我们一起游览南投县的日月潭。南投县与嘉义县、高雄市接壤处有一座海拔3952米的玉山，是我国青藏高原以东的最高峰。我给吴先生拍了几幅照片，遗憾的是，竟然忘了求合影。翌年春天我获得机会申报霍英东青年教师基金，有点超前地想以“数学与艺术”为题立项。我打电话请吴老写推荐信，没想到他欣然应允。虽说那次申请没有成功，但20年以后，我再次申请教育部项目，终获批准。2021年夏天，《数学与艺术》在南京出版，吴先生亲笔写的推荐信印在目录前页，也算是告慰老人家当年的支持了。

返回台北以后，我在舅舅家里又住了一个星期，每天他都给我讲故事。舅舅到台湾没几年，就选择退役，改做商船大副和船长，服务于香港招商局，经常驾驶数万吨级巨轮在世界各地航行。小时候母亲间或收到他寄来的书信或包裹，我会试着辨认信封上用英文写的寄件地址，记忆里有纽约、伦敦、鹿特丹、热那亚、哥本哈根、悉尼、横滨、釜山、新加坡、巴拿马、苏伊士等等。舅舅送给我一本《操船术》，汇聚了他毕生的航海经验，据说是港台地区同行的流行读本。

我最初认识的世界名城，就来自舅舅的那些信函。我在童年开始手绘外国领导人访华旅行图和自个儿的旅行地图，也应该与这一经历有关系。舅舅与大陆的亲人分别已久，很是思念，他直到50多岁时才不得已再婚，舅妈是一直照顾他的高山族阿姨，两人育有3个儿女，老大以利在台湾大学化学系任教，老二利亚在新竹上班，老小禧年还在上小学。第二天，我们给母亲打电话，舅舅告诉他的妹妹，“天上掉下来一个小外甥”。

康明昌教授虽已卸任系主任，仍邀请我到台湾大学数学系做了学术报告。那时我还未曾听说台大数学系“六朵金花”，她们都在美国名校担任数学教授，其中张圣蓉任教于普林斯顿大学，李文卿和金芳蓉是我的数论同行，后者已故的先生格雷厄姆曾担任美国数学会主席，金芳蓉和张圣蓉均为美国国家科学院院士。我也未曾听说“中研院”数学所创办的《数学传播》杂志，其时离我和大陆同道创办《数学文化》杂志尚有十多年的时光。我更未曾受邀在世界各地做有关数学文化的公众演讲。

在台北期间，我还与商禽、梅新、杨平、黄粱等诗人相见。商禽是四川人，故乡在宜宾珙县，1945年抗战胜利前夕，15岁的商禽随回家探亲的兄长加入了国民党军队，1950年从云南去台湾，翌年在《现代诗》上发表诗作。1968年退役，穷其20余年军旅生涯，商禽仅获“陆军上士”军衔。1969年，他应聂华苓女士邀请，赴美参加爱荷华大学“国际写作计划”，他的散文诗有着黑色幽默和反讽意味，受到人们喜爱，成为台湾超现实主义的典型代表，我编辑的《现代汉诗110首》收有他的《上校》，此乃后话。

有一天，我想去东海岸走走，看看那里的太平洋。小时候，生活在东海之滨的我天真地以为，台风就是从台湾刮来的风，长大后才知道，台风是西太平洋上形成的热带风暴。我从台北车站出发，乘一列普通客车向南，车上载有许多新兵。列车每两节共用一个厕所，与豪华的“自强号”相比可谓简陋。沿途停靠了宜兰、罗东，我在苏澳下车，苏澳和罗东都是宜兰县的镇，县治所在地是宜兰市。那天天气晴好，海水湛蓝。我留恋于苏澳的渔民码头，看到不少以往从未见过的海鲜，并在那里用了午餐。

我想起北京大学的经济学家林毅夫，他出生在宜兰并在这里长大，18岁入读台湾大学农业工程系，后在台湾政治大学获得企业管理硕士学位。毕业以后，他从军来到金门前所，1979年5月，不满27岁的连长林毅夫泅渡到大陆定居。之后，他获得北大经济学硕士，并赴美留学，师从诺贝尔经济学奖得主舒尔茨，获得芝加哥大学经济学博士学位，并在耶鲁大学做博士后研究。林毅夫留在台湾的夫人和两个孩子也到了美国，再后来全家一起来大陆发展。尽管如此，他是一个有争议的经济学家。

1996年冬天，作者在台北故宫博物院

那会儿，曾经的世界最高建筑、宝塔形的台北101大楼还没有动工兴建，台北留给我印象最深的是1952年建造的圆山大饭店，顶层呈现北京城楼的形状和色泽。有一天，两位表妹陪我参观了台北故宫博物院，依山而建、青黄相间的建筑赏心悦目，收藏的文物涵盖了古典中华之精华，据说展出的只是很小一部分，即便每天全部更换一次，一年365天也展不完。市中心的中正纪念堂紧邻杭州路，外形酷似天坛，不过那时候大陆访客即便去看过也闭口不说。

还有一天，舅妈和表弟妹陪我去新北市的野柳地质公园，那是一处突出海面的岬角，面对四千多岁的“女王头”，我感慨大自然的造化。随后我们来到基隆郊外的金山墓园，那里可谓寸土寸金，在邓丽君下葬处有一架钢琴，

作者在野柳地质公园，
背景为四千岁的女王头

随意按下一个琴键，都会播出她演唱的一首歌。舅妈和我说起舅舅身后的打算，生命如此短暂，那时我并未意识到，这将是我最后一次也是唯一一次见到舅舅。虽说故乡台州与台北只隔200公里，之后我只是在新千年之初，从新加坡飞往日本途中，当飞机掠过台北上空时，与他老人家有过一次真实距离上的接近。

42　跟着唐诗去旅行

2023年初春，我应央视纪录片频道《跟着唐诗去旅行》总导演李文举的邀请，作为第二季柳宗元集嘉宾，前往湖南和广西拍摄了十余天，这是我的第786次旅行。关于柳宗元，人们知道最多的是，他是“唐宋八大家”之一，他的五言绝句《江雪》、散文《永州八记》和寓言故事《捕蛇

在衡山之巅录制节目

者说》等杰作，以及他被贬谪永州10年和柳州4年的大致经历。如今，这两座地级市均以柳宗元为首要文化偶像，这在中国历史上恐怕找不出第二例。

该纪录片每季五集，第一季中有我三位相熟或相识的嘉宾——诗人西川向导杜甫、郦波向导王维、杨雨向导岑参，后两位也是观众熟知的古典文学专家。今年，西川（向导韩愈）和杨雨（向导白居易）继续担任嘉宾，而我们的柳宗元集是率先开工的，两位制片提前从北京开来一辆满载的皮卡，其余人马飞抵长沙后租了两辆越野车，加上我共12人。那些日子里，我们每天起早贪黑，工作12个小时。

抵达长沙当天，我们便去了湘江西岸的一处湿地拍摄外景，那是柳宗元两次遭贬和往返长安必经的水路，也是杜甫晚年自我放逐到达的地方。翌日晚上，我应湖南名校长郡中学的邀请，给同学们做了一场讲座。摄制组提前进入会场，长郡中学用上好的盒饭招待我们。结束后我们来到最热闹的坡子街。长沙不愧是娱乐之都，那天并非周末，可子夜时分依然人山人海，街上的霓虹灯一点也不逊色于香港的旺角或弥敦道。

出发去湖南前，我已经做了功课。让我既意外又欣喜的是，“唐宋八大家”的命名人、明初文学家朱右，竟是我的台州同乡。台州在两晋时称章安郡，郡治设在椒江入海处北岸的章安，即今日台州市府所在地椒江区章安街道。但到明代，已改称台州府，郡府也已迁至临海，章安变成了一座小镇。据说朱右“体貌端雅，在翰林时，每以辞章献，奏对精密，顾盼有威仪”，明太祖朱元璋很器重他，常以“老朱”相称。

正是朱右，把唐代韩愈、柳宗元，宋代欧阳修、曾巩、王安石和“三苏”（苏洵、苏轼、苏辙）的散文佳作合编为《六先生文集》（16卷）。明中叶，湖州作家、藏书家茅坤（1512—1601）重编了一套大部头的《八先生文集》，依然是那8位作家，只不过三苏各自独立出来了，“唐宋八大家”的地位由此确立。至于朱右为何要称“六大家”，个人觉得，可能他认为苏洵和苏辙的作品相较于其他6位稍显逊色。

这8位大家全是唐宋倡导古文运动的积极分子，韩愈和柳宗元是先行者。安史之乱后，唐朝国势衰落，藩镇割据，宦官弄权。韩柳提倡古文、反对骈文，这是一场文风、文体、文学语言的革新运动，其主要内容是复兴儒学。先秦和汉朝的散文质朴自由，无拘无束，易于反映现实、表达思想。而六朝以来的“骈文”讲究排偶、辞藻、音律和典故，形式僵化、内容空虚。骈文作为一种文体，在当时成了文学发展进步的障碍。

这与500年后欧洲的文艺复兴运动颇为相似。大约14世纪，在意大利一些经济较为繁荣的城市，人们开始追求世俗生活的乐趣，这与天主教的主张相违背。当时一些市民和知识分子厌恶天主教的神权地位及其虚伪的禁欲主义，却苦于没有成熟的文化体系可以取代，于是借助复兴古希腊、古罗马文化来表达自己的主张。文艺复兴并非单纯地复兴古典文化，而是积极表明新文化以古典为师。正如意大利有文艺复兴“文学三杰”——但丁、薄伽丘和彼得拉克，唐代古文运动的两个代表人物则是韩愈和柳宗元。

说到韩愈，他与柳宗元的政治观点并不一致，性格和结交的朋友也不同，韩愈属于保守派，而柳宗元是“永贞革新”的主将。韩愈虽然也有坚毅执着的一面，但行事较为慎重。而柳宗元则积极进取，做事雷厉风行。两人在复杂的政治环境中逐浪浮沉，境遇有所不同，有时难免起冲突。然而，他们在审美趣味，尤其在文学革新主张方面高度一致。他们相互尊重、相互学习，在古文运动中相互支持，共同缔造了中国文学史上一座巍峨的丰碑，从中表现出的风范和品质，堪为后世文人的典范。

如果说柳宗元一生中最亲密的朋友，那非刘禹锡莫属。刘禹锡字梦得，他比柳宗元大1岁，两人同年进士及第，年仅二十一二岁。他们在思想倾向和政治态度等方面基本一致，在文学创作方面更是共同切磋、相互鼓励。803年，柳宗元从蓝田尉任上调回长安，任监察御史里行，从此与官场上层人物交游广泛，对政治的黑暗腐败有了深入了解，逐渐萌发了要求改革的愿望，成为王叔文革新派的重要人物。两年以后，即永贞年间，他和刘禹锡都参加了为时4个月的“永贞革新”。随后，两人成为被贬谪的“二王八司马”[1]成员。

永州（零陵）位于湖南南部潇水河畔，我们先去祁阳区看了浯溪与湘江交汇处的大唐中兴颂碑，此碑由诗人元结撰，颜真卿书。遗憾的是，碑文仍在，浯溪却成了一条小水沟。接着我们又向西南去了东安县的周家大院，那儿有一些古旧的院落和老弱的村民。油菜花已败落，春天正在北去，我们不由想起柳宗元的诗《零陵早春》：“问春从此去，几日到秦原。凭寄还乡梦，殷勤入故园。”在零陵西北潇水和湘水汇合处，有一座萍岛，是有近300年历史的萍洲书院所在，我们乘渡船前往。湖南的别称潇湘源自这两条河流。

在永州，我们徜徉在柳宗元的世界里。他初到时全家借住的龙兴寺的遗址，如今是一所叫千秋岭的小学校。柳家曾在此住五六年，柳母便是在此病逝的。有一年冬天，诗人在这里眺望潇水，写下了名诗《江雪》。我在一间教室里，给小同学们上了一堂课，还带领孩子们一起朗诵，

> 千山鸟飞绝，万径人踪灭。
> 孤舟蓑笠翁，独钓寒江雪。

---

〔1〕二王八司马，指以王叔文、王伾和刘禹锡、柳宗元等为核心的革新集团，于805年颁布一系列反对藩镇割据和宦官专权的政令，仅百余日后，支持他们的唐顺宗被迫禅让太子宪宗，刘柳等八人同被谪至偏远地方任司马。

之后，我们去了潇水上游的朝阳岩，也就是柳诗中所写的西岩，我们雇了两艘船，来回游弋于江中。在一处悬崖上，古人仿他的笔迹刻写了《渔翁》：“渔翁夜傍西岩宿，晓汲清湘燃楚竹。烟销日出不见人，欸乃一声山水绿……”这首诗成功地运用了类似民歌的语调，让我想起骆宾王的《咏鹅》诗。

有一天，我们过潇水登上西山，也就是柳宗元的《永州八记》开篇《始得西山宴游记》所写的那座山。山顶有一座废弃的大池，据说是前些年为山下的造纸厂供水之用。长高的树木挡住了风景，却挡不住文字的描述。诗人似乎在说，“思想停止了，形体消散了，不知不觉间与自然界融为一体。游过西山后才知以前不曾真正游赏过，所以我把这次西山之游写成文章记下。这一年是元和四年”。那以

钴鉧潭，作者摄

后，我们又去了柳文写到的钴鉧潭、小石潭等地。“闷即出游”，柳宗元的信念，竟然与我年少时的想法一致。这些优美而有思想的诗歌和散文让他感觉到生命的真实意义，帮助他从谪贬的忧郁状态中解脱出来。

大名鼎鼎的柳子庙位于潇水西岸、愚溪之滨，占地约2000平方米，始建于北宋1056年。系砖木结构，前后三进，前殿为戏台，飞檐翘角，远远看去不同凡响。后殿里的白色大理石雕像英气逼人，眼神略显迷惘。庙前的柳子街长550米，始建于唐朝，原本是“湘桂古道”的一部分。如今，它是我国首批30个历史文化街区之一，最吸引游客的当数柳子家宴，每年清明时分，沿柳子街摆开百余桌宴席，这是对诗人最好的祭奠，也是对爱诗者最好的慰藉。我见到了柳子家宴发起人倪大姐，她是位退休女工，告诉我每桌10人，每人餐费100元。这不是她第一次上央视了。

柳子庙里的柳宗元像

离开永州以后，我们分乘3辆汽车去了柳州，途经桂林下高速用了晚餐。我去了漓江东岸的訾洲公园，原本那是江心洲，对岸是象鼻子。岛上有许多塑像，我找到柳宗元的浮雕，旁边刻着《桂州裴中丞作訾家洲亭记》全文。其时柳宗元被贬为柳州刺史，人称柳柳州，他的好友裴中丞出任桂林刺史，建造了訾家洲亭，邀他写文记之。开头有一句“夸奇竞秀，咸不相让，遍行天下者，惟是得之”。后来演变成“訾洲山水甲天下”，再后来，便有了广为流传的谚语“桂林山水甲天下”。

柳州，一座被柳江环绕的工业重镇。柳江发源于贵州独山县，是西江第二大支流，属珠江流域。当时的柳州远离中原，属于基本没有开辟的荒凉之地，经济、文化十分落后，周边居住着不服管辖的少数民族，社会尚不安定。那年秋天，诗人登上柳州城楼，想起刘禹锡等四位被贬的同道，写了一首《登柳州城楼寄漳、汀、封、连四州》，开头四句是，“城上高楼接大荒，海天愁思正茫茫。惊风乱飐芙蓉水，密雨斜侵薜荔墙”。作为一州之长，柳宗元感到自己责任重大，他努力发展农林和牧业，植树造林，解放奴婢，普及文化和教育。

我们去了一家网红螺蛳粉店，又乘电梯登上303米高的云顶平台，俯瞰柳州城，四周的山尖尖的——这里是喀斯特地貌。虽说柳宗元时代尚不知喀斯特为何物，但他在一首送别诗中写道，“海畔尖山似剑铓，秋来处处割愁肠”。我们住的酒店旁边的柳侯公园面积很大，始建于1906年，是华南最早的公园。但柳侯祠是一座普通的祠堂，与永州的柳子庙无法相比，仅以荔枝三绝原碑闻名，还有柳宗元

柳侯祠里的八司马图，中间穿白衣者为柳宗元，穿黑衣者为刘禹锡。作者摄

的衣冠冢。离开柳州的那天恰好是马拉松日，我们驱车前往衡阳，这是一段漫长的旅程，幸好途中景色优美，尤其是鹿寨县的响水石林。

衡阳是柳宗元与好友刘禹锡分别之地。815年，两位诗人再次遭贬，分任柳州和连州刺史。他们从长安出发，沿汉水到长江，过洞庭湖，溯湘江到衡阳。柳宗元先是写下《衡阳与梦得分路赠别》，刘禹锡作答诗《再授连州至衡阳酬柳柳州赠别》。或许意识到这可能是永别，柳宗元又接连写下《重别梦得》和《三赠刘员外》，末句："今日临歧别，何年待汝归？"果然，4年后的冬天，刘禹锡丁母忧北归，到衡阳时恰遇从柳州来送讣告的信使。他展读柳宗元遗书，号啕大哭，悲伤异常，先后写下两篇祭文。遵照柳宗元遗嘱，刘禹锡把他的诗文编成30卷文集，还把他的儿子柳周六抚养成人。

最后一站是汨罗，我与刚从海南归来的作家韩少功相约于屈子祠，8年前我们初识于海口诗会。早年他曾在汨罗插队落户，我们聊起一个作家如何奠定文学史地位等话题，他认为必须经过生活的磨难。柳宗元首次遭贬永州，路过汨罗，写下《吊屈原文》，倾诉衷肠。10年以后他接到诏书，返回长安时又过汨罗，心情大不一样，写了一首《汨罗遇风》："南来不作楚臣悲，重入修门自有期。为报春风汨罗道，莫将波浪枉明时。"末句告诫江水别兴风作浪了，那不仅耽误行程，也辜负了这清明的时代。历经磨难，诗人依然那样单纯，这种单纯是基于他的文学创作成就和自信。不曾料想，回长安不久，他又再次被贬柳州。也正是这两次贬谪，成就了一代文宗柳宗元。时至今日，每位中国人出游，心中又何尝不曾怀有唐诗？而一旦怀有诗和远方，生命就有了别样的意义。

附录　手绘外国领导人访华行程图

1. 1972年，美国总统尼克松首次访华路线图

（下为实际飞行路线图）

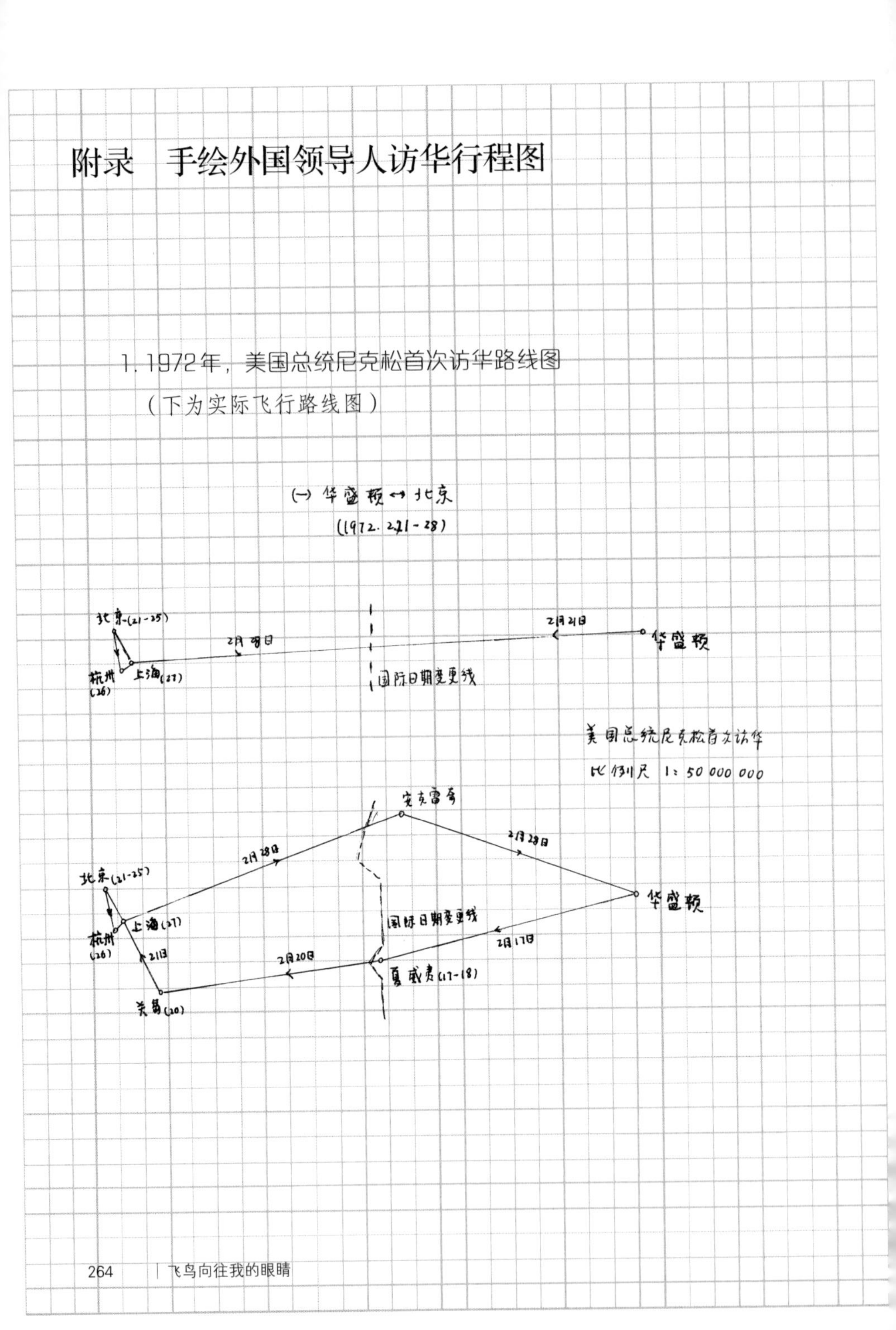

2. 1972年，斯里兰卡总理班达拉奈克夫人访华路线图

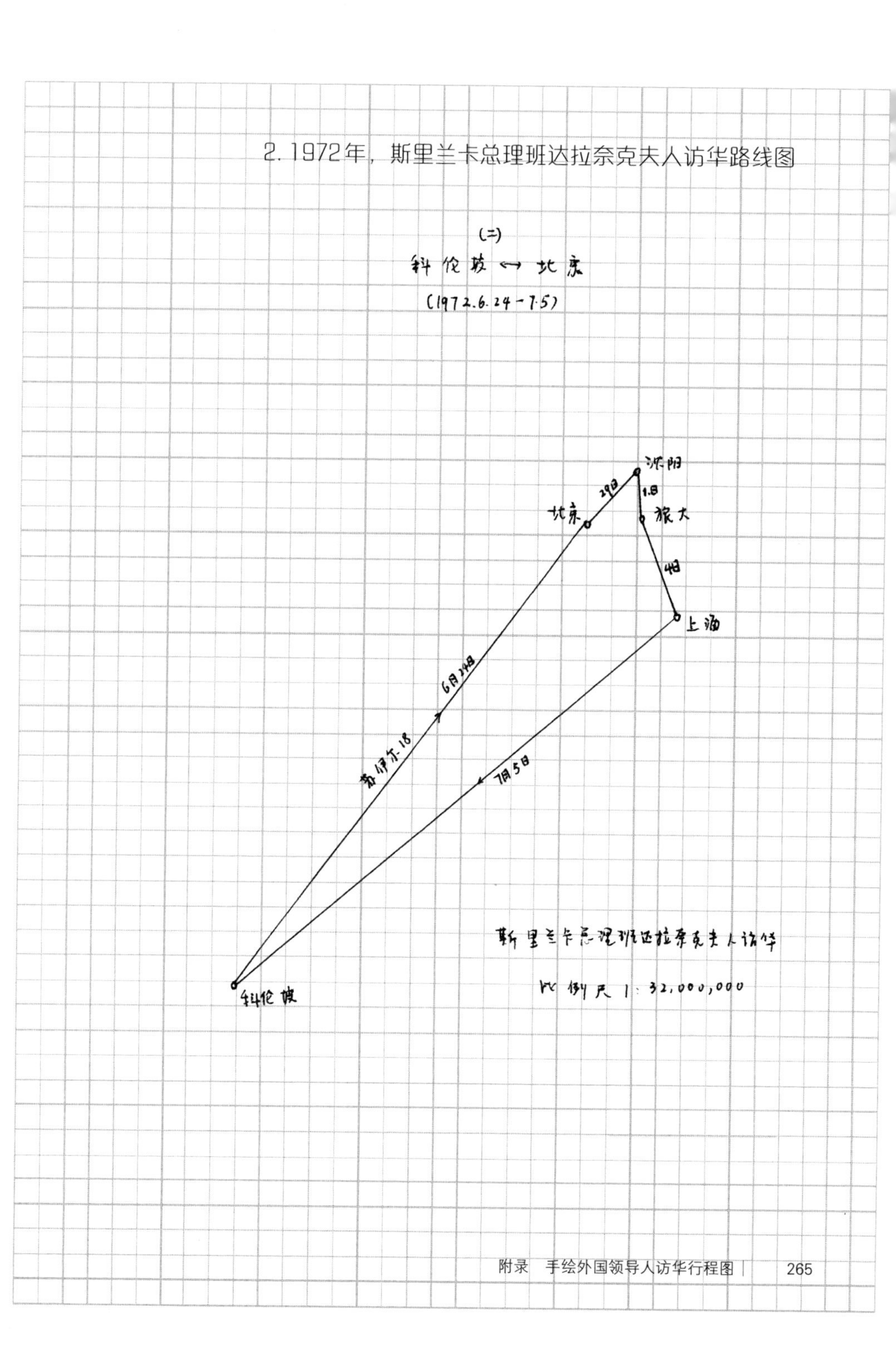

3. 1972年，日本首相田中角荣访华路线图

4. 1973年，法国总统蓬皮杜访华路线图（右为局部）

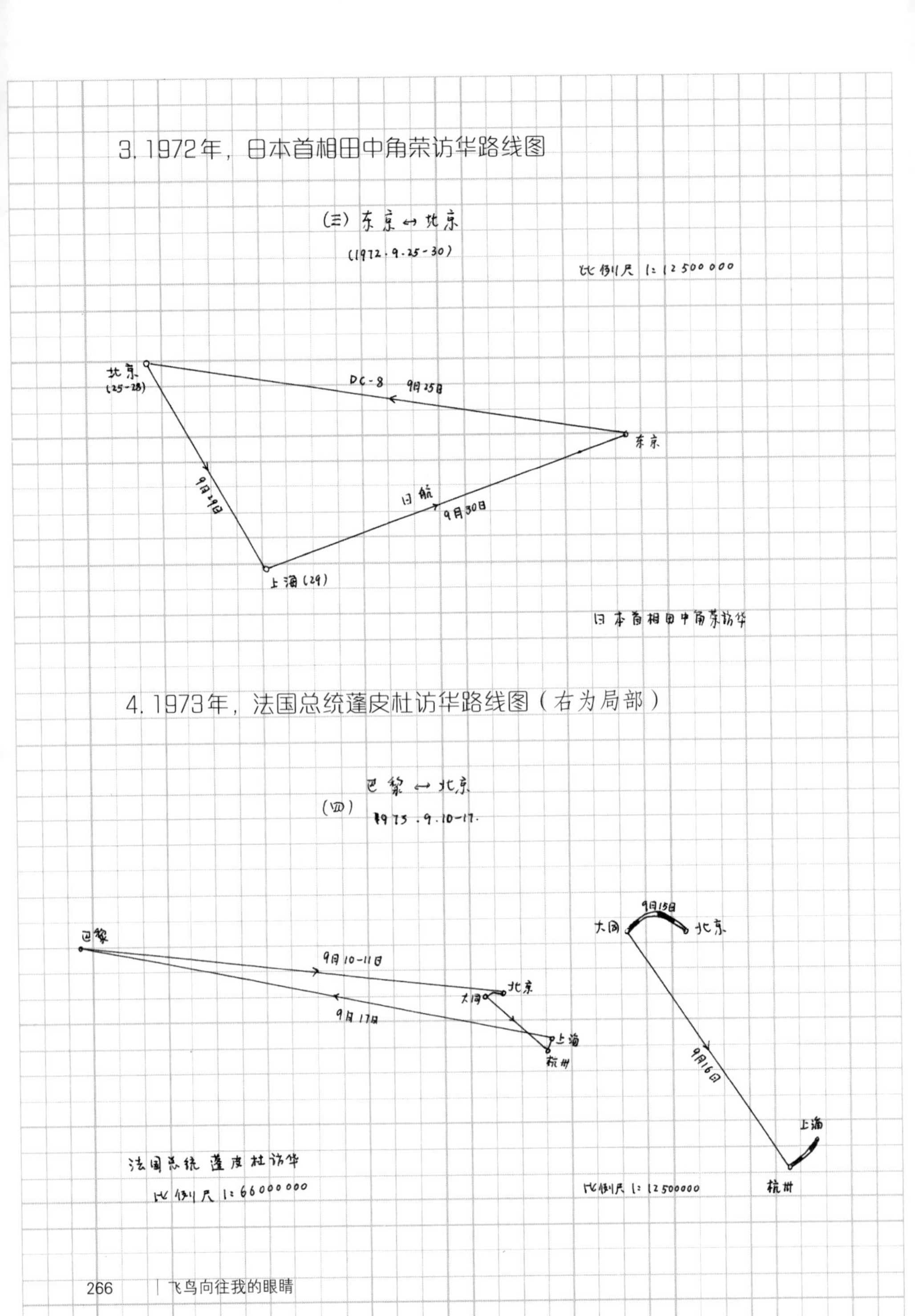

5. 1974年，坦桑尼亚总统尼雷尔访华路线图

（五）达累斯萨拉姆↔北京

1974.3.24－31

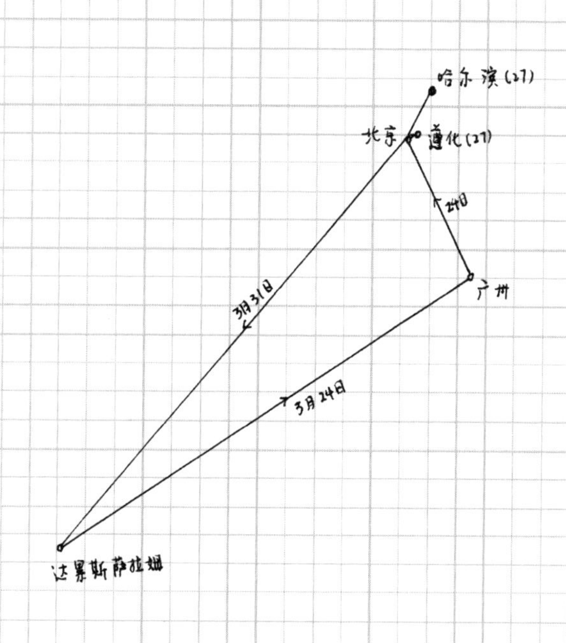

尼雷尔（1922－1999）

坦桑尼亚总统尼雷尔访华

比例尺1∶66,000,000

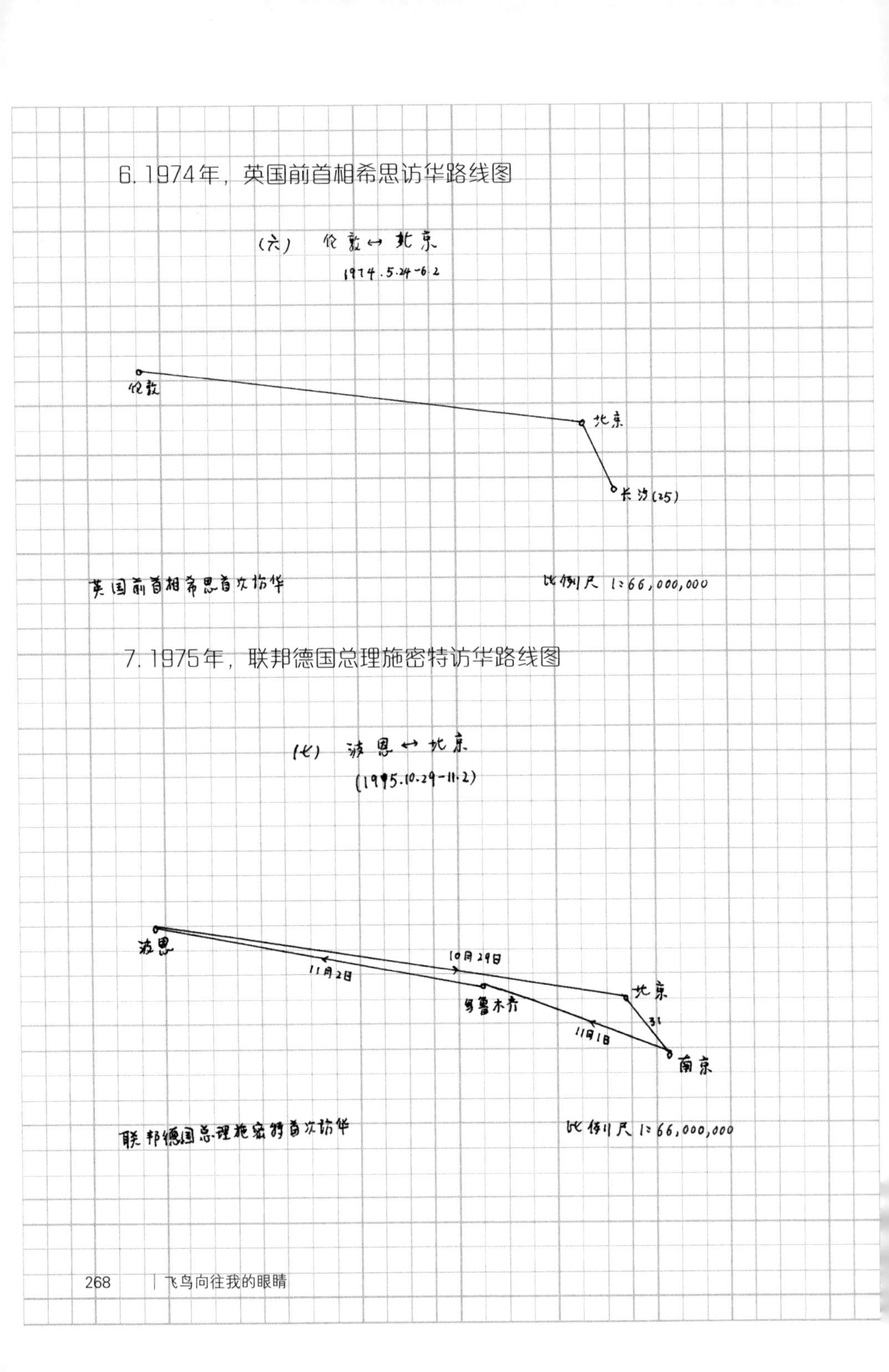

6. 1974年，英国前首相希思访华路线图

7. 1975年，联邦德国总理施密特访华路线图